Die Adaire Chroniken

Pola Swanson

Die Adaire Chroniken

Was vom Tage übrig blieb

Staffel 1; Bookisodes 1-8

Bibliografische Information der Deutschen Nationalbibliothek:
Die Deutsche Nationalbibliothek verzeichnet diese Publikation in der Deutschen Nationalbibliografie; detaillierte bibliografische Daten sind im Internet über http://dnb.dnb.de abrufbar.

© 2019 Pola Swanson

Illustration (Coverbild): Rockindaddy; stock.adobe.com

Herstellung und Verlag: BoD – Books on Demand, Norderstedt

ISBN: 978-3-7392-0779-7

Inhalt

Hauptcharaktere ... S. 7

Was vom Tage übrig blieb ... S. 9

Die verbotene Frucht ... S. 79

Ein Fehler mit Folgen ... S. 137

Kabalen ... S. 177

Ballnacht ... S. 217

Wo ist Erin? ... S. 251

Oregano und andere Schwierigkeiten ... S. 285

Frankreich vor Augen ... S. 331

Über das Buch ... S. 363

Über die Autorin ... S. 365

Hauptcharaktere

Jordan Adaire

Stan Adaire

Erin Adaire

Jacob Adaire

Clark Anderson

Jill Sterling

BOOKISODE 1

Was vom Tage übrig blieb

Prolog

Das war es also, dachte sich Jordan Adaire, das war also das gesamte erste Jahr dieses brandneuen Jahrzehnts. Es begann so rasch wie es endete.

Und was für ein Fazit konnte sie daraus ziehen?

Schweren Herzens musste sie gestehen: Sie wusste es nicht. Was sie aber wusste war, dass ein erster kurzer Blick ausreichte, um sich einen Überblick über das vor ihr liegende Chaos zu verschaffen. Das Chaos, welches sie vor wenigen Stunden noch Wohnzimmer nannte, nun aber einer wahren Müllhalde glich.

Am besten finge sie sofort an, die Ordnung zurück zu bringen. War die Ordnung im Hause doch auch das einzige, über was sie noch Kontrolle besaß.

Ruhigen Fußes begann sie die benutzen Champagner- und Bowlegläser einzusammeln, die die bereits nach Hause gefahren Gäste den gesamten Abend überall achtlos im Raum verteilten. Nachdem sie diese Aufgabe meisterte, kümmerte sie sich um die leeren Champagner- und Sektflaschen, die sie auf den Küchenfußboden in den Karton mit den anderen leeren Glasflaschen legte.

Die übriggelassenen Essensreste des Buffets stellte sie in den Kühlschrank, genauso wie die Überbleibsel der Bowle. Daraufhin holte sie einen Müllsack unter der Spüle hervor und beschäftigte sich mit den gröbsten Funden, wie kaputte Partyhüte oder liegengelassene Servierten, die im Haus verstreut lagen. Morgen früh würde sie die Partydekoration abbauen. Das meiste, wie einen Großteil der Lampions und Girlanden, würde sie behalten und fürs nächste Jahr zur Seite legen, allerdings überlebten einige wenige Stücke die Feierlaune ihrer Gäste nicht und mussten weggeworfen werden. Dazu kam das viele Konfetti, was sie nur mit dem Staubsauger entfernen konnte, der momentan jedoch zu viel Lärm verursachte. Letzten Endes war es mitten in der Nacht.

Ja, diese Silvesterfeier konnte sie als gelungen betrachten. Der Großteil ihrer Gäste war betrunken und/oder glücklich nach Hause gegangen. Für eine Hausfrau gab es kein größeres Lob.

Auch ihr Ehemann lag bereits im Bett, ihre Kinder schliefen ebenfalls ruhig und zufrieden. Jordan selbst aber wollte nicht schlafen. Sie fand schon lange keine wirkliche Ruhe mehr im Schlaf, sondern benutzte die vielleicht einzig ruhige Zeit am Tag gerne auch für sich allein. Wenn niemand wagte anzurufen, vorbeizukommen oder sie anderweitig zu stören. Weil die Nacht wirklich jegliche Sorgen vertrieb, einfach still und dunkel dahinsiechte. Ja, diese Tageszeit beschrieb sie wahrlich als die einsamste – und doch friedlichste Zeit. Und wenn sie dabei ein wenig aufräumte, umso besser.

Nun denn, das Jahr 1961 war noch keine zwei Stunden alt, dennoch bezweifelte Jordan, es würde so groß anders verlaufen als das vorangegangene.

Obwohl…konnte es überhaupt noch schlimmer kommen?

Tatsächlich nahm sie im vergangenen Frühjahr niemals an, heute hier zu stehen, mit all den doch eher belastenden Erinnerungen dieses letzten Jahres. Für eine lange Zeit glaubte sie unglücklich zu sein…bis sich ihr Leben so grundlegend veränderte und ihr daraufhin erst einmal bewusst machte, wie viel Glück sie vor ebendiesen Ereignissen ihr Eigen nannte.

Allerdings…war es tatsächlich so besser gewesen? Oder war das, auf was sie jetzt zurückschaute, nur das unausweichliche Ergebnis ihres langen Zögerns, bezüglich ihrer Unzufriedenheit?

Erneut fand sie darauf keine Antwort.

Jordan seufzte schwer, packte eine weitere Servierte in den Müllsack. Wann hatte es angefangen, so kompliziert zu werden? So kompliziert, dass ihre Ehe zu bröckeln begann? Wann begann sie selbst darüber nachzudenken, ihrem Ehemann untreu zu werden? Wann entglitten ihr ihre zwei Kinder so plötzlich?

Ihre Tochter zog sich immer mehr in sich zurück – was kein Wunder war, angesichts der Tragödie, die sich an Weihnachten ereignete. Und ihr Sohn? Tja, nun, also…im Grunde fehlten ihr bei ihm ohnehin die Worte. Jacob war stets der Wildfang der Familie gewesen, aber nun wusste auch sie keinen Rat mehr, jenen Wildfang zu bändigen.

Ja, wann zum Teufel fing es an, dass sich ihr Leben plötzlich wie eine Seifenoper anfühlte und nicht mehr wie ein stinknormales Leben einer gutbetuchten Vorstadthausfrau?

Tja, wenn sie es sich recht überlegte, begann alles an einem Abend im April…

1

Francisburg, April 1960

Bislang gab es für Jordan Adaire keinen objektiven Grund, ihr Leben infrage zu stellen.

Sie besaß ein Dach über den Kopf, brauchte sich nicht über Geldprobleme beklagen, dazu kamen wundervolle, meist problemlose Kinder und ein liebevoller Ehemann.

Jedenfalls wirkte es so, betrachtete man ihr Leben oberflächlich.

Denn oberflächlich gesehen, gab es wirklich keinen objektiven Grund, die Systematik ihres wohlbekannten Alltags großartig zu verändern und nach anderen Zielen zu streben.

Niemand wusste schließlich was passierte, änderte man seine Gewohnheiten einfach grundlegend.

Warum also ausprobieren?

Natürlich gab es hier und dort verbesserungsbedarf, doch welches Leben sprühte schon vor Perfektion?

Fühlte sich nicht jede Ehefrau einmal unglücklich?, fragte sie sich. Bestimmt. Welcher Mensch träumte denn nicht hier und da vor sich hin, wie das Leben verlaufen wäre, hätte man zu einem gewissen Zeitpunkt eine andere Entscheidung getroffen. Es war menschlich, so zu denken. Aber wer würde aufgrund solcher Gedanken sein gesamtes Leben umkrempeln?

Sicherlich, in den letzten Jahren häufte sich ihre Unzufriedenheit ihrem Ehemann Stan gegenüber. Sie fühlte sich zurückgesetzt und vor allem nicht ernst genommen. Jedes Mal sagte sie sich, es sei bloß eine Phase. Stan hechtete von einer wichtigen Beförderung zur nächsten. Beförderungen, die auch ihr zugutekämen. Es sei normal, nach all den Ehejahren eher nebeneinander her zu leben als weiterhin himmelhochjauchzend ihre Zeit gemeinsam zu verbringen.

Es war ganz normal, sich irgendwann zu langweilen, was ihre bloße Existenz anging. Sicher, junge Mütter beschweren sich oft um die wenige freie Zeit, die ihnen neben dem Haushalt und den Kindern noch blieb. Aber sobald die Kinder alt genug waren, für sich selbst zu sorgen, besaßen jene Mütter so viel Freizeit…Zeit, die sie zum Nachdenken brachte. Zeit in welcher man rasch herausfand, ob man sein Leben als glücklich oder unglücklich betrachtete. Jordan bemerkte eines rasch: Ohne eine wirklich fordernde Aufgabe im Leben, begann jeder Mensch sich zu langweilen.

Und wenn sie dann ihren Ehemann stärker in ihr Leben einbauen wollte, *voilà* stand da doch eine erneute mögliche Beförderung vor der Tür. Und wieder blieb keine Zeit für Jordan übrig.

Jordans Unzufriedenheit nagte an ihr. Und sie wusste, ebendiese Unzufriedenheit nagte auch an Stan. Oder jedenfalls hoffte sie, ihm erginge es ähnlich. So hätten sie wenigstens eins gemein.

Trotzdem, an jenem milden Frühjahrsabend versuchte Jordan das Abendessen mit ihrer Familie in vollen Zügen zu genießen, denn bereits am Wochenende unternähmen die Adaires seit langem wieder etwas gemeinsam. Etwas, auf das sie sich sehr freute.

Ursprünglich stammte Jordan aus einer gutsituierten Familie. Nachdem ihre Mutter bei ihrer Geburt starb und ihr Vater ihre einige Jahre später folgte, zerbrach die Familie letztlich, und Jordans Kindheit wandelte sich von Grund auf. Das Verhältnis zu ihrer Stiefmutter und gleichzeitig Vormund, konnte schlechter nicht sein. Dementsprechend froh war sie, als sie mit sechzehn Jahren endlich in die Obhut ihres älteren Bruder Nathan kam.

Im Jahre 1945 heiratete sie – achtzehnjährig und schwanger mit ihrer Tochter Erin – den drei Jahre älteren Stanley Adaire.

Das junge Paar schien verliebt und glücklich, obwohl die Nachricht rund um Jordans frühe Schwangerschaft, ihr Leben kurzzeitig zu einem handfesten Skandal wandelte. Die Schwangerschaft veranlasste die Leute monatelang über sie zu tratschen. Womöglich wurde sie zu früh schwanger, das konnte sie wahrlich kaum abstreiten. Dennoch liebte sie Stan und glaubte an ihre Ehe – ganz egal wie jung die beiden waren.

Und tatsächlich wurde ihre Familie, durch die Geburt ihres Sohnes Jacob, letztendlich vollständig.

Als Erin drei und Jacob kurz vor seinem zweiten Geburtstag stand, zog die Familie schließlich in die kleine Stadt namens Francisburg. Damals wurde Stan ein guter Job in einer ortsansässigen Firma angeboten. Es war der Eintritt der Familie in die Welt der gutbetuchten Kleinstadtoberschicht.

Auch noch heute wollte Jordan zufrieden mit ihrem Dasein als Hausfrau und Mutter sein. Jeden Donnerstag traf sie sich zu einer Frauenrunde im Country Club, und auch wenn sie die Damen nicht unbedingt als ihre besten Freunde betrachtete, halfen sie ihr, ihren gesellschaftlichen Ruf zu fördern.

Sie liebte ihren Mann und ihre Kinder.

Genau das sagte sie sich immerwährend, sobald sie anfing an ihrem Leben zu zweifeln.

Sicherlich, seit ihrer Eheschließung kämpfte sie hartnäckig mit dem Gerücht, sie heiratete Stan bloß aufgrund ihrer Schwangerschaft. Wollte keins der Klatschweiber glauben, dass Stan und sie bereits drei Wochen verlobt waren, bevor Jordan von der Schwangerschaft erfuhr. Natürlich, eigentlich wollte Jordan nach ihrem Schulabschluss nicht sofort heiraten, doch nach der Entdeckung der Schwangerschaft sahen sich Stan und Jordan gezwungen, ihre eigentlich für später geplante Hochzeit, direkt nach Jordans Schulabschluss zu vollziehen.

Obschon es ihr egal sein sollte, störte Jordan das Gerücht. Ihrer Meinung nach sollte niemand glauben, ihre Ehe bestünde nur aufgrund von Erins Existenz.

Denn das stimmte nicht.

Einst glaubte Jordan fest an die Beständigkeit ihrer Ehe, etwas anderes wollte sie nicht akzeptieren. In guten wie in schlechten Tagen, bis das der Tod sie schied…dies war nicht einfach eine daher gesagte Floskel, für sie drückte dieser Satz mehr aus, als ein bloßes Versprechen. Ehe bedeutete, ein für die Ewigkeit geschlossener Bund, untrennbar durch den Menschen.

Nun, mittlerweile zweifelte sie selber an diesem Bund.

Hoffnungsvoll ließ Jordan ihren Blick über den Esstisch wandern. Wie gewöhnlich stocherte ihre Tochter Erin lustlos in ihrem Essen herum. Hier und da seufzte sie theatralisch, um ihren Unmut leise kundzutun.

Jordan wünschte sich, diese Attitüde rührte daher, dass Teenagern alles und jeder auf der Welt gleichgültig erschien. Doch leider beschäftigten Erin meistens viel nachdenklichere Themen. In der letzten Zeit gehörten dazu zum Beispiel Frauenrechte. Erins Engagement freute Jordan zwar einerseits, andererseits beunruhigte es sie auch. Sie lebten in einer Gesellschaft, in der das Bild einer führsorgenden Hausfrau weit über das einer Karrierefrau stand.

Die Berufswelt, die sie entdecken wollte, würde daher nicht einfach für sie werden.

Manchmal fragte Jordan sich, warum sich Erins Sorgen nicht einfach darauf belaufen konnten, über Jungs zu tratschen und hübsche Kleider zu bewundern. Vielleicht klang diese Meinung oberflächlich. Doch bei aller Liebe, es klang vor allem problemlos. Und problemlos sollte das Leben sein. Genau aus diesem Grund schluckte man Probleme herunter und hoffte, die Zeit würde alles ändern. Jordan selbst tat das seit Jahren.

Aber machte es mich glücklich?

„Ich habe gestern mein Referat über das Frauenwahlrecht gehalten", bemerkte Erin. „Erschreckend, in wie vielen Ländern das noch ein Problem ist. In Genf haben sie den Frauen erst vor wenigen Wochen durch einen Volksentscheid das Wahlrecht zugestanden. Schockierend, nicht wahr?" Erin schnaubte verächtlich, schaute dabei kopfschüttelnd in die Runde.

Jordan seufzte schwer. Ihr Blick glitt zu ihrem Ehemann, der allerdings vollkommen mit dem Lesen der Tageszeitung beschäftigt schien. Typisch für ihn. Sobald sie seinen Beistand benötigte, hielt er sich raus. Was konnte sie bloß erwidern, damit Erin diese Sache nicht weiter bekümmerte?

Jordan sagte: „Erin, Liebes, das ist furchtbar, keine Frage. Aber denkst du, dies sei ein geeignetes Tischgespräch? Sollen wir stattdessen nicht über…leichtere Themen sprechen?"

Erins schockierte Miene sprach Bände.

Wunderbar, dachte Jordan, jetzt drehte ihre Tochter erst richtig auf. Ihr Versuch Erin zu trösten, hätte falscher nicht sein können.

„Emmeline Pankhurst hat England auf den Kopf gestellt und trotzdem müssen wir weiter für die Gleichberechtigung kämpfen. Das Frauenwahlrecht sollte überall längst selbstverständlich sein. Es geht nicht darum, ob du Lust hast zu wählen, sondern entscheiden zu dürfen, *ob* du überhaupt wählst, Mutter. Frauen sind keine Minderheit, sondern die andere Hälfte der Bevölkerung, und wir haben eine Stimme. Susan B. Antony sah das ähnlich und ließ sich dafür sogar verhaften."

Sicher, widersprechen tat Jordan ihrer Tochter dahingehend nicht. Ihr selbst erschien es kaum nachvollziehbar, weshalb Frauen oft nur auf eine bestimmte Rolle reduziert wurden. Und ja, man sollte etwas gegen jene Vorurteile tun. Aber musste unbedingt *ihre* Tochter diejenige sein, die sich dafür verantwortlich sah?

Dessen ungeachtet existierte ein großer Unterschied zwischen Jordan und Erin. Jordan kannte die bittere Wahrheit, dass Rechte einzufordern meistens bedeutete, gewisse Dinge für seinen Traum zu opfern und ungewollte Kompromisse einzugehen.

Konnte sie eine erfolgreiche Karriere haben und dazu Ehefrau und Mutter sein?

Wahrscheinlich eher weniger.

In all den männerdominierten Berufen müsse sie harte Abstriche machen, müsse härter arbeiten und würde am Ende trotzdem bei Beförderungen übergangen werden. Mit Sicherheit besäße sie dann keine Zeit mehr, überhaupt über Ehe und Kinder nachzudenken. Dazu würde es schwer, einen Ehemann zu finden, der eine solche Lebensweise unterstützte.

Für Jordan selbst gab es nichts Wertvolleres als ihre Kinder. Wieso also wollte Erin ihr Dasein in einem stickigen Büro fristen?

Waren sich Mutter und Tochter tatsächlich so fremd, was ihre Lebenseinstellungen betraf? Jordan konnte es nicht sagen. Vielleicht auch deshalb nicht, da sie damals selbst keine Wahl besaß. Ein wenig betrübte sie diese Tatsache. Als Jugendliche liebte sie das Malen und Zeichnen, wollte Kunstgeschichte studieren. Mittlerweile hielt sie seit Jahren keinen Pinsel mehr in der Hand. Der triste Alltag hatte sie alle erreicht. Vielleicht untersagte sie Erin deshalb nicht, sich so viel mit Frauenrechten zu beschäftigen. Sollte sie ihren Interessen und Idealen solange nachgehen wie sie konnte. Die Realität holte sie früh genug ein.

Vom Aussehen her glich Erin Jordan bis ins kleinste Detail. Honigblonde Haare und grünblaue Augen machten sie zu einem wunderhübschen Mädchen. Während Jordans Frisur an den Schultern endeten, so reichte Erins beinahe bis zum Po. Besonders ihre Rundungen ließen Erin äußerst fraulich erscheinen. Eventuell nannte es einige Menschen Übergewicht, doch Jordan machte sich dahingehend keinerlei Sorgen, denn Erin befand sich im gesunden Bereich, Jordan würde sie sogar als normalgewichtig beschreiben.

Erin aber fühlte sich zu dick, versteckte ihre Pfunde unter grauer, viel zu großer Kleidung. Sie gab ihre Unzufriedenheit nicht gerne zu, was dazu führte, dass sie sich vor der Welt versteckte. Einige ihrer Schulkameraden sprangen auf ihre Schüchternheit und Unsicherheit an und hänselten sie deshalb.

Erin meinte stets, man solle nicht auf Äußerlichkeiten achten. Jordan stimmte ihr dahingehend zwar zu. Dennoch achtete der Großteil der Menschen auf das Äußere – und beurteilte auch danach. Vielleicht galt sie auch hier wieder als zu oberflächlich. Allerdings stand Jordan mit ihrer Meinung schließlich nicht allein da.

Ihr Bruder Jacob hingegen, der Erin am großen Tisch gegenüber saß, besaß dunkelblonde, lockige Haare, eine schlaksige Figur und graublaue Augen, dessen Form und Farbe er eindeutig von seinem Vater erbte. Für seine vierzehn Jahre war er enorm hochgewachsen, was ihn älter wirken ließ. Mittlerweile überragte er seine Mutter deutlich. Auch er kam langsam in die Pubertät, wie sie zu ihrem Missfallen feststellte. Durfte Jordan ihren

Jungen vor wenigen Jahren noch jeden Abend umarmen und knuddeln, so knurrte dieser nun regemäßig, selbst wenn sie eine einfache Frage stellte.

Jacob schimpfte sich einen großen Musikfan. Während Erin das Jugendidol Frankie Avalon anhimmelte, hörte Jacob für sein Leben gern Fats Domino, Joan Baez, Ray Charles und Sam Cooke. Besonders seitdem er zu Weihnachten sein neues Transistorradio geschenkt bekam, lief er mit dem Ding überall dorthin, wo er seinen Plattenspieler nicht mitnehmen durfte.

„Das gibt mir ein Gefühl der Freiheit, Mutter", teilte er ihr einst theatralisch mit. Nun gut, wenn der Junge glaubte, ein Radio brächte ihm Freiheit, dann sollte er das glauben. Sein wirklich oft chaotisches Zimmer musste er trotzdem weiter aufräumen, diese Pflicht wurde ihm nicht genommen. Obschon er meinte, das Chaos sei ein weiteres Zeichen seines Freiheitsdrangs. Jordan aber glaubte, der Junge schob gern das Wort Freiheit vor, obwohl er damit eigentlich eher die Faulheit meinte.

War Jacob nicht mit Musik beschäftigt, steckte er mit der Nase in irgendwelchen Comics. Bis heute verstand Jordan seine Faszination für diese schrecklich bunt gekleideten Superhelden nicht. Dazu kamen diese einfallslosen Namen wie Batman, Superman oder Aquaman. Dabei konnte man bei den engen Kostümen, die diese Helden trugen, genau erkennen was sich unter dem Stoff verbarg – manchmal empfand Jordan die deutlich sichtbare Zurschaustellung der Unterhose über der Hose als recht obszön. Man brauchte also keinesfalls die Bezeichnung des Geschlechts in jeden Namen einfügen.

„Also, ich sage so zu meinem Freund Theo –" fing Jacob ab, doch seine Mutter unterbrach ihn augenblicklich.

„Theo?" hakte Jordan nach. „Den Namen kenne ich gar nicht."

„Theo ist echt super, Mom. Also, ich sage zu ihm, er spinnt, weil er Batman gut findet. Ich habe ihm gesagt, Superman macht ihn alle, denn Superman braucht keinen verdammten Side-Kick um seine Arbeit zu machen. Für wen hält sich dieser Robin überhaupt?"

„Jacob, bitte…Mom, müssen wir wirklich über Superhelden sprechen?" Erin stöhnte genervt auf. Jordan verstand die Aversion ihrer Tochter, diese Themen betreffend, nur zu gut.

Ihr Bruder aber fühlte sich sofort angegriffen. „Ja, reden wir doch weiter über ein langweiliges Thema, was du so lange durchkaust, bis es wirklich keiner mehr hören kann. Was interessieren mich die Genfer Frauen? Ich fahr' nie nach Italien."

Die erboste Erin konterte sogleich. „Du Erbsenhirn! Genf liegt in der Schweiz!"

Genervt schüttelte Jordan den Kopf. Jetzt artete das Gespräch wieder in eine Diskussion aus, wer von beiden die interessantere Konversation betrieb.

„Stan, sag doch auch mal etwas. Auf mich hören diese Quälgeister ohnehin nicht." Jordan blickte ihren Mann hilfesuchend an. Der Abend begann so vielversprechend…

Stan, mit seinen breiten Schultern und den pechschwarzen, mit Pomade nach hinten gekämmten Haaren, beugte sich vor. Er trug stets seinen Anzug mit dem Einstecktuch, denn bisher hatte er noch nicht die Zeit gehabt, sich Freizeitkleidung überzuziehen. Bevor er etwas sagte, nippte er an seinem Cocktail. „Jetzt ist endgültig genug, Kinder! Ihr bereitet eurer Mutter nichts als Ärger! Wenn das so weitergeht, leg ich euch übers Knie!"

Die Kinder waren augenblicklich still, schnitten sich aber weiterhin Grimassen. Zwar wussten sie genau, ihre Eltern machten diese Drohungen niemals wahr – Jordan verabscheute Gewalt an Kindern zutiefst – dennoch kannten sie durchaus andere Disziplinarstrafen, wie Fernseh-, Musik-, oder auch Rausgehverbot.

Obschon ihre Kinder sie mit ihrem Streit oft zur Weißglut trieben, wollte Jordan diese Zeit mit ihnen nicht missen. Vor allem, da die Kinder stetig älter wurden, stieg die Wichtigkeit dieser Familienessen immer mehr. Erin begänne im nächsten Herbst bereits ihr letztes Schuljahr!, etwas, was ihre Mutter traurig und stolz zugleich stimmte.

Einige Zeit herrschte einvernehmendes Schweigen am Tisch. Stans Drohung ließ die Kinder verstummen. Eine hervorragende Möglichkeit also, in eigener Sache zu werben.

Jordan nippte ruhig an ihrem Rotwein, da verkündete sie leicht verhalten: „Morgen findet das Golfturnier im Club statt."

Bei dem Satz bemerkte man gleich Stans aufkommende schlechte Laune. Er legte die Zeitung fort. „Wirklich?" fragte er etwas angefressen. „Morgen früh habe ich aber noch einen Termin mit einem Kunden aus Frankreich reinbekommen. Wenn ich es nicht schaffe…"

Jedes Mal das gleiche, dachte sie leicht verärgert. „Du musst das schaffen, Stan, ich habe dich in die Teilnehmerliste eintragen lassen. Denkst du denn mir macht das Spaß? Den ganzen Tag auf dem Rasen stehen und zusehen, wie ein kleiner Ball in ein noch kleineres Loch gerollt wird? Du hast es mir versprochen, du nimmst den Tag frei."

„Da habe ich auch noch nicht gewusst, dass dieser Kerl unbedingt mit mir reden will und keinem anderen. Das geht nun mal vor, sonst kann ich die Beförderung vergessen und vielleicht sogar meinen Job. Und dann werde ich leider nicht mehr in der Lage sein, die Beiträge für deinen feinen Club zu zahlen."

Sie schluckte eine herbe Beleidigung herunter, die ihrem Gatten gelten sollte. „Es ist nicht *mein* Club, Stan. Du hast vorgeschlagen, dass wir beitreten, und nun müssen wir eben auch Dinge tun, die nicht unbedingt in unsere Lieblingsbeschäftigungen passen, um weiterhin angesehene Mitglieder zu bleiben."

„Arbeit ist keine meiner Lieblingsbeschäftigungen, Jordan, sondern ermöglicht uns diesen Lebensstil. Es kann ja nicht jeder den ganzen Tag zuhause sitzen und sich die Nägel feilen."

Wütend presste sie die Lippen aufeinander. Natürlich, erneut warf er ihr vor, nur Hausfrau zu sein, obschon Stan es war, der – als sie einmal vorschlug, auf einer Abendschule einige Kurse zu belegen – sagte, sie brauche sich nicht die Hände schmutzig machen, da sie einen Ehemann habe, der ihr jeden Wunsch von den Augen ablas.

Stan war es ebenfalls gewesen, der – ohne sie zu fragen – eine Haushaltshilfe anstellte, da er glaubte, dies würde Jordan im Haushalt entlasten. Aber wenn sie ehrlich war – im Grunde nahm er ihr damit ihren Job größtenteils weg.

Ihre Haushaltshilfe war zwar ein Schatz, nichtsdestotrotz hatte diese Entscheidung einst zu einem handfesten Streit geführt, denn Jordan konnte es hassen, einfach so übergangen zu werden. Jordan war in ihrer Rolle der Hausfrau zunächst sehr gut hineingewachsen. Es gefiel ihr, sich um ihre Kinder und ihren Ehemann zu sorgen. Dass ihr beinahe ihr gesamter, sorgsam gestalteter Haushalt entrissen wurde, stimmte sie damals mehr als wütend.

Welche gesellschaftlich angesehene Frau bekam keine Haushaltshilfe beiseite gestellt?, hielt Stan immer wieder dagegen. Hinterher hieße es noch, die Familie leide unter Geldproblemen – oder schlimmer, Stan würde seine Frau vernachlässigen, weil Jordan sich ganz allein um den Haushalt kümmere. Er wollte doch sie doch bloß glücklich machen, ihr ein Leben ohne Stress und Ärger schenken.

Zugegeben, als die Kinder klein waren, war die Haushaltshilfe manchmal tatsächlich sehr hilfreich. Doch jetzt, wo Erin und Jacob selbstständiger waren, ertappte sich Jordan oft dabei sich zu langweilen und holte sich ihren Haushalt größtenteils zurück, indem sie wieder mehr kochte und Juanita – ihre Haushaltshilfe – des Öfteren bat, erst gegen Mittag zu erscheinen. Juanita willigte ein – auch da sie erst vor kurzem Großmutter wurde, und so mehr Zeit mit ihrer Familie verbringen durfte.

Aber nicht nur ihre dauernde Langeweile beschäftigte sie. In letzter Zeit entfernte sich Stan auch emotional mehr und mehr von ihr. Irgendwie vermutete sie, er verheimliche ihr etwas. Sie wusste nicht genau was, doch da sie hin und wieder die Wäsche machte, fand sie beim Ausräumen seiner

Hosentaschen Belege eines Striplokals. Jordan kannte das Etablissement, da Stan oft von seinem Boss dazu gedrängt wurde, unwillige Kunden dorthin zu führen. Aber da sich seine Besuche langsam exorbitant häuften, nahm sie nicht mehr nur an, diese Besuche beinhalteten lediglich reine Arbeitsessen.

Fand er sie etwa nicht mehr attraktiv, langweilte er sich mit ihr? Solche Gedanken schmerzten Jordan.

Nach über fünfzehn Jahren Ehe gab es Zeiten, wo man sich voneinander entfernte und irgendwann nährte man sich wieder an. Daran waren beide schuldig wie unschuldig.

Jordan seufzte. Ja, fühlen tat sie in letzter Zeit viel. Geradeeben fühlte sie zum Beispiel enorme Gereiztheit Stan gegenüber, weil dieser wie immer so tat, als sei es ihre Idee gewesen, ihn zu einem Golfturnier zu schleppen. Dabei ging es hier nicht nur um sie. Es ging um ihre gesellschaftliche Reputation, die vor allem Stan am Herzen lag.

„Mom, krieg ich eine Schlange?" warf Jacob ein. Der Junge besaß wirklich kein gutes Gefühl für Timing.

„Nein!" echote es gleichzeitig von seinen Eltern.

Jordan legte derweil ihr Besteck auf den Teller. „Stan, ich…ich hoffe wirklich, du schaffst es nach deinem Termin noch zum Golfturnier. Damit wir uns verstehen, ich erwarte dich dort." Ernst blickte sie ihren Ehemann an, während dieser höchst widerwillig zustimmte.

„Ihr seid schlimmer als Carol Lombard und Robert Montgomery in dem Hitchcock Film *Mr. Und Mrs. Smith*", murmelte Erin, die ihr schwarzes Stirnband wieder geraderückte. „Die hatten sich genauso in den Haaren."

Danach wurde nicht mehr viel gesprochen. Das Thema war vom Tisch.

2

*E*twas später an diesem Abend machten sich Jordan und Stan bereit zum Schlafengehen. Die Wut auf ihren Ehemann war noch nicht vollständig verflogen, da es für ihn anscheinend Normalität bedeutete, ihre Abmachungen zu ignorieren.

Immer wenn er sie brauchte war sie da, doch wenn sie ihn einmal im Leben an ihrer Seite wissen wollte, versuchte er sich gleich aus der Affäre zu ziehen. Meistens kam er mit fadenscheinigen Ausreden. Oft erhoffte er sich dadurch den früher viel gefallenen Satz: „Weißt du was, vergiss es, mach was du willst, das tust du ja ohnehin!"

Doch seitdem Jordan ihren Ehemann in seiner Intention durchschaute, zogen seine Provokationen nicht mehr. Sie gab nicht mehr nach –was ihn noch mehr verzweifeln ließ. Denn Jordan bestand auf Diskussionen. Selbst wenn diese zum Streit führten. Und Streiten taten sie kürzlich sehr oft.

Nachdem Stan aus dem Bad kam, schüttelte Jordan beide Kopfkissen auf und schlug das Oberbett zurück.

„Es tut mir leid, was ich da heute am Tisch zu dir sagte", entschuldigte er sich. „Natürlich tust du mehr, als dir die Nägel feilen."

„Du weißt genau wie sehr es mir wehtut, wenn du so etwas sagst. Die Kinder sind groß, Juanita macht den Großteil des Haushalts. Ich sehe mich weder als eine Hausfrau noch als Mutter. Ich langweile mich und fühle mich ungebraucht."

„Die Kinder werden nie aufhören dich zu brauchen, Jordan. Du bleibst für immer ihre Mutter. Außerdem hast du doch viele Dinge in deinem Leben, die dich beschäftigen. Der Club, die Partys…so was alles halt."

Ja, dachte Jordan bekümmert, *so was alles halt*. Doch gehörte nichts dazu, was sie selbst stolz machte. Ausgenommen von ihren Kindern…Auf was konnte sie in ihrem Leben stolz sein?

„Außerdem, sei doch froh, dass du nicht jeden Tag erschöpft von einer Arbeit nach Hause kommen musst, sondern dass du das Privileg genießen darfst, möglichst sorgenfrei durchs Leben zu gehen."

Wollte er ihr nun ein schlechtes Gewissen machen? Sie bemerkte bereits, wie ein leiser Funken Reue in ihr hochkroch, denn ja, er arbeitete, während sie keinerlei Sorgen besaß.

Es war zwar kein schlechtes Leben, was sie führte. Die meisten Frauen lebten ein ähnliches Leben wie sie, ein Leben als Hausfrau und Mutter, und beschwerten sich auch nicht. Keine ihrer Freundinnen tat das. Also musste ihre Unzufriedenheit doch an ihr liegen, oder nicht?

Nein!, wollte sie lauthals rufen, tat es jedoch nicht.

„Wie gesagt, es tut mir leid, dich verletzt zu haben", meinte Stan.

Da sie ihm und seinem treuen Dackelblick nicht widerstehen konnte, erwiderte sie: „Entschuldigung angenommen."

„Ich mache mir Sorgen um Erin", bemerkte Stan plötzlich, derweil er seinen Morgenmantel auf eine Chaiselongue legte. Diese stand in der Nähe eines großen Fensters und Schiebetür, welche direkt auf einem Balkon führte.

„Wieso?" entgegnete Jordan, cremte sich gleichzeitig ihre Hände und Unterarme mit Lotion ein.

Stan zuckte mit den Schultern. „Nun ja, ich traf George im Club." George Walton war Erins Schuldirektor. „Er meinte, Erin habe immer noch wenig soziale Kontakte und würde oft gehänselt. Ihr Selbstvertrauen scheint ziemlich angeknackst zu sein. Weißt du da mehr drüber?"

„Nun, ich denke, sie ist unzufrieden mit sich. Die Kinder an ihrer Schule hänseln sie aufgrund ihres Gewichts."

„Ach Quatsch! Das Mädchen ist vollkommen in Ordnung!"

„Kinder können grausam sein, Stan. Die suchen sich irgendwas an Erin aus und hänseln sie. Ob es stimmt oder nicht."

„Sie ist so introvertiert, Jordan. Sie versteckt sich hinter Büchern und geht niemals raus. Das ist ungesund für ein Kind ihres Alters. Vielleicht solltest du mal wieder ein Frauengespräch mit ihr führen. Über Haare und Make-up reden. Offenbar fehlt ihr so etwas, weil sie wenig Freundinnen hat."

Langsam aber sicher schwand die Wirkung des Dackelblicks bereits. Warf ihr Stan etwa vor, sie kümmere sich nicht genug um ihre Tochter? Wie konnte er ihr das vorwerfen, wo er doch kaum zuhause weilte?

Stan bemerkte ihre aufkommende Rage. „Das, was du wieder denkst, meine ich gar nicht. Manchmal muss man Menschen zum Reden zwingen. Männer tun das auch, Jordan. Wir reden auch über Mädchen oder Sport oder selbst über die beste Pomade fürs Haar. Bei solchen Themen taut man auf."

Das besänftigte Jordan ein bisschen. Sie wusste auch nicht, warum sie in letzter Zeit ständig an die Decke ging, sobald Stan etwas sagte. „Ich habe ihr bereits angeboten, mit mir einkaufen zu gehen, sie ein bisschen herauszuputzen. Aber sie hat abgelehnt." Jordan seufzte schwer. „Rede du doch mal zur Abwechslung mit ihr."

„Was soll *ich* ihr denn raten? Wie man einen Ball wirft? Warum sollte sie sich ihrem Vater anvertrauen, Jordan?"

Jordan zuckte mit den Schultern. Sie vermied es zu erwähnen, was für ein furchtbarer Sportler Stan war. Er selbst warf einen Ball keinen halben Meter weit.

„Jaja, ich verstehe deinen Einwand. Allerdings habe auch keine Ahnung, was ich noch machen soll."

Nachdem sie das Licht ausmachte und sich ins Bett legte, bemerkte sie, wie Stans Hand langsam über ihren Körper strich. Langsam rückte er an sie heran, vergrub seinen Kopf in ihrer Halsbeuge.

„Du riechst so gut", murmelte er. „Ich weiß, du bist sauer auf mich, weil ich morgen diesen Termin habe, Schatz, aber ich mache es wieder gut. Ich versuche pünktlich zu sein."

Jordan schmiegte sich enger an ihn. „Danke, Stan. Ich liebe dich."

Während Stans sie mit zarten Berührungen liebkoste, hauchte er ihr gleichzeitig liebevolle Koseworter ins Ohr.

Das Leben konnte so schön sein.

Aber warum fühlte sie sich dann so leer?

Am nächsten Morgen schaute Erin auf ihren Kalender. Es war Samstag und wieder einmal zauberte der Gedanke, zwei Tage Ruhe von der Schule zu haben, ein Lächeln auf ihr Gesicht.

Die Schule war grässlich, einfach furchtbar. Es gab keinen Tag, an dem die anderen Schüler sie nicht piesackten. Andauernd warfen sie ihr vor, hässlich und dumm zu sein, etwas, was sie besonders verletzte, da sie selbst niemals ein schlechtes Haar an jemandem ließ.

Verschlafen schaute sie auf die Uhr und stellte laut stöhnend fest, wie spät es bereits war. Sie hatte verschlafen. Dieses dämliche Golfturnier begann um zwei Uhr und jetzt war es zehn, was bedeutete, es war höchste Zeit endlich unter die Dusche zu gehen.

Rasch stellte sie sich unter den warmen Duschstrahl, ließ das Wasser auf ihre Haut prasseln. Ihre Glieder entspannten sich sogleich und als sie kurz einen Blick auf ihren Körper warf, stellte sie fest, sie fühlte sich gar nicht so hässlich wie alle sagten. Um ehrlich zu sein, gefiel Erin ihr Körper sogar erstaunlich gut.

Deswegen verstand sie auch nicht, weshalb sie alle immerwährend hänseln mussten. Ja, vielleicht konnte sie nicht von sich behaupten, jeden einzelnen ihrer Knochen durch ihre dürre Haut scheinen zu sehen. Allerdings triefte sie auch nicht vor fett, wie einige ihrer Schulkameraden es ihr vorwarfen.

In Gedanken versunken überhörte sie das leise Knarren der Badezimmertür. Da sie ein eigenes ans Zimmer angrenzendes Badezimmer besaß, schloss sie niemals ab.

Plötzlich vernahm sie ein Geräusch. Sofort stellte Erin das Wasser ab und sah sich um.

Es war seltsam, doch sie konnte schwören, ein Gesicht an der halb offenen Tür gesehen zu haben. Hatte sie die Tür nicht zufallen lassen, als sie eben duschen ging?

Rasch schnappte sie sich ein Handtuch, wickelte es sich um den Körper und stieg aus der Dusche, da entdeckte sie einen Jungen aus ihrem Zimmer huschen.

Sie wusste, Jacob war heute Morgen mit einem Freund verabredet gewesen, und anscheinend hatte dieser Widerling sie eben beim Duschen beobachtet!

„Mom!" kreischte Erin wild. „Mom!"

Der Schrei schien Wirkung zu zeigen, denn Jordan kam nur wenige Sekunden später die Treppe hochgerannt.

„Erin, meine Güte, was hast du denn? Ist dir was?" fragte Jordan ihre Tochter besorgt.

Auch Juanita, die Haushälterin, wurde wohl von den Schreien angelockt, denn sie folgte Jordan auf der Stelle.

Juanita war eine kleine, aber sehr schlanke Frau, die ursprünglich aus Kolumbien stammte. Sie hatte kurzes, braunes, lockiges Haar, ruhige braune Augen und trug Freizeitkleidung, keine Uniform.

„Jacobs perverser kleiner Freund hat mich beim Duschen beobachtet!" schluchzte Erin.

In diesem Moment trat Jacob, gefolgt von seinem etwas älteren Freund Kevin, aus dem Raum. Kevin war groß, verstand nicht viel von Körperpflege, weshalb seine fast schwarzen Haare stets etwas fettig von seinem Kopf hingen. Er grinste Erin süffisant an, was diese dazu veranlasste, wie eine wilde Furie auf ihn zu springen.

„Du ekelhafter Mistkerl!" fauchte sie. „Macht es dir Spaß, den Spanner zu spielen?"

„Er hat sich bloß in der Tür geirrt", versuchte Jacob die Situation zu beruhigen.

„Dafür müsste er aber vorher durch mein Zimmer gehen, da wäre ihm früher aufgefallen, dass er den falschen Raum betrat!" fauchte Erin. „Seit wann hast du Rüschenkissen auf dem Bett liegen? Mom!"

„Erin, zieh dich für das Turnier an, ich regle das."

Als Erin schnaubend abzog, fügte ihre Mutter stirnrunzelnd hinzu: „Ich habe das perfekte Kleid für dich im Sinn, Schätzchen. Das Gelbe, mit der aufgestickten Rose am Rock. Du sollst heute schließlich hübsch aussehen."

Dieser Satz löste in Erins Innerem einen herben Schwall der Enttäuschung aus.

„Du sollst heute hübsch aussehen", äffte sie ihre Mutter traurig nach. „Weil ich sonst wie ein hässliches Entlein wirke, oder warum?"

Manchmal fragte sie sich, ob ihre Schulkollegen Recht hatten, was ihr Aussehen betraf – oder ob es daran lag, dass sie sie einfach aus Prinzip nicht mochten. Ihre Mutter hatte ihr oft gesagt, sie solle weniger graue Farben tragen, mehr Kleider anziehen, die ihre Attribute hübsch zu Schau stellten, weil das angeblich ihr Selbstvertrauen stärkte. Aber um ehrlich zu sein glaubte Erin nicht daran – oder besser gesagt, ihre Angst, den Anfeindungen viel herber ausgesetzt zu sein, sobald sie vielleicht etwas anderes anzog, überwog der Neugier, eine Typwandlung zu vollziehen.

Und da Erin sich immer wieder die Weisheiten ihrer Mutter anhören musste, bekam sie mittlerweile erst recht keine Lust mehr, sich irgendetwas Hübsches zum Anziehen auszusuchen, zumal sie in der Schule ohnehin eine Uniform trug.

Es klopfte an der Tür. Als Erin denjenigen hineinbat, betrat ihre Mutter das Zimmer.

„Kevin ist weg. Ich habe Jacob verboten, ihn die nächsten Tage zu sehen. Der Bursche ist ein solch schlechter Umgang. Außerdem stinkt er wie eine Tabakfabrik. Hinterher verführt er deinen Bruder noch zu Drogen und Alkohol."

„Glaubst du nicht, Jacob könne dem Druck widerstehen?" erwiderte Erin.

„Vielleicht. Allerdings möchte ich es kaum darauf ankommen lassen."

„Warum verbietest du Jake nicht einfach den Umgang mit ihm?" wollte Erin wissen.

„Das letzte Mal, als ich das getan habe, hat er sich hinter meinem Rücken mit ihm getroffen. Da ist es mir lieber, ihn hier unter Kontrolle zu wissen." Jordan zögerte einen Moment lang, dann trat sie zum Kleiderschrank ihrer Tochter und holte besagtes gelbes Kleid heraus, auf dessen Rock eine kleine rote Rose aufgestickt worden war. Nachdem sie das Kleid aufs Bett legte, suchte sie nach Erins gelben Petticoat, um dem Kleid so den letzten Schliff zu verpassen.

„Ich hole dir gleich den Lockenstab, damit deine Haare hübscher fallen." Sie schaute ihre Tochter nachdenklich an. „Hast du noch Haarspray da? Du tust immer viel zu wenig ins Haar, deine Frisur fällt meistens nach fünf Minuten zusammen. Außerdem toupierst du dein Haar niemals stark genug. Möchtest du es dir nochmal von meinem Coiffeur zeigen lassen? Es wäre ja gelacht, wenn du mathematische Formeln herunterrasseln aber nicht dein Haar toupieren kannst."

Und wieder ging es um ihr Aussehen. Mann, allein in diesem Haus bekam man einen Haufen Komplexe. Allein wenn sie die atombombensichere Frisur ihrer Mutter betrachtete, fragte sie sich, ob sich das viele Haarspray jemals rauswaschen ließe. Zwar war es Mode, dass viele Frauen für die Perfektion ihrer Haare eine Perücke trugen, ihre Mutter hingegen hasste Perücken, obgleich sie mehrere besaß. Aus diesem Grund trug sie selten welche, was allerdings bedeutete, wesentlich mehr Zeit vor dem Badezimmerspiegel zu vertrödeln, um ihre Frisur auch ja genauso perfekt wie ihr Idol Jackie Kennedy hinzubekommen. „Ja, ich weiß, ich bin nicht hübsch genug!" fauchte Erin.

Ihre Mutter rollte genervt mit den Augen. „Das habe ich nicht gesagt, Erin. Du bist wunderschön. Aber du machst nichts aus dir. Dabei bräuchtest du allein etwas Selbstbewusstsein und schon sähe die Welt anders aus." Sie seufzte. „Vielleicht benötigst du etwas Puder und Lidschatten. Du wirkst ständig so blass. Fast wie ein Vampir."

„Mom! Das ist nur ein Golfturnier. Bloß ein simples Golfturnier." Wieso musste sie wie ein Mannequin herumlaufen, wenn ohnehin niemand Interesse an ihr hegte? Ihre Mutter war so verdammt oberflächlich. Besaßen sie tatsächlich keinerlei Gemeinsamkeiten?

„Du bist nur einmal jung, Erin. Es sollte wenigstens ein paar Fotos geben, wo du einmal lächelst und nicht immer diese schrecklich garstige Miene vorzeigst."

Erin schwieg. Jordan hingegen legte ein Paar Schuhe neben das Bett.

„Er hat dir doch nichts getan, der Junge, oder?" fragte sie nebenbei.

„Was soll er getan haben?" fragte Erin, immer noch im Handtuch eingewickelt.

„Dich angefasst, zum Beispiel." Ihre Stimme blieb ruhig aber wachsam.

„Nein. Er ist bloß ein dummer Spanner."

Jordan nickte. „Da stimme ich dir unumwunden zu, Erin." Jordan blickte ihre Tochter ernsthaft an. „Du hast das richtige getan, Süße. Lass dir nichts gefallen, was du nicht willst, okay? Nein heißt Nein, in jedem Fall, in Ordnung?"

„Ja."

„Gut. Und jetzt zieh dir was an. Ich erwarte dich pünktlich um halb eins unten im Flur. Du hast heute schon lange genug geschlafen."

3

Gegen ein Uhr dreißig wartete Jordan am Country Club Golfplatz auf das Erscheinen ihres Ehemannes, der bis dato stets durch Abwesenheit glänzte. Wütend verschränkte sie die Arme vor der Brust und hoffte, Stan würde rechtzeitig auftauchen, denn seine Absenz wäre äußerst peinlich für sie.

Inzwischen waren alle anderen Ehemänner bereits eingetroffen, manche von ihnen sogar mit einem Caddie, einem Assistenten, der ihnen mit Rat und Tat zur Seite stand. Lediglich einer fehlte. Stan.

„Wie ich sehe, hast du deinen Göttergatten verloren", wetterte Emilia Howser, einer der Damen ihrer kleinen Frauenrunde, gegen sie.

Emilia war eine schwarzhaarige, zierliche Frau, die öfters ihre Haarfarbe wechselte, als mancher seine Unterwäsche. Wobei Jordan davon ausging, dass sie meistens Perücken trug. Sie trug ein hellblaues Etuikleid und hielt eine kleine, ebenfalls blaue Tasche in der Hand. Normalerweise kümmerte sich Jordan kaum um die herrischen Kommentare dieser Frau. Trotzdem ärgerte sie sich sehr über ebendiesen, denn Stan hätte dieses Lästern mit seinem einfachen Erscheinen verhindern können.

„O, er hat mir bereits mitgeteilt, es könnte knapp werden. Ihm ist ein wichtiger Termin dazwischen gekommen." Sie hoffte, man sah ihr ihre Unzufriedenheit nicht an.

„Sicherlich."

„Er wird kommen. Das hat er mir versprochen." Wieso verteidigte sie sich gerade? Dazu gab es keinerlei Veranlassung.

„Natürlich", erwiderte Emilia in einem herablassenden Ton, der keineswegs freundlich klang, selbst wenn sie sich bemühte.

Jordan wusste, Emilias derzeitige, mittlerweile zweite Ehe ging langsam den Bach herunter, weshalb sie darüber hinwegsah, sie ebenfalls zu beleidigen. Die Frau suchte praktisch nach Streit. Genau diesen bekäme sie sicher nicht mit ihr.

Seufzend blickte sie sich weiter auf dem großen Golfplatz um und erblickte ihre Tochter, die mit Lockhard Monagan sprach. Einem arroganten, vielerorts auch gefährlich geltenden Mann, dessen volle, dunkle Haarpracht und hohen Wangenknochen trotz der bösen Gerüchte viele Frauen schwach werden ließ.

Er war ein großer, kräftiger Mann, in etwa so wie Stan, mit einem weichen Gesicht und einer krummen Nase, die infolge vieler Schlägereien ihre jetzige Form annahm.

Jordan verabscheute ihn mit jeder Faser ihres Körpers.

Man sagte Monagan nach, er solle, neben seiner täglichen Beschäftigung, auch ein gern gesehener Gast im Rotlichtmilieu sein, was Jordan in

Anbetracht der Tatsache, dass dieser Mann sich just an ihre Tochter heranmachte, erstrecht missfiel. Womit er sein Geld verdiente, wusste Jordan nicht. Allerdings hieß es, er stünde gewissen Kredithaien sehr nahe.

Monagan sagte etwas zu Erin, sodass diese errötete und beschämt auf den Boden schaute. Als er dann auch noch seine Hand nahm und diese auf Erins Arm legte, war es für Jordan vorbei. Schnellen Schrittes eilte sie zu ihrer Tochter, packte diese am Arm und zog sie mit.

„Erin, komm her, sofort", sagte sie harsch. Sie würdigte Monagan nicht einmal eines Blickes.

„Mom!" rief Erin. „Was ist denn los?"

„Wieso redest du mit diesem Mann?" fauchte Jordan.

„Weil er nett war, Mutter. Er hat doch gar nichts getan!" Erin schnaubte. Wütend riss sie sich aus dem Griff los. „Nur weil du sauer auf Dad bist, musst du das nicht an mir auslassen."

Daraufhin konnte Jordan nur mit ansehen wie Erin davonlief, direkt in Richtung des Haupthauses des Clubs.

Bevor sie sich weiter aufregen konnte, hörte sie, wie hinter ihr jemand lachte. Es war Clark Anderson, der Ehemann von Betty Anderson, welche ebenfalls zu ihrer kleinen Frauenrunde gehörte. Hin und wieder arbeitete er mit Stan zusammen, und im Gegensatz zu seiner beständig nörgelnden Frau, konnte Jordan über Clark kein böses Wort verlieren.

„Monagan ist kein guter Umgang für Erin, aber man spürt, sie wird erwachsen", sagte er, gleichzeitig trat er näher. Er trug weiße Shorts, dazu ein weißes Hemd, und über seinen Schultern hing ein grauer Pullover. Auf seinen haselnussbraunen Haaren lag eine Mütze, zum Schutz vor Sonnenbrand.

Seine grünen Augen musterten Jordan durchdringend. Sie wusste, er fand sie ausgesprochen attraktiv. Ihr erging es ähnlich, was ihn betraf.

Sie würde lügen, behauptete sie, ihre Gedanken seien stets fromm und unschuldig Clark gegenüber gewesen. Der Mann war ein Sahneschnittchen. Trotzdem, für sie käme es niemals infrage, ihren Ehemann zu betrügen oder einer anderen Frau den Mann wegzunehmen.

In guten wie in schlechten Zeiten…

Nur durfte man sich in schlechten Zeiten durchaus auch mal Clark Anderson in enger Badehose vorstellen, oder etwa nicht? Solange es bei der Vorstellung blieb.

„Die Kinder werden immer größer und irgendwann ziehen sie aus", bemerkte Jordan leicht wehmütig. Sechzehn würde Erin im Oktober werden. Die Zeit verging wie im Fluge.

Clark lächelte. „Ja, ich kann mir dich ohne Kinder gar nicht vorstellen. Sie passen zu dir."

„Danke."

„Planen Stan und du weitere?"

„Clark!" entfuhr es Jordan. „So etwas fragt man doch niemanden. Das ist viel zu privat."

Er zuckte unberührt mit den Schultern, als sei er sich keinerlei Schuld bewusst. „Ich wollte immer Kinder. Betty nicht. Ich, naja…." Er seufzte. „Du hast Recht, so etwas bespricht man nicht in aller Öffentlichkeit. Vor allem nicht auf dem Golfplatz."

Mitleid wallte in ihr auf. Ungewollt kinderlos zu sein, so was musste sich schrecklich anfühlen. Clark schien in letzter Zeit ebenfalls leicht kopflos und gedankenverloren. Als ob er sich andauernd um etwas sorgte. „Betty ist doch erst dreiunddreißig. Ihr habt noch genug Zeit."

Obschon Betty und Clark demnächst ihren elften Hochzeitstag feierten...für ihre Generation war eine solch lange Kinderplanung dann doch ungewöhnlich.

„Tja, Betty möchte keine Kinder." Er blickte sich auf dem Golfplatz um. „Ich denke, Stan wird es nicht mehr schaffen", sagte er. Auch in seiner Stimme schwang Mitgefühl.

„Ja", stimmte Jordan enttäuscht ein. Erneut ließ ihr Ehemann sie im Stich.

Kurze Zeit später wurde das Golfturnier bereits eröffnet. Ohne Stan, wohlgemerkt.

Es war bereits später Nachmittag, als Stan auf die Uhr guckte.

Gerade erst hatte sein Geschäftspartner sich verabschiedet. Er war Franzose und beide philosophierten bei einem Cognac über französischen Wein. Denn Monsieur Clement, wie er hieß, besaß einen Bruder, der einen ganzen Weinberg in der Provence sein eigen nennen durfte. Der beste Wein der Welt, seiner Meinung nach. Er versprach, Stan beim nächsten Mal eine Flasche mitzubringen, damit er sich selbst ein Bild davon machen konnte.

„Natürlich klingt es zunächst parteiisch", meinte Clement. „Allerdings übertreibe ich es nicht. Der beste Wein der Welt."

Monsieur Clement gehörte zu Stans wichtigsten Klienten, und wenn besagter einen Narren an ihm fraß, würden Jordan, die Kinder und er dieses Jahr sehr wahrscheinlich einen Frankreichurlaub vor sich haben.

Jordan liebte Frankreich, besonders den Süden und Paris. Außerdem besaß sie deutsche Wurzeln, und so konnten sie eventuell sogar die Schwester von Jordans verstorbenem Vater Heinrich besuchen. Seine Frau hatte diese erst vor knapp zehn Jahren wiedergefunden, nachdem der Kontakt nach Deutschland, während des letzten Krieges, abbrach.

Doch als er bemerkte wie spät es mittlerweile war, wurde ihm bewusst, diese Frankreichreise wäre womöglich das einzige, was ihn vom dauerhaften Übernachten auf dem Sofa retten könnte.

Rasch packte er alle seine Sachen zusammen und stürzte in vollkommener Hast aus dem Büro heraus. Seine unausstehliche Sekretärin rief ihm noch etwas hinterher, doch Stan blieb keine Zeit mehr, um darauf zu antworten.

Eilig lief er zu seinem Auto und fuhr in Richtung des Country Clubs. Dort angekommen wurde ihm gesagt, die Siegerehrung der heutigen Veranstaltung begänne bald, was hieße, er käme eindeutig zu spät.

O Gott, Jordan würde ihn lynchen. Wahrscheinlich müsste er dafür zu Kreuze kriechen, um sie wieder zu besänftigen.

Da er ihr ohnehin irgendwann begegnete, wollte er es gleich hinter sich bringen, weshalb er sie augenblicklich im Getümmel aufsuchte.

Letzten Endes fand er sie an der Hausbar des Clubs, wo sie, deutlich zornig über sein Wegbleiben, an einem Martini nippte.

„Es tut mir leid!" stieß er aus. Seine Miene verriet selbiges. Schwer atmend nahm er seinen Hut, den er beinahe im Büro vergaß, vom Kopf und legte ihn auf den Tresen der Theke.

Sie blickte ihn nicht an, antwortete aber: „Es ist ja nicht so, dass ich dauernd um deine Anwesenheit bei Dingen bitte, die mir wichtig sind, Stan. Nur einmal solltest du dein Versprechen halten. Wahrscheinlich war dies zu viel verlangt."

„Jordan…", begann er.

„Nein, es ist vorbei, Stan. Ich habe keine Lust mehr auf diese Ausreden. Wir reden heute Abend, wenn der ganze Club uns nicht dabei beobachtet."

„Jordan, du musst verstehen, meine Arbeit ist deutlich wichtiger als dieser Zirkus!"

Nun fuhr ihr zornesroter Kopf in seine Richtung. „Weißt du was? Ich habe auch nicht immer Lust auf diesen Zirkus, aber er ist deiner Arbeit genauso hilfreich wie deinem ach so geliebten Ruf. Denn ohne passende Reputation, sind all deine tollen Geschäftspartner ebenfalls nichts mehr wert."

„Ich weiß ja, Jordan, aber…"

„Halt deinen Mund, Stan!" fuhr sie ihn an. „Ich habe wirklich keine Lust mehr, länger darüber zu diskutieren. Du denkst du bist im Recht, ich denke, ich bin es." Sie seufzte. „Du kannst gerne gehen und deiner geliebten Arbeit hinterherrennen. Jetzt ist sowieso alles vorbei."

Bei diesen vorwurfsvollen Tönen steigerte sich Stans Rage ebenso. „Du hast gar keine Ahnung, wie mein Tag aussieht!" fauchte er. Sie musste schließlich nicht dafür sorgen, jeden Monat alle Rechnungen pünktlich zu bezahlen.

„Und du nicht wie meiner." Beleidigt sprang Jordan vom Hocker auf. „Vielleicht denkst du, ich sitze den ganzen Tag bloß faul herum, aber fühle du dich mal ungebraucht, dann weißt du, wie sehr man unter so etwas leiden kann."

4

Jacob freute sich auf seine sturmfreie Bude, während seine Mutter und Schwester ihre Zeit bei dieser nutzlosen Feier vertrödelten. Beinahe schleppte seine Mutter ihn sogar zu dem Fest mit, doch Jacob weigerte sich beharrlich, sein Wochenende für solch eine fade Veranstaltung zu ruinieren. Seine Mutter gab schnell auf ihn zu drängen mitzukommen, nachdem er ihr versprach, nicht zu wissen, ob er sich tatsächlich so vorbildlich benahm, wie sie von ihm verlangte.

Vielleicht nannte man so etwas Erpressung, aber im Grunde gewann jeder dabei. Seine Mutter wusste ganz genau, ein gelangweilter Jacob brachte ziemlich viel Unruhe.

Juanita verbrachte ihren freien Samstagnachmittag bei ihren Kindern, somit konnte Jacob machen was er wollte – eine perfekte Ausgangslage.

Er dachte darüber nach, sich den Tag über vor den Fernseher zu setzen. Seit Weihnachten besaß die Familie den neusten Farbfernseher, hinter welchem sein Vater schon lange her war, seine Mutter den Sinn dahinter jedoch nicht verstand.

„Stan, kaum eine Fernsehsendung wird in Farbe ausgestrahlt, das ist rausgeworfenes Geld", behauptete sie, um den Kauf abzuwehren. Seitdem ließ sie Stan regelmäßig an der Tatsache teilhaben, man könne die Minuten, einer in Farbe ausgestrahlte Sendung, an einer Hand abzählen.

Seinen Vater allerdings kümmerte dies kaum. „Ja, aber wenn eine Sendung in Farbe ausgestrahlt wird, wer kann sie sich dann ansehen? Und überhaupt, die Parkers haben den gleichen und wir wollen da doch nicht zurückstehen. Ich habe ihn mir von Wallace bei unserem letzten Bridgeabend zeigen lassen. Der Kasten ist der Wahnsinn! Du solltest mit der Zeit gehen, Jordan."

Seine Mutter gab schließlich nach. Wirklich etwas anfangen konnte Jacob mit dem Programm aber nicht, also stellte er die Kiste wieder aus.

Am liebsten wollte er mit seinem Freund Theo den Tag verbringen. Mit Jakes Transistorradio würden sie sich irgendwo hinsetzen, sich über Mädchen und Comics unterhalten und den Tag vorbeiziehen lassen.

Bis heute konnte Jacob nur schwerlich verstehen, wie seine Eltern als Kinder ihre Freizeit verbrachten, wo es so super Dinge wie Transistorradios noch nicht gab. Damals konnten sie bloß in der Wohnung Musik hören. Was für eine Verschwendung, da lohnte sich das Rausgehen ja kaum! Demnach freute sich Jacob riesig, dass er einfach das Haus verlassen und von morgens bis abends dem neuen Radiosender folgen durfte, der fast ausschließlich Rock spielte und kaum Nachrichten brachte. Oftmals blieben Theo und er den ganzen Tag weg. Und sobald er ein eigenes Auto besäße, käme Jacob wohl nur noch zu den Mahlzeiten nach Hause.

Wahrscheinlich würde er sich einen von diesen super VW-Bussen kaufen, so könnte er praktisch in seinem Auto leben. Gerne stellte er sich vor, in einem Plattenladen zu arbeiten – nein, seinen eigenen Plattenladen zu besitzen – und an den Wochenende im hinteren Teil seines Busses abzuhängen, Musik zu hören, Mädchen dort zu vernaschen und danach ein Bier zu runterzuschütten, während er eine Zigarette nach der nächsten paffte.

Ein Leben, wie es im Buche stünde. Freiheit pur, sagte er sich, ohne Zwänge, einfach frei. Er könnte tun und lassen was er wollte. Mann, wie sehr er sich freute, wenn dieser Tag endlich anstünde. Er wäre fast so wie die Kerle in dem Roman von Jack Kerouac, *Unterwegs*, oder wie das Buch hieß. Er hatte es nicht selbst gelesen, aber Erin hatte ihm davon erzählt und er fand die Idee, so viel zu reisen, echt super. Nur wollte er so einen Trip eben in seinem VW-Bus machen, nicht etwa in Güterzügen oder ähnlichem. Das klang doch dann sehr ungemütlich.

Aber heute war heute. Und heute feierte Theo bei seinen Verwandten in den Geburtstag seines Cousins nach. Das gesamte Wochenende konnte er also mit der Abwesenheit seines besten Freundes rechnen.

Jacob lernte Theo im Comicbuchladen kennen. Der Junge mochte dieselben Superhelden und Musiker wie er. Sie verstanden sich auf Anhieb gut und diskutierten sicher zwei Stunden lang über Batman, Superman und Co.

Auch wenn Theo Batman favorisierte und Jacob Superman, so konnten sie über diese Diskrepanz durchaus hinwegsehen.

Wenn Theo nicht gerade mit Superhelden beschäftigt war, erzählte er Jacob von seinem anderen Lieblingsthema: Den aufkommenden Bürgerrechtsbewegungen. Jacob hatte weniger Ahnung von Politik, deshalb hörte er meist nur zu, wenn Theo darüber sprach. Der Junge war ein riesiger Bewunderer von Sit-Ins und gewaltfreien Protesten. Sein größtes Vorbild war Martin Luther King. Ein Onkel von ihm lebte in Amerika und beteiligte sich oft an den Protesten, bei denen sich die Bürgerrechtler gegen die Rassentrennung auflehnten. Er wurde bereits dreimal verhaftet, aber für Theo und seine Familie war er ein Held. Auch Jacob fand es wahnsinnig mutig, was er tat. Letzten Endes konnte der Einsatz für die Bürgerrechte auch mit dem Leben bezahlt werden. Neben Erin kannte Jacob kaum jemanden, der sich so viel für Politik interessierte wie Theo. Manchmal glaubte er, seine Schwester und sein bester Freund gäben ein gutes Paar ab. Letztendlich waren sie fast im selben Alter. Aber wollte er seinen besten Kumpel an seine Schwester verlieren? Wohl eher nicht.

Ebenso traf Jacob sich in letzter Zeit auch öfters mit Kevin. Im Grunde war Kevin ein feiner Kerl, jedenfalls die meiste Zeit. Klar, er überspannte den Bogen oft, aber man konnte durchaus seinen Spaß mit ihm haben. Und er kam immer, wirklich IMMER an Bier ran – was ihn ziemlich wichtig für Jacob machte.

Heute aber war nicht nur seine Schwester sauer auf ihn, weil der Idiot Erin beim Duschen beobachtete. Jacob mochte es ebenfalls nicht, wenn jemand seine Schwester einfach angaffte, zumal sie unter der Dusche vollkommen unbekleidet war. Trotzdem ließ sich sein Freund nicht einfach so verscheuchen. Kevin war hartnäckig, was hieß, dass er am Abend schon wieder vor seiner Tür stand und Einlass verlangte.

„Mann, ich bin echt wütend auf dich!" fauchte Jacob ihn an. „Du hast meine Schwester begafft!"

Kevin zuckte bloß mit den Schultern. „Sie ist vielleicht deine Schwester, aber nicht meine. Und ich finde sie scharf. Zu schade, wenn sie immer diese Kartoffelsäcke anzieht, aber unter den Säcken, da finden sich Traumwelten zum niederknien wieder."

Dafür bekam er einen gesalzenen Hieb gegen den Arm verpasst, weshalb Kevin vor Schmerz aufjaulte.

„Du Idiot!" fauchte er und rieb sich die schmerzende Stelle am Arm. „Und ich habe dir noch Kippen und Alk mitgebracht!"

Jacob wurde augenblicklich hellhörig. „Du hast was?"

Plötzlich machte sich ein wissendes Grinsen auf Kevins Mund breit. „Schnaps und Kippen, Kumpel. Einwandfreies Zeug. Aber da du mich ja so abstoßend findest..."

Jacob selbst hatte weder geraucht noch Schnaps getrunken, doch es reizte ihn einmal im Leben etwas Verbotenes zu tun. Zumal er wusste, würde er erwischt, bekäme er Hausarrest bis er dreißig wurde.

„Wir haben höchstens zwei Stunden übrig, bis meine Alten wiederkommen", bemerkte er.

Kevin grinste bübisch. „Genug Zeit für 'nen kleinen Drink unter Freunden."

Jacob sah dabei zu wie Kevin den Alkohol unter seiner Jacke hervorholte. Für das schlechte Gewissen blieb später schließlich auch noch Zeit. Jetzt gab es erst einmal Spaß.

Die fröhliche Musik der Band lud an diesem Abend viele zum Tanzen ein. Auch Jordan erfreute sich der Musik, obschon sie stets wütend auf ihren Ehemann war. Trotzdem, oder vielleicht gerade deshalb, nahm sie Clark Andersons Aufforderung zum Tanzen gerne an.

Seine Frau Betty schmollte derweil an der Bar. Ihre Augen zeigten eindeutige Feindseligkeit, sowie Clark Jordan auf die Tanzfläche führte.

„Sie ist verärgert, weil ich tanzen wollte und sie nicht. Sie denkt, ich sollte zurückstecken, aber das tue ich nicht. Man lebt nur einmal. Ich nehme keine Rücksicht mehr auf ihren Schmollmund."

Jordan wollte sich kaum in Clarks Eheschwierigkeiten einmischen, also lächelte sie bloß höflich, erwiderte jedoch nichts.

Natürlich würde sie niemals einen langsamen Tanz mit ihm wagen, dafür respektierte sie Betty zu sehr. Langsame Tänze gehörten den Verliebten, keinen Freunden. Doch da die Band einen freudigen Song nach dem nächsten spielte, sah Jordan keinen Grund, den Abend nicht zu genießen.

Nach dem zweiten Tanz, spürte Jordan, wie sich Clarks rechter Arm um ihre Taille schlang. Angestrengt versuchte sie ein unangenehm aufkommendes Gefühl zu unterdrücken, sobald sie Clarks Hände auf ihrem Körper spürte.

Wobei, eigentlich würde sie seine Berührung nicht als unangenehm betrachten, eher als…nun, ihr gefiel die Berührung besser als zunächst vermutet. Sie sollte nicht weiter darüber nachdenken.

„Hat dir heute schon jemand gesagt, wie bezaubernd du in dem Kleid aussiehst?" fragte er leise.

Passend zu dem doch eher nun unangebrachten Gespräche, wechselte die Band zum ersten Mal zu einem ruhigen Song. Sofort veränderte Clark seine Körperhaltung, ergriff ihren rechten Arm, umschlang weiterhin ihre Taille, doch hielt genug gebührenden Abstand zu ihr, ohne dass Gerede aufkäme.

Obwohl…wahrscheinlich tratschten ohnehin alle über sie. Schließlich tanzte sie den gesamten Abend mit Clark.

„Ich sollte besser gehen", sagte Jordan. „Ich werde langsam müde."

Clark grinste. „Dir scheint es schwerzufallen, ein einfaches Kompliment anzunehmen, Jordan."

„Das nicht. Allerdings bewegen wir uns auf einem schmalen Grad."

„Weil ich finde, das Kleid würde dir stehen? Dasselbe sagte ich heute zu Betty. Und Claire Parker. Zu Inéz Hérnandez, ebenso." Er holte tief Luft, Jordan spürte, wie sein Zeigefinger leichte Kreise auf dem Stoff ihres Kleides drehte.

Sie schluckte hart. Clarks Berührung verursachte leichte Stromschläge auf ihrer Haut. Ihr Herz klopfte immer schneller, ihr Atem beschleunigte sich. Verdammt, sie konnte wirklich nicht leugnen, wie wohl sie sich in seinen Armen fühlte. „Bitte lass es", wisperte sie. „Was sollen die Leute denken?"

„Niemand achtet auf uns."

„Jeder tut es. Es zeigt nur niemand. Möchtest du Betty eifersüchtig machen?"

Clark wagte einen kurzen Blick zur Bar, wo Betty tatsächlich vor Wut kochte.

„Sie schaut nicht einmal her", log er.

„Clark, es reicht." Abrupt blieb Jordan stehen, löste sich aus seiner Umarmung. „Wir beide sind verheiratet. *Glücklich* verheiratet."

Es kostete sie eine Menge Überwindung, dieses Wort *Glücklich*. Vor allem heute, nachdem Stan sie so herbe enttäuschte. „Am besten suche ich Erin und dann werde ich gehen."

Clark grinste bloß. „Denk heute Nacht an mich", flüsterte er. Jordan errötete beschämt.

„Clark!" stieß sie schockiert aus.

„Das ist der Name des Liedes, Jordan, keine Bange", erwiderte er. Daraufhin seufzte er. „Es tut mir sehr leid, falls…falls du dich in meiner Gegenwart unwohl fühltest."

Seine netten Worte besänftigten sie ein wenig. Schließlich war auch sie nicht ganz unschuldig an der Sache gewesen. Ihr gefielen seine flinken Finger und die Tatsache, wie er sie in seinen Armen hielt.

„Ich wünsche dir noch einen schönen Abend. Und bitte, fordere endlich deine Frau zum Tanzen auf."

Daraufhin machte sie sich auf die Suche nach Erin. Weiterhin leicht verwirrt über die Gefühle, die in ihr aufkamen.

Sie liebte Stan. Dennoch…ja, dennoch konnte sie nicht leugnen, wie gern sie Clark Anderson mochte. Und dieser Fakt wühlte sie manchmal auf. Vor allem wegen Betty. Schließlich waren die beiden Frauen gute Bekannte.

Auch auf der Suche nach Erin traf sie einige weitere ihr bekannte Leute. Doch niemand von ihnen hatte ihre Tochter gesehen. Langsam aber sicher stieg ihre Nervosität. Wo konnte Erin sein?

„Suchen Sie Ihre Tochter?" Einer der Kellner trug ein Tablett mit kleinen Häppchen, blieb allerdings stehen, als er Jordan sah. „Sie ist mit einem Mann in den Massageraum gegangen."

Jordan bedankte sich – obwohl allein die Erwähnung, Erin und ein fremder Mann seien gemeinsam in den Massageraum gegangen, ihr ein mehr als mulmiges Gefühl verursachte.

Niemals betrat sie schneller ein Zimmer.

Die Siegerehrung nach dem Golfturnier verlief noch öder als das Golfturnier selbst, stellte Erin nüchtern fest, während diese mit einem Glas Eistee an der Bar des Country Clubs stand, und langsam zu der Swing-Musik mitwippte, die im Hintergrund gespielt wurde.

Ihre Mutter tanzte mit Clark Andersson, während sie innerlich schmollte, dass ihr Vater sie allein ließ.

Genau wie ihre Mutter, war Erin ebenfalls wütend auf ihren Vater. Hatte er ihr doch versprochen zu kommen, damit sie wenigstens mit einem Menschen reden konnte, der sie nicht ignorierte. Die Leute in diesem Raum kümmerten sich entweder um Golf oder um die neusten Modetrends. Da an jenem Tag auch viele Lokalpolitiker zugegen waren, würde Erin gerne über Politik diskutieren. Wann hatte man da mal die Möglichkeit, mit einem echten Politiker zu sprechen? Zunächst war sie nur mitgekommen, weil sie glaubte, vielleicht die Chance zu erhalten, einige der Lokalpolitiker zu einem Interview zu bewegen. Hin und wieder schrieb sie für die Schülerzeitung, so wäre ihr ein neuer Artikel sicher. Ihre Mutter bläute ihr allerdings ein, sie solle bloß keine politische Debatte anfangen, da heute ausschließlich Amüsement auf dem Plan stand.

„Aber warum denn nicht?" fragte Erin ihre Mutter.

„Du bist ein Teenager, Erin. Die meisten Menschen nehmen Teenager nicht ernst. So läuft das Spiel."

Ja, nur empfand Erin die Regeln dieses *Spiels* eben als vollkommen unsinnig. Außerdem fragte sie sich, ob es vielleicht auch damit zu tun hatte, dass man vor allem Mädchen kein politisches Wissen zutraute.

Daraufhin lächelte Jordan milde. „Das kann ich natürlich nicht ganz ausschließen. Allerdings bringen politische Aussagen immer nur Unruhe in ein fröhliches Fest. So was gehört nicht zu dem allgemeinen Vokabular bei Partys. Und heute leben wir nach dem Party-Vokabular."

„Und zu welchem Vokabular gehört das meinige?"

Daraufhin seufzte ihre Mutter schwer. „Ich weiß nicht…vielleicht in den Senat? Oder in die Universität? Vielleicht in das Debattierteam deiner Schule? Jedenfalls keineswegs bei gesellschaftlichen Anlässen, wo jeder ein wenig Spaß haben möchte."

In dem Moment schwor sich Erin nicht so zu enden wie ihre Mutter. Wie lächerlich es war, stets dieses oberflächliche Gehabe zu propagieren. *Sieh dir all diese Frauen an*, dachte Erin. Sie trugen ihre Etuikleider, hochtoupierte Haare, welche durch Haarspray stahlhart an ihrem Kopf klebten. Würde jemand einen Löffel davor tippen, ertönte mit Sicherheit ein hohes *Pling*!

Manchmal schockierte sie diese Oberflächlichkeit tatsächlich. Alle schienen zufrieden mit diesem Gehabe und dem *Party-Vokabular*. Genau wie ihre Mutter, der es auch an diesem Tag nur darum ging, welches Kleid Erin besonders hübsch machte.

Erin konnte es gar nicht mehr erwarten, endlich die Schule und vor allem diese oberflächliche Gesellschaft hinter sich zu lassen, um dann die Universität zu besuchen. Dort würde sie Gleichgesinnte treffen, Mädchen und Jungs, die für ihre Überzeugungen eintraten. Sie würde nicht studieren, um die Zeit bis zu ihrer Ehe mit einer Beschäftigung auszufüllen, sondern sie studierte, um sich ein Leben zu ermöglichen. Ein Leben ohne kratzige Petticoats und Blumenkleidchen. Ein Leben, in dem sie mit einem Aktenkoffer zum Gericht schritt oder in einem Ärztekittel im Krankenhaus herumlief.

„Warum möchtest du in eine so teure Ausbildung investieren?" fragte sie einmal einer ihrer Lehrer, nachdem sie diesem offenbarte, sie könne sie auch eine Karriere als Ärztin vorstellen. „Du heiratest doch eines Tages. Dann wäre all deine Mühe vergeudet. Du kannst doch immer noch die Ehefrau eines Arztes werden. Das ist sicher auch interessant. Und wenn du richtig hart im Hauswirtschaftsunterricht lernst und eine hervorragende

Hausfrau wirst, dann wirst du dich vor möglichen Ehemännern nicht mehr retten können."

Manchmal schockierte es Erin, wie andere Leute dachten.

Erin strebte eine große, eigene Karriere an. Sicher, eine Familie wünschte sie sich gleichermaßen, trotzdem würde sie das eine für das andere keinesfalls aufgeben. Eines Tages setzte sie ihren Masterplan in die Tat um. Dafür würde sie sorgen.

Es gab Frauen, die arbeiteten, obwohl sie verheiratet waren.

Sicher, in Zeiten wie diesen, war eine Karriere etwas, was die Männer taten, Frauen durften Männern darin keine Konkurrenz machen, sonst galten sie als unweiblich oder aggressiv. Trotzdem wollte Erin eine solche Frau sein, eine Karrierefrau. Sie konnte alles tun, was ein Mann konnte.

Auf der anderen Seite, musste sie zugeben, sie hätte ohnehin nicht viel von dem Tag erwarten dürfen, denn es war nicht ihre erste Veranstaltung mit dem berühmten *Party-Vokabular*. Genau deshalb brachte sie sich ein Buch mit, was sie zu lesen gedachte, wenn die Langeweile allzu schlimm wurde. Leider musste es ihr irgendwann abhandengekommen sein, denn als sie es in der Garderobe holen wollte, fand der Garderobier keines, versprach aber, sich darum zu kümmern.

Erin seufzte schwer. Um ehrlich zu sein, glaubte sie nicht, das Buch jemals wiederzusehen. Und das stimmte sie schon traurig.

„Mit diesem Kleid siehst du wirklich sehr hübsch aus." Eine männliche Stimme unterbrach ihre Gedanken.

Als Erin sich umdrehte, entdeckte sie Lockhard Monagan neben sich stehen. Sofort erinnerte sie sich an die Warnung ihrer Mutter, Abstand von dem Mann zu nehmen, doch schlug sie diese sofort in den Wind. Bislang verhielt sich Mr. Monagan ihr gegenüber immer nett.

Sie errötete. „Danke, aber das sagten Sie bereits vorhin."

„Nun, ich meine das auch ernst. Ein hübsches Mädchen reift zu einer jungen Dame, da fühlt *Mann* sich verpflichtet diese Wandlung oft zu bemerken."

„Vielen Dank." Endlich jemand, der ihr ungefragt Komplimente machte und sie nicht kritisierte. Und jene Komplimente schmeichelten ihr sehr. *Vielleicht wurde er einfach missverstanden*, dachte Erin.

„Gefällt es dir bisher?" wollte Monagan wissen.

„Es ist in Ordnung", erwiderte Erin. „Es sind zu wenig Jugendliche in meinem Alter da." Und die die da waren, kannte sie aus der Schule. Also kein geeigneter Umgang.

„Habt ihr keine Themen, die euch zu einer Unterhaltung anregen können?" wollte er wissen, nippte gleichzeitig an seinem Drink.

Gemeinsame Themen? Wohl eher nicht. „Nein."

Er schürzte die Lippen. „Worüber würdest du denn gern sprechen?"

Erin überlegte kurz. „Ich weiß nicht. Vielleicht über Bücher?"

„Bücher?" Monagan nickte. „Hast du dein Buch schon gelesen?"

Erin schüttelte den Kopf. Dunkel erinnerte sie sich, bei ihrem Gespräch von vor ein paar Stunden, das nun verlorene Buch kurz erwähnt zu haben. Dass er sich daran erinnerte, gefiel ihr, denn es bewies, er hörte ihr tatsächlich zu. „Ich habe es verloren", gestand sie.

Er wirkte leicht betroffen. „O, tatsächlich? Sag mal, es war doch nicht zufällig Christopher Isherwoods *Leb wohl, Berlin*?"

O doch, genau das Buch war es. Hoffnung stieg in ihr auf. „Sagen Sie bloß, Sie haben es gefunden?"

„Das habe ich!" Monagan lächelte breit. „Ich fand es auf dem Boden, direkt neben dem Eingang zur Garderobe. Da ich vorhin einen Massagetermin hatte, habe ich es dorthin mitgenommen."

Erin lächelte breit. Ihr Buch wurde gefunden! „Haben Sie es hier?"

Zu ihrer Enttäuschung schüttelte Monagan den Kopf. „O nein, ich habe es dort gelassen. Der Masseur versprach mir, es am Ende des Tages in die Box mit den gefundenen Sachen zu legen. Da wir die Besitzerin aber bereits gefunden haben, können wir es sofort holen. Komm doch eben mit."

Auch wenn Erin nicht ganz wohl bei der Sache war, so ging sie mit Monagan. Vielleicht mochte ihre Mutter den Mann nicht, sie aber konnte sich bislang wirklich nicht über ihn beschweren. Vielleicht entstammte all die Abneigung Monagan gegenüber nur dem bösen Gerede anderer Leute. Erin selbst war schließlich auch oft genug Opfer solcher Gerüchte, sie wusste, wie schnell Jemandes Ruf zerstört wurde.

Dein ungutes Gefühl rührt nur daher, weil Mom dir andauernd Angst macht, dachte sie.

Er führte sie bis in den Massageraum, hielt ihr die Tür auf und schloss sie sogleich hinter sich. Für einen kurzen Moment fragte sich Erin, warum er die Tür unbedingt schließen musste, aber da rauschte er bereits an ihr vorbei und hielt ihr das Buch hin, was sie sofort an sich nahm.

Tatsächlich! Sie war so glücklich, er hatte ihr Buch gefunden. „Vielen Dank, Mr. Monagan."

Er lächelte, offenbarte zwei Reihen blitzender Zähne. „Nenn mich doch Lockhard."

Erin wollte bei Mr. Monagan bleiben, nickte aber dennoch höflich.

Natürlich wollte sie sich sofort umdrehen und ihre Mutter suchen, doch Monagan hielt sie zurück.

„Was würdest du sagen, wenn wir zur Feier des Tages noch eben kurz anstoßen", schlug er vor.

„Zur Feier des Tages?"

„Na, zu deinem gefundenen Buch." Er zwinkerte ihr zu.

Das solltest du besser nicht tun, warnte ihre innere Stimme sie. „Wohl besser nicht. Meine Mom wartet auf mich."

Monagan runzelte enttäuscht die Stirn. „Tja nun, okay. Ich möchte dich nicht aufhalten. Ich dachte nur, weil ich mir die Mühe gemacht habe, dich extra aufzusuchen und dir dein Buch zurückzubringen, könntest du nur kurz etwas mit mir trinken. Fünf Minuten, Erin. Was ist schon dabei?" Er neigte den Kopf. „Ich beiße nicht. Oder habe ich jemals etwas getan, was dir unangenehm wäre?"

Nein, das hatte er nicht. Und plötzlich kam sich Erin ziemlich dumm vor. Ja, sie hatte sich von den Gerüchten über Monagan leiten lassen, genau wie ihre Mitschüler stets auf die Gerüchte über sie eingingen. Was war schon dabei, wenn sie ein Glas Cola mit ihm trank? Ihre Mutter tanzte sicher noch und sie selbst war es leid, sich zu langweilen.

Erin ging also auf Monagans Angebot ein und machte einen Schritt auf ihn zu. Er bot ihr einen Platz auf einem kleinen, weißen Sofa an, welches in einer Ecke stand. In Mitten des Raumes fand man zwei Massagebänke vor, unterdessen neben dem Sofa zwei Regale mit Handtüchern und Ölen drapiert worden waren, alles extra für das Wohlergehen der Gäste.

„Ich hoffe, es stört dich nicht, sofern ich dir etwas Härteres zu trinken anbiete", meinte Monagan schließlich, sowie er einen Flachmann aus seiner Jackentasche herausholte und diesen schwenkte.

Erin, die eigentlich etwas anderes erwartete, erwiderte leicht zurückhaltend: „Ich trinke normalerweise nichts, und dürfen tue ich es auch nicht."

Monagan hielt sein Lächeln bei, winkte ihren Einwand allerdings ab. „Ach was, du bist doch eigentlich schon erwachsen. Und dazu richtig verantwortungsbewusst, Erin. Normalerweise wollen die meisten Mädchen in deinem Alter sofort etwas trinken, sobald sie die Gelegenheit dazu bekommen." Er zuckte mit den Schultern. „Wie alt bist du? Achtzehn? Neunzehn?"

Erin wollte kein Spielverderber sein, also erwiderte sie: „So in etwa."

Langsam schritt er auf sie zu, schüttete ihr etwas aus dem Flachmann in ihr Glas. Als sie fragte was genau sie da trank, meinte er bloß, sie würde es schon bemerken, was Erin nach dem ersten Nippen allerdings nicht tat.

Monagans durchaus nette und zuvorkommende Art, ließ Erin ein bisschen auftauen. Konnte es wirklich sein, dass dieser erwachsene Mann sie mochte? Zu schade, dass keiner ihrer garstigen Schulkameraden das sehen konnte.

Sie fühlte sich mehr und mehr geschmeichelt – und ja, sogar leicht erwachsen und kultiviert. Ein erwachsener Mann mochte sie! Das gab es bislang noch nie.

„Es ist schön, hier mit dir zu sitzen", murmelte Monagan, nachdem er sich zu ihr setzte.

Erin hingegen umklammerte unsicher ihr Glas. Auch wenn der Mann sie mochte, so wollte sie dennoch gebührenden Abstand wahren. Am Ende des Tages war sie immer noch fünfzehn und Monagan mindestens doppelt so alt wie sie, wenn nicht gar älter. „Danke."

„Ich wette, du hast einen Freund." Monagan schmunzelte.

„Nein."

„Wirklich nicht? Das wundert mich jetzt aber."

Auf einmal spürte sie wie er seine Hand auf ihrem Bein niederließ.

Erin stockte der Atem. Eigentlich mochte sie das nicht. Was sollte sie jetzt nur tun? Ihn bitten, die Hand wieder zu entfernen oder einfach nicht darauf eingehen?

„Nein, für Jungs bin ich normalerweise Luft", gab sie sich räuspernd zurück.

Seine Hand begann sich zu bewegen. Die Starre in ihrem Körper verhärtete sich. Seine Berührungen missfielen ihr, sie wollte Abstand von ihm. Beharrlich rückte sie etwas fort, aber Monagan rückte einfach auf, seine Hand umfasste ihren Oberschenkel fester. „Nun ja, Jungs in dem Alter sind einfach Idioten. Sie schätzen die Frauen nicht so wie echte Männer."

Erin schluckte hart, versuchte die passenden Worte zu finden. „Bitte nehmen Sie die Hand weg", meinte sie.

Aber Monagan bewegte sich keinen Zentimeter. „O Erin, du musst lockerer werden. Entspann dich. Soll ich dir die Schultern massieren?"

„Lockhard Monagan! Hände weg von meiner Tochter!"

Plötzlich stand Jordan in der Tür. Ihrem Gesichtsausdruck nach zu urteilen war sie gar nicht erfreut zu sehen, wie seine Hand auf dem Bein ihrer Tochter ruhte.

„Jordan!" Unschuldig blickend zog er seine Hand von Erins Körper fort. Mit einem charmanten Lächeln sprang er auf, trat auf Jordan zu. „Es ist alles ganz anders als es aussieht, oder Erin?"

Erin erwiderte nichts darauf, doch das brauchte sie auch gar nicht. Jordan hatte bereits genug gesehen. Mit verschränkten Armen trat sie ins Zimmer, um dann zu ihrer Tochter zu gehen. Erin erhob sich, gesellte sich an die Seite ihrer Mutter. Beruhigt atmete sie ein und aus. Beinahe verlor sie die Kontrolle über diese Situation, weshalb sie sich erleichtert fühlte, aus ebendieser Situation befreit zu sein.

„Sie bleiben hier!" warnte sie Monagan, der sich bereits zur Tür bewegte.

„Jordan, es ist gar nichts passiert", wiederholte er, aber Jordan brachte ihn mit einer Handbewegung zum Schweigen.

„Glauben Sie wirklich, ich wüsste nicht, was sie hier mit meiner Tochter tun wollten?"

Wieder versuchte er sie mit einem charmanten Lächeln zu beruhigen, was diesmal jedoch weniger selbstbewusst als sonst wirkte.

„Hören Sie, sie ist freiwillig mitgekommen…"

„O wirklich? Und deshalb nehmen Sie die Gelegenheit beim Schopfe und berühren meine Tochter unsittlich?! Sie können froh sein, dass ich nicht die Polizei rufe, Sie Sittenstrolch!" Unsanft packte sie Erin am Arm, zog sie mit sich. „Halten Sie sich von meiner Tochter fern, Monagan! Sonst kommen Sie beim nächsten Mal nicht so glimpflich davon!"

5

Weiterhin leicht bedröppelt aufgrund der vorangegangenen Konversation mit seiner Ehefrau, schmollte Stan zur selben Zeit in einem Lokal mit leichtbekleideten Frauen. Normalerweise besuchte er dieses Etablissement mit störrischen Kunden, die etwas Auflockerung brauchten, wenn Vertragserneuerungen anstanden, aber heute kam er allein.

Jordan wusste von seinen gelegentlichen Besuchen, und ihr war ebenfalls bekannt, ein Blumenstrauß voller Magnolien und Orchideen sagten genau dies aus.

Im Grunde störten sie diese kurzen Abstecher nicht, schließlich zahlte ein Vertragsabschluss Rechnungen, und die Kinder besaßen dadurch ein Dach über dem Kopf. Er besuchte solche Läden letztlich nur mit Kunden. Nun, normalerweise.

„Solange du nur guckst, ist es in Ordnung", sagte sie einmal.

Nun kam Stan sich schäbig vor. Zuerst hatte er Jordan beim Golfturnier versetzt und jetzt saß er hier in diesem Lokal, begaffte Frauen, während seine Frau alleine im Country Club hockte, obwohl ihr solche Veranstaltungen ebenfalls zuwider waren.

Er kannte nicht viele Männer, die einfach diese Art von Etablissements besuchen durften, ohne gleich einen Streit mit ihrer Ehefrau zu provozieren – auch wenn sie die Läden nur aufgrund von Geschäftsabschlüssen besuchten. Und er konnte nicht einmal drei Stunden an einem blöden Golfturnier teilnehmen, nur um sie glücklich zu machen?

„Na, Adaire, heute alleine hier?"

Auf einmal stand einer der Vorstandsvorsitzenden seiner Firma vor ihm. Der Mann hieß Milton Jameson, Mitte sechzig, kahlköpfig, ziemlich mollig und roch komischerweise stets nach Kandiszucker. In zwei Jahren wollte er aus der Firma austreten und Stan wollte unbedingt sein Nachfolger werden.

Er war ein ausgemachter Widerling. Doch sein Posten in der Firma zog Stan an.

„Ja, Sir, wie geht es Ihnen?"

Jameson zuckte mit den Schultern. Er setzte sich neben Stan, legte seinen Filzhut auf den Tisch ab, holte dann sogleich sein goldenes Zigarettenetui hervor, um eine Zigarette anzuzünden. Er bot auch Stan eine an, die dieser gerne annahm. „Meine Frau schleppte mich heute zu diesem Golfturnier", meinte er. „Ich habe Sie dort vermisst."

„Ich musste arbeiten, Sir."

„O ja, richtig. Haben Sie einen neuen Kunden gewonnen?"

„*Trombwyn Industries* zeigt nicht nur großes Interesse an unseren Angeboten, sie sind von nun an unsere Kunden. Und na ja, dann gab es da auch noch Monsieur Clement. Mein Gefühl sagt mir, das Geld wird fließen."

„Dass Baustoffe so viel abwerfen können, ist mir seitjeher ein Rätsel." Jameson zog an seiner Zigarette. „Ihr Gefühl lag übrigens richtig, Adaire. Clement rief mich vor einigen Stunden an. Er stimmt dem Angebot zu. Ihr Bonus ist sicher. Und wissen Sie was? Clement war so begeistert von Ihnen, er lädt Sie sogar nach Frankreich ein, um die letzten Handgriffe vor Ort zu klären. Anscheinend expandiert Clement gerne in unser Land, setzt sich aber nicht gerne in einen – wie nannte er es?– *Todesflieger*. Deshalb klärt er lieber alles bei sich zuhause. Hatten Sie vor einiger Zeit nicht Urlaub beantragt?"

Stan nickte bloß, diese Nachricht überwältigte ihn vollends. Denn er glaubte bereits zu wissen, was Jameson ihm vorschlug.

„Wir finden es nur richtig, einen von unseren besten Mitarbeitern rüberzuschicken, damit die unsere Freundschaft noch weiter ausgearbeitet wird. Paris ist der Traum aller Ehefrauen, und da die Reise mitten in den Sommerferien stattfindet, haben Ihre Kinder ebenfalls keinerlei Nachteile zu erwarten, wenn sie etwas Zeit im Land der Baguettes und Baskenmützen verbringen."

Stan glaubte seinen Ohren nicht zu trauen. Und damit meinte er keineswegs die klischeebehaftete Ansicht seines Chefs. „Heißt das…"

Jameson nickte. „Dass wir Sie nach Europa schicken? Ja. Und Ihren Urlaub können Sie gleich dranhängen. Sofern Frankreich Ihnen gefällt."

Jameson schnalzte mit der Zunge. „Außerdem steht Ihrer Familie natürlich frei, auch schon vorher durch die Ländereien zu reisen. Allerdings werden Sie erst nach dem Vertragsabschluss den Rest des schönen Landes – oder Kontinents, je nachdem wo es Sie hin verschlägt – miterleben zu dürfen."

„Sir, das ist wirklich äußerst großzügig von Ihnen."

Jameson lachte kurz auf. „Sie müssen doch vorbereitet sein, wenn Sie bald in der Firma groß herauskommen." Daraufhin blickte er Stan etwas abschätzend an. „Im Übrigen, falls Sie eine kleine Freundin haben sollten, wäre ich auch nicht abgeneigt, noch einen weiteren Platz im Flieger für Sie zu buchen. Für die Zeit, in der Ihre Frau mit den Kindern den Rest von Frankreich sieht, versteht sich." Er zwinkerte Stan verschwörerisch zu.

Dieser Vorschlag ließ Stan zusammenzucken. So etwas hatte man ihm bisher noch nie angeboten. Sicher, Jameson war dafür bekannt, mit deutlich jüngeren Affären, die dann als Cousinen oder gute Freunde ausgegeben wurden, seine Geschäftstermine zu bestreiten. Aber Stan schockierte sein rüdes Angebot dennoch.

Sein bester Freund Norman, der ebenfalls für die Firma arbeitete, sich allerdings momentan in England aufhielt, regte sich immerwährend auf, sobald eine neue von Jamesons *Cousinen* durch die Firma stolzierte.

„Solche Männer bringen unser ganzes Geschlecht in Verruf", sagte er dann kopfschüttelnd. „Und dann heißt es wieder: Alle Männer gehen fremd. Dabei habe ich seit meinem Kennenlernen mit Heather keiner einzigen Frau hinterhergesehen!"

Aber Jameson war nicht nur ein wandelndes Klischee, sondern auch so ein unangenehmer Zeitgenosse.

„Nein, ich...äh, das ist nicht nötig", stammelte Stan. „Aber danke."

Jameson lachte darüber bloß. „Wollen Sie mir erzählen, Ihre Ehe hätte sich als einzige noch nicht abgenutzt? Verstehen Sie mich nicht falsch, ich liebe meine Frau, wir alle lieben unsere Frauen. Trotzdem ist irgendwann die Luft raus. Und dann sucht man sich jemanden, der einem den Spaß zurückbringt, den man sonst nur in den Flitterwochen sein Eigen nennen darf." Jameson grunzte, als sei dies der witzigste Kommentar gewesen, den jemals jemand von sich gab.

Stan seufzte schwer. Früher hätte er da auf jeden Fall widersprochen, denn Jordan und er führten rundherum eine zufriedenstellende Beziehung. Mittlerweile nagte allerdings auch in diesem Bereich der Zahn der Zeit.

Jameson entdeckte einen wunden Punkt. Ja, Stan gab offen zu, hin und wieder fühlte er eine gewisse...Abnutzung seiner Ehe. Aus dem anfangs so glücklichen Paar, waren nunmehr zwei Menschen geworden, die sich andauernd stritten, nebeneinander her lebten und dessen Liebesleben eher als fade beschrieben werden konnte.

Dennoch wollte er Jordan nicht darauf ansprechen, denn so etwas tat man einfach nicht. Er konnte sie ja schlecht beiseite nehmen und einfach sagen: „Schatz, ich bin mit unserem Intimleben unzufrieden", oder doch?

Im Grunde fühlte er die Unzufriedenheit in allen Dingen, was seine Ehe betraf. Er sehnte sich nach etwas mehr Abstand von allem. Er fühlte sich von Jordan unverstanden. Stets warf sie ihm vor, sie zu vernachlässigen, aber er konnte eben nicht überall zugleich sein. Jameson verlangte von ihm dauerhaft abrufbar zu sein, wenn er die Beförderung wollte. Da musste er eben seine Arbeit vor seinem Vergnügen setzen.

Verdammt, es dauerte doch nicht mehr lange, bis dieses Ekel in Rente ging, solange hielt sie es doch wohl mal aus, nicht immer alles im Doppelpack tun zu müssen!

„Sicher", hüstelte er also.

In dem Moment stand Jameson auf, setzte sich seinen Hut wieder auf den Kopf und drückte die Zigarette im Aschenbecher aus. „Ich würde mich freuen, falls nach Frankreich gingen, Adaire. Denken Sie darüber nach."

„Mache ich, Sir, danke."

Daraufhin machte sich Jameson wieder auf zu gehen. Stan blieb zurück.

Frankreich, dachte er vergnügt. Jordan würde ausrasten vor Freude, sobald sie hörte, den Sommer in Südeuropa zu verbringen. Vielleicht verbrächte sie ihre Zeit dann mit den Reisevorbereitungen und hörte eine Weile mit dem Nörgeln auf.

„Kann ich Ihnen noch etwas bringen?" fragte eine Kellnerin, die nun auf ihn zuschritt. Sie war groß, blond, schlank und außerdem umwerfend schön, stellte Stan fest. Für einen kurzen Moment blieb er an ihren vollen, geschwungenen Lippen hängen.

Die biblische Versuchung in Person, dachte er. In letzter Zeit schaute er leider viel zu oft in Richtung anderer Frauen.

Er sollte sich schämen. Wäre er Katholik, so ginge er sicher zur Beichte. Nur…was sollte das eigentlich bringen? Bereuen tat er die Blicke nicht, die er der Frau zuwarf.

Jene besondere Frau kannte er bereits seit geraumer Weile. Sie jobbte an diversen Tagen in diesem Etablissement und Stan wechselte oft ein paar Worte mit ihr, falls er Zeit erübrigen konnte. Ihr Name lautete Jill, und sie hoffte eines Tages endlich den miesen Jobs zu entfliehen und etwas in ihrem Leben zu erreichen. Was genau? Nun, soweit war ihre Bekanntschaft dann doch noch nicht fortgeschritten. Hin und wieder ertappte sich Stan durchaus bei dem Gedanken, Jill länger als bloß ein paar Minuten zu betrachten – was sein schlechtes Gewissen ins Unermessliche steigen ließ. Wenn er ehrlich war, er besuchte den Laden seit geraumer Zeit immer öfters…dabei ging es ihm selten um die nackten Frauen, sondern lediglich darum, eine ganz bestimmte Kellnerin zu sehen.

Es waren manchmal eben nicht die leichtbekleideten Frauen, die seiner Ehe gefährlich werden konnten.

„Nein, danke, Jill. Ich bin zufrieden."

„Nichts gegen Ihren Freund, aber er ist ein Idiot."

Stan lachte. „Er ist nicht mein Freund, sondern mein Boss."

Jill errötete. „O, Entschuldigung. Es ist nur, er betatscht uns Mädchen gerne, was ich hasse wie die Pest, aber leider an der Tagesordnung liegt. Vor allem in Läden wie diesen. Da kommt's als Kompliment, wenn uns einer nur Häschen oder Puppe nennt."

Stan winkte ihre Entschuldigung ab. Sie brauchte sich nicht für die Worte entschuldigen, die er selbst dachte. Jameson war ein Ekel. „Wie gesagt, er ist mein Boss. Da muss er ein Idiot sein."

„Sagen Ihre Mitarbeiter dasselbe über Sie?"

„Ich wette sogar darum." Stan neigte weiterhin lächelnd den Kopf. „Wie geht's Ihnen sonst so? Was macht die Jobsuche?"

Daraufhin erstarb Jills gute Laune. „Seitdem mir der Stempel dieses Saftladens auf der Stirn klebt, finde ich kaum was Gutes. Die wollen mich nicht mal zum Einstellungsgespräch einladen."

„Das ist schade. Ich habe letztens in der Stadt einen Laden gesehen, der Kellner sucht. *Eloise's Sunshine Café*, hieß der Laden, glaube ich."

Stans Hilfe ließ Jills lächeln zurückkommen, welches nun ihre Lippen umspielte. „Das ist nett, aber auch da wurde ich bereits abgelehnt." Sie zuckte die Schultern. „Zu wenig Erfahrung, sagen die. Aber in Wahrheit war es mein bisheriger Arbeitgeber."

„Ich bin sicher, Sie finden etwas."

„Danke…?"

„Stan. Bitte, nennen Sie mich Stan."

„Stan. Ein hübscher Name."

„Ich hasse ihn."

Sie schnalzte mit der Zunge. „Ich sage nicht, dass er zu Ihnen passt, nur dass er schön ist."

„Was denken Sie, passt zu mir?"

Jill lächelte. Stans Herz machte einen Sprung. „O, ich weiß nicht. Vielleicht Roger? Oder Richard? Thomas?"

Roger? Richard? Thomas? Na gut, das hatte er nicht gedacht, genoss allerdings das kleine Geplänkel mit ihr.

Federleicht berührte Jill Stan am Arm, lächelte leicht und ließ damit einen Schauder durch seinen Körper jagen. Er gefiel ihr, das war offensichtlich. Leider gefiel sie ihm ebenso. „Ich hole Ihnen eben die Rechnung." Sie wandte ihm den Rücken zu, Stans Augen wanderten augenblicklich über ihren fein geschwungenen Rücken, hin zu ihrem Apfelpo. Ein knackiger Apfel, wirklich.

Abrupt drehte sie sich wieder zu ihm um. Stan errötete. Ertappt, dachte er. Trotzdem sagte sie nichts dazu, sondern meinte leicht schüchtern. „Es freut mich immer, Sie hier zu sehen, Stan. Es ist…es ist eine schöne Abwechslung."

Bevor er etwas erwiderte, schwirrte sie davon. Er linste ihr verstohlen hinterher. Zur jener Zeit hätte Stan niemals damit gerechnet, in welch großen Schwierigkeiten ihn Jill noch brächte.

6

Während ihre Mutter ihre Jacke und Tasche holen wollte, zog sich Erin erst einmal auf die Damentoilette zurück.

Die Toiletten des Clubs sahen beinahe so schnieke wie ihr eigenes Wohnzimmer aus. Die Kacheln an den Wänden waren in weinroten und goldenen Tönen gehalten. Dazu gab es anstatt Papiertücher, weiche, flauschige Handtücher, die regelmäßig von einer Putzfrau ausgewechselt wurden. Nach jedem Benutzen warf man sie in einen Beutel und daraufhin wurden sie gewaschen. Dazu gab es die Möglichkeit, das Country-Club eigene Parfüm zu benutzen, falls man seinen Duft aufpeppen wollte, welches immer auf einem kleinen, silbernen Tablett stand. Hin und wieder, je nach Veranstaltung, gab es sogar eine Toilettenfrau, die einem zum Beispiel auch die Handtücher anreichte.

Doch das alles interessierte Erin momentan wenig. Denn momentan tat sie nur eines: Sich wie ein naives, dummes Mädchen fühlen.

Wütend wische sie sich die Tränen mit der Handfläche fort, versuchte nicht mehr daran zu denken, was vor nur wenigen Minuten geschehen war. Wie konnte sie nur sich nur immer wieder so in den Leuten täuschen? Sie hätte auf ihre Mutter hören und Monagan meiden sollen. Der Mann hatte sie veräppelt, hatte wer weiß was von ihr gewollt. Ein elender Schuft, dieser Mann!

Die Tränen kamen automatisch. Erin hasste es, vor anderen zu weinen, doch als sie die Toilettenspülung in einer Kabine hörte, konnte sie die Tränen nicht mehr aufhalten, die nun ihre Wangen herunterliefen.

Aus der Kabine heraus trat ein rothaariges Mädchen, die Erin beinahe komplett ignorierte, während sie sich die Hände wusch. Sie war groß und schlank und Erin erkannte sie augenblicklich, denn sie ging mit ihr auf dieselbe Schule. Ihr Name lautete Jennifer und normalerweise war sie dafür bekannt, sich jedem Jungen an den Hals zu werfen, der willig dazu schien.

Ruhigen Blutes fing sie an, in ihrem kleinen Handtäschchen nach ihrem Make-up zu wühlen. Letztendlich holte sie einen Lippenstift heraus und trug ihn auf.

„Wenn ein Junge dich zum Weinen gebracht hat, solltest du deine Tränen eilig trocknen. Kein dämlicher Kerl ist es wert, sich die Augen auszuheulen, Schätzchen. Such dir einfach einen neuen zum Trost."

Leicht bedröppelt schaute Erin hoch. Jenny beobachtete sie aus dem Spiegel. Mit Sicherheit wäre sie am Montag Tratschthema Nummer eins.

„Alles gut", wich Erin der Konversation aus, aber Jenny ließ nicht locker.

„Ich meine es ernst, Erin, du bist ein hübsches Mädchen. Egal, wer dir wehtut, du hast Besseres verdient." Beherzt packte sie ihr Make-up wieder in ihr kleines Täschlein. „Wir Mädchen müssen doch zusammenhalten, oder nicht?"

Dann drehte sie sich Erin zu. Schaute sie neugierig an. „Also, wer war der Junge?"

„Kein Junge. Ein Mann. Er war nett zu mir und ich dachte...keine Ahnung, was ich dachte, aber niemals wäre mir im Traum eingefallen..." Sie holte tief Luft. „Ich komme mir so dumm vor."

Jenny zuckte mit den Schultern. „Wir kommen uns alle mal dumm vor."

Erin runzelte die Stirn. Die Worte sprudelten heraus, bevor sie es sich verkneifen konnte. „Kennst du Lockhard Monagan?"

Sofort veränderte sich etwas in Jennys Gesichtsausdruck. „O Erin, vor dem solltest du dich in Acht nehmen. Ich muss den Mann nur anschauen und kann sehen, er bedeutet Gefahr. Versprich mir, dass du Abstand von ihm nimmst." Plötzlich schüttelte Jenny sich, als sei ihr eisig kalt. „Der Kerl jagt mir einen Schauer über den Rücken."

Verwirrt, weil Jenny so nett zu ihr war, sich sogar um sie zu sorgen schien, runzelte Erin die Stirn. Dabei nahm sie sicher an, niemand in der Schule würde sie mögen und auf einmal sprach Jennifer mit ihr. Jennifer, die sie niemals vorher beachtete.

„Warum bist du so nett zu mir?" fragte sie Jenny, diese zuckte bloß mit den Schultern.

„Ich mag dich. Und ich finde es gemein, wie die Leute in der Schule mit dir umgehen. Um ehrlich zu sein, kenne ich mich dahingehend aus. Du wirst von meinem Ruf gehört haben? Der eröffnet mir nicht gerade Tür und Tor, musst du wissen. Der Unterschied zwischen uns ist: Ich lasse mir die Gemeinheiten nicht gefallen. Und du solltest das auch nicht tun."

Damit machte sie kehrt und ließ Erin allein. Vorher sagte sie allerdings augenzwinkernd: „Wir sehen uns in der Schule."

Unterdessen kümmerte sich Jordan um die Causa Monagan. Sofort nach dem Vorfall nahm Jordan ihre Bekannten Emilia Howser und Claire Parker beiseite und schilderte ihnen das Geschehen. Obschon Emilia sehr oft bissig sein konnte, gab es auch für sie Grenzen. Genau deshalb war sie genauso geschockt von Monagans Verhalten wie Jordan. „Natürlich werde ich mich sofort mit der Frau des Club-Vorstandes auseinandersetzen, Jordan", versprach sie.

Claire, eine Brünette mit jadegrünen Augen, stimmte augenblicklich zu. „Ich ebenso. Wir werden offizielle Beschwerde erheben. Er darf sich doch keinem minderjähriges Mädchen annähern. Das ist abstoßend."

„Ein solch widerliches Verhalten dulden wir auf keinen Fall", stimmte Emilia zu.

Sogleich wallte das Gefühl der Erleichterung in Jordan hoch. „Danke."

Natürlich wusste sie insgeheim, Erin hielt nicht besonders viel von Emilia und Claire. Bereits des Öfteren kritisierte Erin deren angebliche Oberflächlichkeit. Leider war Erin zu jung um zu verstehen, dass man nicht immer mit dem Kopf durch die Wand konnte und manchmal mit dem arbeiten musste, was man vom Leben geschenkt bekam. Ihre Tochter stand erst am Anfang ihres Lebens, durfte noch jede Entscheidung treffen, die vor ihr lag, während die meisten Leute hier bereits genug Entscheidungen treffen mussten. Manche zufriedenstellend, andere nicht. Doch oblag es nicht an Erin, das zu kritisieren. Erin durfte nicht immer von sich auf andere schließen. Sie wollte letztlich ja auch, dass andere ihren Lebenswunsch akzeptierten.

Nicht jeder lebte dasselbe Leben wie Erin, also konnte auch nicht jeder dieselben Entscheidungen wie sie treffen.

Auch dass sie nicht andauernd die Menschen zu anstrengenden Diskussionen überreden sollte, hatte nichts damit zu tun, weniger wertgeschätzt zu werden, sondern einfach damit, dass viele Menschen nach einem anstrengenden Tag einfach nicht besonders viel Lust auf anstrengende Dispute über Politik oder Wirtschaft hatten. Wenn das Thema auf diese Gebiete fiel, dann meistens mit Menschen, die ähnlich dachten – eben um langwierige Auseinandersetzungen mit anderen zu vermeiden.

Manchmal, ja, manchmal ging es einfach nur um Spaß und nicht um die harten Fakten des Lebens. Auch ein Lokalpolitiker wollte mal übers Reisen sprechen und nicht immer bloß über Etatkürzungen.

Kurze Zeit später bedankte und verabschiedete sich Jordan bei ihren Bekannten, suchte Erin auf und fuhr mit ihr nach Hause.

Zu Hause angekommen stellte Jordan den Wagen in der Garage ab. Seit dem Vorfall mit Monagan hatte Erin nicht mehr gesprochen, was Jordan arge Sorgen bereitete.

„Alles in Ordnung, Liebes? Er hat dir doch nichts getan, nicht wahr?"

Sie schüttelte den Kopf. „Er war so nett zu mir. Aber er wollte etwas dafür haben, oder?" Ihre Traurigkeit brach Jordan beinahe das Herz.

„Es gibt solche Menschen, ja."

„Ich fühle mich so dumm", wisperte sie. „Ich dachte wirklich, es gäbe einen Jungen auf Erden, der mich ernsthaft mag."

Nur war Monagan kein Junge. Er war ein Dreckskerl. Allerdings wollte Erin dies jetzt nicht hören. Im Gegenteil. Sie fühlte sich einsam. Ihre Isolation in der Schule schien sie mehr mitzunehmen, als sie zugab. Wahrscheinlich wurde sie auch dafür gehänselt. Dafür, noch keinen Freund ihr Eigen zu nennen.

„Ach Erin!" Mitfühlend legte Jordan ihrer Tochter die Hand auf den Arm. „Nur weil du noch keinen Freund gefunden hast, heißt das nicht, es gäbe niemanden für dich", sagte sie. „Du bist doch erst fünfzehn Jahre alt. Auch wenn du das nicht glaubst, aber du hast dein ganzes Leben noch vor dir."

„Du hast gut reden. Du hast Dad früh kennengelernt."

Und wurde ebenso früh ungewollt schwanger, sodass sie in diesem jungen Alter zu heiraten gezwungen war.

Erin aber sollte es anders haben. Erin sollte all ihre Träume verwirklichen. Ihre Schule beenden, die Universität besuchen, einen Beruf erlernen und dann den Mann finden, mit dem sie eine Familie gründen sollte. Erin sollte heiraten, weil sie es wollte, nicht aufgrund der gesellschaftlichen Gepflogenheiten.

Vielleicht hatte Jordan Stan geliebt, als sie sich das Ja-Wort gaben. Allerdings konnten dies nicht alle Paare voneinander behaupten.

„Ich habe aber auch ein anderes Leben gehabt."

Erin seufzte schwer. „Ich verstehe nicht, was ich falsch mache, Mom. Ist es denn so verwerflich, Bücher zu mögen, anstatt mich nur auf Modemagazine zu konzentrieren?"

Jordan schüttelte den Kopf. „Süße, deine Wissenslust macht dich zu etwas Besonderem. Es ist toll, wenn man schlau ist. Und falls man dir das vorwirft, dann sind die anderen bloß eifersüchtig."

„Ich höre mich gerade nicht sehr feministisch an, nicht wahr?"

Jordan grinste. „Warum? Haben Feministinnen kein Recht auf Liebe und Beziehungen? Müssen sie einsam sterben?"

„Nein. Man sollte sich nur nicht über einen Mann definieren. Und gerade habe ich das Gefühl, dass ich das tue."

Das sah Jordan anders. „Irrtum. Das, was du gerade möchtest, ist einen Partner. *Wie* du dann die Beziehung führst, *das* macht den Unterschied."

Sie neigte den Kopf. „Erin, ich bewundere deine Stärke, wirklich. Du hast so einen unfassbar starken Eifer etwas zu erreichen. Nicht viele Menschen tun das."

Liebevoll strich Jordan ihrer Tochter eine Strähne aus dem Gesicht. „Aber du musst eines verstehen: Es ist ebenso wenig feministisch, wenn du als Frau Frauen erklärst, wie sie zu leben haben. Das, was einen Menschen froh macht, ist das Leben, was er führen *will*. Niemand sonst sollte sich da einmischen. Es geht nur um diese individuelle Person und deren Entscheidungen."

„Ich weiß."

„Eben. Und wenn du einen Partner möchtest, ist das gut. Weil du das willst."

„Und doch finde ich niemanden."

Jordan lächelte. Nahm ihre Tochter fest in den Arm. „Das kommt noch, Süße. Hab nur noch etwas Geduld."

Fortsetzung folgt...

BOOKISODE 2

Die verbotene Frucht

1

Früher als sonst, wachte Jordan an diesem doch eher ungewöhnlich kühlen Samstagmorgen auf. Fröstelnd zog sie sich ihren weißen Satinmorgenmantel über und stolperte ins Bad, um sich fertig zu machen.

Am Abend stünde ein Bridgeabend mit Betty und Clark Anderson an, etwas, was Jordan bereits jetzt leichte Magenschmerzen verursachte.

Sie und Betty verstanden sich in letzter Zeit immer weniger. Aus irgendeinem Grund wirkte Betty ihr gegenüber viel zänkischer, als noch vor wenigen Monaten. Etwas hatte sich zwischen ihnen verändert, etwas, was Jordan wahrscheinlich entgangen war, Betty aber umso mehr störte.

Seufzend stellte sich Jordan vor den Badezimmerspiegel, putzte ihre Zähne, danach stellte sie sich unter die Dusche, wusch sich ihre Haare und überlegte dabei, was sie an diesem Tage anziehen sollte.

Nachdem sie so gut wie all ihre Kleider vor ihrem inneren Auge durchgegangen war, entschied sie sich für einen Tulpenrock und eine dazu passende Bluse. Innerlich ertappte sie sich bei dem Gedanken, was Clark wohl zu ihrer Kleiderwahl sagen würde. Jedes Mal wenn er sie besuchte oder sie einander sahen, sprach er sie meist auch auf ihre Kleidung an und machte ihr ein Kompliment dazu. Sie gab es ungern zu, doch tat es gut, hin und wieder wirklich bewusst gesehen zu werden. Stan tat das viel zu selten, wohingegen Clark…

Abrupt stoppte Jordan in ihrer Handlung.

Leicht schockiert darüber, Clark Anderson, den *verheirateten* Clark Anderson, mit ihrem eignen Ehemann zu vergleichen, drehte sie den Wasserhahn der Dusche wieder zu, schnappte sich ein Handtuch vom Handtuchalter und wickelte sich rasch darin ein. Natürlich konnte sie niemand für ihre Gedanken verurteilen, dennoch fühlte sie sich schuldig. Sicherlich, Stan und sie hatten Probleme, dennoch *durfte* sie ihn nicht andauernd mit anderen Männern vergleichen.

Nicht mit anderen Männern. Nur Clark.

Jordan schluckte hart.

Abschließend zu ihrem morgendlichen Ritual föhnte sie ihre Haare, toupierte sie, anschließend sprühte sie eine große Ladung Haarspray auf ihr Haupt, damit ihre Haare auch saßen.

Daraufhin wickelte sie sich erneut in ihren Morgenmantel, stolzierte durch die Badezimmertür, direkt ins angrenzende Schlafzimmer zurück, um sich nun um ihr Make-up zu kümmern.

Als letztes dann folgte die Kleiderwahl.

Für den Tag über trug sie einfache Alltagskleider, ein geblümtes Kleid mit pastellfarbenen Blumen. Sie liebte das Kleid, denn es strahlte eine fröhliche Stimmung aus.

Als sie das Schlafzimmer verließ, lag Stan weiterhin im Bett. Jordan kümmerte sich mittlerweile ums Frühstück.

Erst eine halbe Stunde später trat auch Stan in die Küche ein. Er wirkte müde, seine dunklen Haare lagen verstrubbelt auf seinem Kopf, während sein hellblauer Morgenmantel und seine roten Pantoffel den perfekten Morgenmuffel-Look komplementierten. Unter seinem Arm trug er die Morgenzeitung.

„Du bist früh auf", bemerkte er.

Jordan, die gerade dabei war, die gebratenen Spiegeleier vorzubereiten, lächelte. „Der frühe Vogel fängt den Wurm."

„Es ist Sonnabend. Da ist mir persönlich der Wurm egal."

„Ich konnte nicht mehr schlafen", erwiderte sie.

„Verstehe." Kokett grinsend legte er nun die Zeitung auf den Küchentisch ab, trat an Jordan heran und schlang von hinten die Arme um sie.

Sogleich spürte Jordan, wie seine Lippen sich den Weg über ihre Schulter bis hin zu ihrem Hals bahnten. Obschon sich seine warme Haut so gut an ihrer anfühlte, trat anstatt Erregung leichtes Unwohlsein an ihren Platz.

Was, wenn die Kinder plötzlich in die Küche kamen und ihre Eltern in heißer Umarmung entdeckten?

„Stan, bitte, lass es sein. Was, wenn die Kinder uns sehen?"

Spielerisch schob er die Bänder ihrer Kochschürze am Hals zur Seite, knabberte erneut an ihrem weichen Hals. „Seit wann stehen die Kinder an einem Samstag vor sieben Uhr auf?"

„Stan, bitte, ich muss das Frühstück zubereiten."

„Lass es sein, ich helfe dir später." Rastlos wanderten seine Hände über ihren Körper. Ohne es zu wollen schmiegte sich Jordan an seine harte

Brust. Sie konnte die Erregung spüren, die seinen eigenen Körper vibrieren ließ.

Jordan stöhnte auf, seine Zähne fuhren über die zarte Haut ihres Halses zu ihrem Ohrläppchen, bissen leicht zu. Jordan ließ sich auf der Welle der Erregung tragen, drängte sich enger an ihren Ehemann, umklammerte dabei den Griff der Pfanne, bemerkte nicht, wie die Eier innerhalb der Pfanne langsam aber sicher anbrieten.

„Ich wusste es doch, dir gefällt es genauso wie mir", brummte Stan, seine Hand schob den Saum ihres Kleides hoch, die eifrigen Finger wanderten ihren Oberschenkel herauf... „An was denkst du gerade, Jordan? Sag mir, was du denkst..."

Jordan konnte es ihm nicht sagen, durfte nicht sagen, was für ein Bild genau in ihrem Kopf herumspukte. Warum sie sich vorstellte, wie Clarks große, starke Hände über ihren Körper fuhren und sie an den Rand des Wahnsinns brachten. Warum sie sich vorstellte, wie seine liebevoll geschwungenen Lippen ihre Haut berührten...

„Die Gedanken sind frei, die Gedanken sind frei", wisperte sie atemlos.

„Genauso ist es, Baby", schnurrte Stan, neckte und reizte sie gnadenlos, ohne die Stellen zu berühren, die berührt werden wollten.

„O, Gott!" Automatisch zuckte Jordan in freudiger Erwartung zusammen, zog dabei den Griff der Pfanne mit sich...

Klirrend und scheppernd fiel die Bratpfanne auf den Boden. Fett und angebratenes Ei spritzten zu ihren Füßen, ein paar Spritzer trafen Jordans Knie.

Stan, der eine lange Pyjamahose trug, bemerkte die Fettspritzer weniger, Jordan hingegen bekam alles ab.

„Verflucht!" schimpfte sie. Ihre ganze gute Laune schwand augenblicklich.

„Alles in Ordnung?" fragte Stan.

„Nein, Stan, nichts ist in Ordnung! Ich habe gerade das ganze heiße Fett über meine Knie und Füße geschüttet bekommen. Natürlich geht es mir nicht gut!" fauchte sie genervt.

„Es tut mir leid. Aber warum musst du auch die Pfanne festhalten?" warf er ihr vor.

Jordan knurrte unverständliches, während Stan ihr einen Stuhl zuzog, auf den sie sich setzen konnte. Gleichzeitig holte er einen weiteren Stuhl hervor, um ihre Beine darauf abzulegen.

„Wieso musstest du auch damit anfangen?" murmelte Jordan. „Jetzt muss ich erneut das Frühstück machen und alles vorher aufräumen."

„Ich habe dir gesagt, ich helfe dir, Jordan. Du musst das nicht alleine tun."

„Damit du mir dann wieder vorwirfst, faul zu sein?"

Dieser Vorwurf bestürzte Stan. „Wann habe ich dir je vorgeworfen, faul zu sein?"

„Letzten Freitag. Du hast gesagt, ich feile mir nur die Nägel."

Jetzt war es an Stan zu knurren. Dass diese Frau aber auch so nachtragend war! „Du weißt, so habe ich es nicht gemeint."

„Warum hast du es dann gesagt?"

„Ich habe mich entschuldigt."

„Hast du die Entschuldigung überhaupt ernst gemeint?"

„Jordan, warum musst du das jetzt wieder heraufbeschwören?"

Genervt räusperte Besagte sich. „Kannst du mir bitte ein feuchtes Tuch bringen? Ich muss mir die Knie abwischen."

Stan tat wie ihm geheißen. „Kann ich dir irgendwie helfen, Jordan?" Er betrachtete ihre Beine, die leicht gerötet schimmerten. „Tut dir was weh?"

„Nein, zum Glück waren es nur leichte Spritzer. Ich denke, ich habe leicht überreagiert. Das meiste liegt auf dem Boden."

Stan nickte. Beruhigt, dass es Jordan besser ging, lief er zum kleinen Bedarfsschrank im Flur und holte einen Aufnehmer und einen Eimer hervor. „Ruh du dich aus, ich mache das hier", versicherte er ihr.

Doch als Jordan beobachtete, wie Stan lediglich Wasser in den Eimer füllte, schaffte sie es nicht mehr, stillzusitzen. Gleich würde er ihr noch mehr Arbeit als ohnehin machen. „Du weißt aber doch gar nicht…Stan, du kannst das Fett nicht nur mit Wasser wegwischen. Warte…Stan, warte, komm, ich mache das, kümmere du dich ums Frühstück."

Seufzend stand sie auf, nahm Stan den Aufnehmer aus der Hand. Widerstandslos ließ dieser sie gewähren.

Gemeinsam säuberten sie die Küche und bereiteten in stiller Zusammenkunft das Frühstück vor, während ein dicker Nebel der Angespanntheit im Raum lag.

„Ich wollte dir nicht wehtun", sagte Stan schließlich. „Ich dachte, wir probieren etwas anderes. Es ist schließlich lang genug her, seitdem wir…unseren ehelichen Pflichten nachkamen."

Jordan schnalzte mit der Zunge. Herrje, sie konnte ihn verstehen. Ihr schlechtes Gewissen, Clark, anstatt ihres Ehemanns, erträumt zu haben, lag schwer auf ihren Schultern. Hauptsächlich war sie wütend auf sich, nicht auf ihn.

„In der Küche verführt zu werden, kann zu ernsten Verletzungen führen", meinte sie. „Wir…"

„Wir?"

Sie zuckte mit den Schultern. „Wie wäre es heute Abend? Nachdem die Andersons gegangen sind? Da gönnen wir uns etwas Ehe-Zeit."

Er wirkte nicht unbedingt überzeugt, nickte jedoch stumm.

„Was ist?" erkundigte sie sich.

Er zuckte mit den Schultern. „Nichts. Ich frage mich bloß…seit wann unsere Liebe sich auf einen Terminkalender beschränkt, das ist alles."

2

„Mom, ich bin weg."

Jacobs Worte hallten in Jordans Ohren nach, als jene am Abend dabei war, ihre Kleidung herauszusuchen. Im Wohnzimmer hatte sie bereits alles für den netten Abend mit den Andersons herausgestellt, jetzt galt es nur noch sich selbst herzurichten.

„Moment, junger Mann! Jacob, warte! Jacob Preston Adaire! Wo willst du hin?"

Gerade noch rechtzeitig erwischte Jordan ihren Jungen an der Haustür, rief laut genug seinen Namen, sodass er stehen bleiben musste.

Leicht genervt drehte er sich um. Seine blonden Locken fielen ihm in die Stirn. Unterbewusst pustete er sie aus seinen Augen heraus. „Was?"

Leicht pikiert verschränkte Jordan die Arme vor der Brust. „Nicht so unfreundlich, oder du kannst sofort in den Zimmer. Wo gehst du hin?"

„Raus?"

„Raus? Was heißt *raus*?"

„Na, nach draußen", erwiderte Jacob. „An die frische Luft."

„Und wie sehen deine Koordinaten dabei aus? Wo genau befindet sich der Ort, an dem du dich aufhalten wirst?" Der Junge verhielt sich in letzter Zeit so verdammt einsilbig.

„Ich geh' ins *Evergreen*. Mit ein paar Freunden."

Das *Evergreen* war ein kleiner Laden, der ungesundes Fast Food für stolze Preise verkaufte. Vielleicht mochte es Jordan nicht, wenn ihr Junge dort oft hinging, dennoch wollte sie ihn nicht erneut über gesundes und ungesundes Essen belehren. Wenigstens lungerte er nicht irgendwo auf der Straße herum.

„Warte, ich gebe dir etwas Geld. Und bitte, Jake, bestelle dir etwas, was wenigstens mit ein bisschen Gemüse belegt ist."

„Ein Burger ohne Salatblatt wäre kein richtiger Burger."

„Wow, Jacob, da lehnst du dich ja wirklich mal mit der gesunden Ernährung aus dem Fenster."

Der Satz stammte von Erin, die gestriegelt und gebügelt die Treppe herunterlief. „Ich treffe mich nachher mit Megan!" sagte sie, ein breites Grinsen auf ihren Lippen. „Wir haben viel zu besprechen."

„Über Jungs?" Wahrscheinlich um seine Schwester zu ärgern, äffte Jacob Kussgeräusche nach. Doch anstatt dass sich Erin aufregte, grinste sie fortwährend.

Seltsam. Wahrscheinlich hatte ihr Treffen mit Megan tatsächlich etwas mit Jungs zu tun. Normalerweise verlor Erin bei Jacobs Provokationen immer die Beherrschung.

„Das geht dich gar nichts an, Zwerg!" gab sie zurück. „Ich gehe in etwa einer Stunde los."

Wie gewöhnlich vertraute Jordan den Worten ihrer Tochter um einiges mehr als denen ihres Sohnes. Bei Erin zweifelte sie nie an deren Ehrlichkeit.

„Brauchst du Geld?" fragte sie auch ihre Tochter. „Vielleicht, um einen Milkshake zu trinken?"

Doch Erin schüttelte den Kopf. „Nein, danke, ich habe noch etwas."

Jordan nickte. Betrachtete ihre Kinder nachdenklich. „Nun, Kinder, viel Spaß, passt auf euch auf und bitte…"

„Steigt niemals in ein fremdes Auto ein", beendeten Erin und Jacob simultan den Satz.

Jordan grinste. „Exakt. Ihr habt genug Geld, ihr braucht keine Süßigkeiten von Fremden anzunehmen."

Jacob lachte. „Außer an Halloween!"

Erin grinste. „Mom, wirklich, wir sind keine sechs mehr, glaube mir, niemand von uns wird Süßigkeiten hinterherrennen."

„Ich meine es doch nur gut."

Seufzend machte sich Jordan an ihre Handtasche, holte etwas Geld heraus und gab es Jacob – und auch Erin, obschon diese protestieren wollte. „Nimm es, und wenn du es nicht brauchst, hast du was fürs nächste Mal."

Daraufhin verabschiedete sie ihre Kinder.

3

*F*ranzösischer Wein. Es musste ein französischer Wein sein.

Seufzend stand Stan im Weinladen vor den Regalen mit dem besagten französischen Wein und überlegte, welchen er mitnehmen sollte. Rotwein? Weißwein? Rosé?

Der Spirituosenladen sollte der Beste in der ganzen Stadt sein, doch die breite Auswahl überforderte ihn und der Inhaber beriet just einen anderen Kunden, also tappte Stan mit Jordans Forderung, einen guten französischen Wein zu kaufen, weiter im Dunklen.

O Gott, warum konnte er nicht einfach Bier oder Whisky kaufen? Warum musste ein jeder Wein trinken? Und warum musste es so viele Weinsorten geben?

„Brauchen Sie Hilfe?"

Einen Moment stand er starr da, überlegte, woher die Stimme kannte, die ihn ansprach. Sowie er sich umdrehte, entdeckte er Jill.

„O, hey!" sagte er. Ohne es wirklich zugeben zu wollen, freute er sich tatsächlich, sie zu sehen. Etwas, was ihm komisch vorkommen sollte. „Jill. Was für eine Überraschung! Haben Sie hier endlich eine Anstellung gefunden?"

Jill schüttelte betrübt den Kopf. „Wäre schön, aber nein. Ich bin selbst hier für einen Einkauf. Wein und Käse. Meine Mitbewohnerin und ich machen morgen eine kleine Feier. Sie wird einundzwanzig."

„Wie nett."

„Ja. Ich mag sie zwar nicht besonders, aber sie wird nur einmal einundzwanzig, was?"

„Ja, das ist wahr." Für einen kurzen Moment herrschte ein bedeutungsschwangeres Schweigen zwischen ihnen.

Schließlich fragte Jill. „Sie mögen französischen Wein?"

„Meine...äh, ja, ja, den mag ich." Stan wusste selbst nicht, warum er sich selbst unterbrach und Jill nichts von Jordan erzählte. Er versuchte sich selbst einzureden, er erzähle nichts, weil Jill eine Fremde war. Doch um ehrlich sein wollte er nicht, dass sie um seinen Ehestand erfuhr, sonst würde sie vielleicht nicht mehr mit ihm sprechen.

„Ich habe heute Freunde bei mir zu Besuch. Bridgeabend."

Diese Information brachte kaum Euphorie bei seinem Gegenüber auf. „Bridge. Wie…aufregend."

Er lachte. „Sie brauchen keinen Enthusiasmus vortäuschen. Es klingt genauso langweilig wie es ist."

Jill grinste. „Na dann. Trotzdem viel Spaß." Sie wollte sich zum Gehen wenden, was Stan leicht enttäuschte. Moment, *enttäuschte*? Warum zum Teufel enttäuschte es ihn? Es sollte ihm egal sein, schließlich wartete seine Ehefrau auf ihn!

Schlagartig drehte sich Jill um. „Hören Sie…ich glaube selbst nicht, dass ich das gerade tue, aber…aber…falls Sie, nun, also, falls Sie sich langweilen sollten, also beim Bridge, nun, vielleicht denken Sie dann mal drüber nach, bei mir durchzuklingen." Aus ihrer Handtasche holte sie einen Stift heraus, genau wie einen kleinen Notizzettel. Wohl ihr Einkaufszettel, denn Stan entzifferte einige Lebensmittel auf dem Zettel. Vorsichtig riss sie ein Stückchen des Papiers ab, schrieb ihre Nummer darauf und reichte ihm diesen. „Also, falls Sie sich langweilen." Sie zwinkerte ihm zu.

Schockiert, um überhaupt etwas zu erwidern, stand er nur da und sah verdattert zu, wie Jill den Laden verließ.

Er sollte den Zettel wegwerfen, dachte er.

Sollte er. Also warum stopfte er ihn dann in seine Hosentasche?

Kurze Zeit später zog Jordan den Reißverschluss an ihrem Rock hoch und betrachtete ihren fertigen Dress im Spiegel. Zufrieden stellte sie fest, der blaue Rock in Verbindung mit der neuen Bluse, passte ihr besser als beim letzten Mal.

Zu guter Letzt lief sie zu ihrem Kosmetiktisch am Fenster ihres Schlafzimmers, suchte ihr Lieblingsparfüm und tupfte etwas auf ihren Hals, sowie hinter ihre Ohrläppchen.

Im selben Moment betrat Stan das Zimmer. Er wirkte leicht durcheinander, trotzdem setzte er ein Lächeln auf.

„Wow, sieh dich an, hast dich richtig hübsch gemacht, heute", meinte er, küsste sie zur Begrüßung.

Jordan lächelte. „Für meine Gäste nur das Beste. Hast du den Wein?"

„Was denkst du denn? Ich habe ihn unten auf den Esstisch gestellt. Wie gewünscht: Französisch und uralt."

Das brachte Jordan zum Lächeln. „Danke."

„Und für nachher habe ich uns auch noch etwas mitgebracht." Er zwinkerte ihr zweideutig zu. „Du erinnerst dich?"

Ja, sie erinnerte sich. Ihre gemeinsame *Ehe-Zeit*. Aber warum ließ die alleinige Bemerkung daran, ihre gute Laune dämmen? „Wunderbar."

Plötzlich stutzte Stan. „Sag mal, hast du dich parfümiert?"

Aufgrund des leichten Subtexts in seiner Stimme, runzelte Jordan die Stirn. „Ja, warum? Gibt es ein Problem? Duftet es nicht gut?"

„Nein. Es ist nur...du parfümierst dich so selten."

„Das stimmt doch gar nicht. Immer, wenn ich das Haus verlasse."

„Nicht, wenn wir beide *allein* das Haus verlassen."

Was wollte er ihr damit unterstellen? „Du weißt, ich lege nicht immer welches auf, weil mir davon so leicht schlecht wird."

„Und jetzt legst du welches auf? Jetzt, wo die Andersons kommen? *Clark Anderson*? Für Betty putzt du dich sicher nicht so heraus. Du magst sie nicht einmal."

O mein Gott, das sagte er jetzt nicht wirklich. Unterstellte er ihr tatsächlich, sie putze sich extra für Clark Anderson heraus? Wobei…tat sie es?

„Stan!"

„Hast du dir auch die Beine rasiert? Du trägst heute ziemlich dick auf. Mit all dem Parfüm, dem französischen Wein…"

„Der Wein ist Französisch, weil ich mich freue, im Sommer nach Frankreich zu fahren. Mit dir. Mit unserer Familie. Vielleicht kaufe ich dort Parfüm. Und vielleicht duftet das Parfüm besser und ich kann es auch zwischendurch tragen. *Für dich*, wenn es dich so zufrieden macht." Ihre Worte klangen zuckersüß, doch die Drohung dahinter lag ganz offensichtlich für jeden dar: Sie versuchte ihn zu provozieren.

Stan seufzte. Vielleicht hatte er es übertrieben. Ja, vielleicht parfümierte sie sich nur, weil man es so tat, wenn Besuch anstand.

Und doch…er war kein Idiot. Seit geraumer Zeit war es ihm ein Dorn im Auge, wie versessen Jordan darauf war, die Andersons einzuladen, obschon ihre Beschwerden gen Betty ins Unermessliche gingen.

Wer lud eine Person zum Essen ein, die einen mehr und mehr zur Weißglut brachte?

Leute, die gerne dessen Ehemann anstarrte.

Und dessen Ehemann ebenfalls nicht die Augen von ebendieser Person lassen konnte.

Musste er sich Sorgen machen? Er hoffte nicht. Er vertraute Jordan. Dennoch blieb ein bitterer Beigeschmack an der Sache hängen.

Oder hing die Bitternis lediglich an der Geschichte, da er sich selbst Vorwürfe aufgrund seines Verhaltens im Weingeschäft machte?

Wieso um alles in der Welt nahm er Jills Telefonnummer an? Der kleine Zettel lag weiterhin in seiner Hosentasche und er lag beileibe schwer in der Tasche. Als ob zwanzig Tonnen Kies ihn zu Boden drückten.

Es war dumm von ihm gewesen, einfach dumm. Was dachte er sich dabei?

O Gott, er sehnte diesen Frankreichaufenthalt schwerlich herbei. Genau wie Stan vorausahnte, war Jordan von der Idee, im Sommer nach Frankreich zu fahren, vollkommen aus dem Häuschen. Sie wollte unbedingt die Schwester ihres verstorbenen Vaters wiedersehen, von deren Existenz sie bis vor ein paar Jahren gar nichts wusste, nun jedoch im regelmäßigen Briefkontakt stand.

„Tante Elfriede wird sich freuen, wenn von unserem Besuch hört", lachte Jordan und umarmte Stan fest. „Und die Kinder erst! Ich werde Erin in Paris ganz schick einkleiden. Ihre garstigen Schulkollegen werden vor Neid erblassen."

„Tut mir leid, dass ich nicht zum Golfturnier kommen konnte", entschuldigte Stan sich schließlich. Das war der beste Zeitpunkt, ohne weitere Macken aus der Sache rauszukommen.

Doch Jordan winkte ab. „War sowieso ein ganz blödes Turnier."

In der Gegenwart jedoch holte er nun einmal tief Luft. „Es tut mir Leid, Jordan, ich wollte dir nicht unterstellen…"

„Ich weiß." Konnte sie wirklich wütend auf ihn sein, wenn sie unterbewusst tatsächlich an Clark dachte? Er schwirrte wie ein Geist über ihrem Kopf herum. Doch war er nun mal derjenige, der sie immer ansprach, sofern sie im Club saß und auf ihren Ehemann wartete, der sie sooft warten ließ. Clark, der ihr Komplimente machte und dem stets auffiel, sobald sie etwas an ihrer Frisur verändern ließ. Der sie, wenn sie tanzten, so leicht berührte und trotzdem einen tiefen Schauder in ihrem inneren auslöste.

„Mir tut es leid. Ich wollte…glaube mir, Stan, ich liebe dich. Aber wenn heute Abend nicht alles perfekt ist, wird Betty genau das morgen wieder herumtratschen."

„Warum lädst du diese Frau ein, wenn sie dir so zuwider ist?" fragte er.

„Warum gehst du jede Woche mit Geschäftspartnern golfen, wenn du sagst, es sei der ödeste Sport, den du kennst?" erwiderte sie. „Weil man tun muss, was man tun muss, sofern man eine gewisse Reputation innehat." Sie lächelte. „Ich habe dir Kleidung herausgesucht. Das hellblaue Hemd mit der beigen Strickjacke und die dunkelblaue Hose. Zieh dich an. Ich gehe nach unten."

Stan sah Jordan nach.

Er sollte wirklich nicht so eifersüchtig sein. Seufzend vergrub er die Hände in seinen Hosentaschen. Dort stieß er auf den Zettel mit Jills Telefonnummer.

Und plötzlich überrannte die Schuld ihn erneut.

4

Am Abend dann war es endlich soweit. Kurz nach sechs Uhr trafen die Andersons ein. Nach einer raschen Begrüßung, die einige Drinks innehielten, begaben sich die beiden Ehepaare zum Bridge-Vergnügen. Für die richtige Stimmung im Haus, legte Stan eine Platte mit verschiedenen Interpreten auf den Plattenspieler. Momentan spielte die Glenn-Miller-Band einen ihrer größten Hits.

Der kleine Disput zwischen Stan und Jordan war längst vergessen. In diesem Moment interessierte die beiden lediglich ihr Kartenspiel. Nun ja, soweit Bridge die Menschen faszinieren konnte. Auch wenn es viele nicht ahnten, Jordan bevorzugte Poker, jedoch spielte sie dies viel lieber mit ihrem Bruder, denn Nathan Schneider war einer der wenigen Männer, die Poker nicht partout als Männerspiel ansahen.

Zusammen mit Clark bildete sie ein Team, Stan und Betty das andere. Clark hatte die Verteilung vorgeschlagen, denn er meinte, dies gäbe den besonderen Kick. Sowohl Stan als auch Betty schienen von Beginn weniger begeistert zu sein, protestierten aber nicht.

Früher spielten die Adaires oft mit Heather und Norman White, oder verbrachten anderweitig Zeit mit ihnen, doch im letzten Jahr wurde Norman beruflich nach England geschickt. Ein weiterer Grund für Jordan, den Europaaufenthalt herbeizusehnen, da sie sich erhoffte, ihre beste Freundin endlich wiederzusehen.

„Nun, ich muss ehrlich gestehen, ich vermisse Heather im Club", meinte Betty schließlich bei einer kleinen Pause.

Musste wohl Gedankenübertagung sein, dachte Jordan.

Sie nickte, schüttete den Gästen gleichzeitig etwas Sherry ein, da Betty Stans mitgebrachten Wein nicht mundete. „Ja, mit Heather macht alles viel mehr Spaß."

„Claire und Emilia sind so fade, Heather brachte immer Schwung in die Runde. Vielleicht sollten wir ihren Platz langsam wieder besetzen."

Es graute Jordan davor, eine weitere Person in ihrer Frauenrunde im Club willkommen zu heißen, denn neben Betty, Claire Parker und Emilia Howser konnte es schon öde genug werden. Dennoch hatte Heather ihnen keinen Termin ihrer Rückkehr mitteilen können, weshalb ihr Platz tatsächlich besetzt werden müsste.

Um sich ihren Unmut nicht anmerken zu lassen, schweifte Jordan mit den Augen durch das Wohnzimmer.

Jenes war ein reiner Tempel voller Antiquitäten, stuckverzierten Decken, Holzvertäflungen an den Wänden, hübschen Portraits und Bildern, sowie Chippendalemöbeln. Jordan liebte ihr Wohnzimmer mit dem kleinen Spirituosenschränkchen, einem dazu passendem Servierwagen aus dem neunzehnten Jahrhundert, und dem Kamin, auf dessen Sims viele schöne Familienbilder platziert standen.

Natürlich waren die meisten gestellte Fotos, extra von Fotografen geschossen. Aber keineswegs bedeutete dies, ihre Familie verhielte sich ansonsten kalt zueinander. Im Gegenteil, Jordan fühlte ausnahmslos Stolz, sobald sie an ihre Kinder dachte. Für sie bedeutete Familie nicht Vorzeigeobjekte zu schaffen, sondern eine liebende Gemeinschaft aufzubauen. Eventuell rührte diese Einstellung aufgrund ihrer eigenen, doch sehr kalten Kindheit her.

Ein ganz besonderes Schmuckstück aber stellte der antike Sekretär dar. Dazu gab es eine kleine Nische, direkt ans Wohnzimmer angrenzend, welches sie als Bibliothek nutzten. Bücher besaßen die Adaires reichlich. Ebenso stand in dem Raum aber auch der Fernseher. Jordan mochte es nicht, wenn die Gäste diesen zu Gesicht bekamen, sie glaubte stets, es ruiniere das abgerundete Bild des Raumes, deshalb stand er nicht direkt im Wohnzimmer, sondern weiter abgelegen.

Neben all dem, ließen große Fenster, vor denen edle Spitzengardinen hingen, trotzdem genug Licht ins Zimmer.

„Sollen wir weiterspielen?" fragte Clark und bedankte sich höflich, als Jordan ihm das Glas Sherry reichte. „Stan zeigte mir vorhin das leere Dechsler-Haus von gegenüber. Langsam aber sicher beginnt es, die Gegend ein wenig in Mitleidenschaft zu ziehen, der Rasen wächst ins Unermessliche."

Stan nickte. „Es ist ziemlich klein, bislang überzeugte es keinen einzigen Interessenten. Wie viele waren es bislang, Schatz?"

Jordan überlegte knapp. „Ich denke, um die zehn. Der Makler ist eifrig. Einmal im Monat kommt jemand zum Mähen. Allerdings würde mir der weibliche Touch fehlen, um ein Angebot zu machen. Ein hübsches

Blumenbeet brächte da die gewünschte Nuance. Das Auge kauft immer mit."

„Es ist auch ziemlich peinlich, wenn dein Haus das kleinste in der Nachbarschaft ist", gab Betty zum Besten. „Zu etwas freudigerem, hat jemand mitbekommen, dass Ben Hur bei den Academy Awards mit Preisen überschüttet wurde? Ich habe den Film leider noch nicht gesehen, aber ich gucke ihn mir an. Vor allem wegen Charlton Heston. Was für ein Schnuckelchen! So einen Mann wünsche ich mir."

Jordan beobachtete, wie Clark wütend die Lippen aufeinanderpresste. Anscheinend gab es deutliche Reibereien zwischen Betty und ihm. Leider vermutete Jordan, Bettys Aussage war keineswegs als Witz gemeint, sondern eher als Angriff auf Clark.

Sofort verspürte sie Mitleid mit dem Mann.

„Charlton Heston sieht vor der Maske auch nur wie ein ganz normaler Mann aus", versuchte Jordan die Stimmung zu besänftigen. Lieber schnitt sie ein anderes Thema an „Verfolgt ihr die Nachrichten über die Vorwahlen in den USA?"

Für den Themenwechsel schien Clark sehr dankbar. „Sicher. Sehr interessant. Da können sich unsere Kandidaten manchmal ein Scheibchen von abschneiden, sag ich dir."

„Ich bin gespannt auf die Vorwahlen im Juni", fügte Jordan hinzu.

„Wir würden für Kennedy stimmen", bemerkte Jordan. „Ich fände es gut, wenn mal ein etwas jüngeres Paar ins Weiße Haus zöge. Etwas frischen Wind mit rein brächte."

„So wie ich Jackie Kennedy bisher kennenlernen durfte, wird sie dies tun", bemerkte Betty.

„Du kennst Jackie?" Jordan konnte nicht umher, einen leisen Stich der Eifersucht zu empfinden. Sie mochte Jaqueline Kennedy sehr. Erin witzelte bereits des Öfteren, Jordan solle einen Jackie-Kennedy-Fanclub ins Leben rufen, so begeistert wie sie von ihr war.

Betty, die das nur zu gut wusste, lächelte breit. „Natürlich. Durch meinen Onkel, einen sehr erfolgreichen New Yorker Anwalt, lernten Clark und ich sie einst auf einer Party kennen. Jack, so wie die Kennedys ihn nennen, war nicht dabei. Aber sie ist eine wirklich tolle Frau."

Clark rollte genervt mit den Augen. „Wenn sie morgens aufsteht, wird sie auch nur wie eine normale Frau aussehen", bemerkte er und wiederholte damit fast Jordans Wörter. Er zwinkerte ihr verschwörerisch zu. Sie lächelte dankend.

„Wie dem auch sei", bemerkte Stan, „bald werden auch bei uns die Kandidaten für die Wahl bekanntgegeben. Mein Tipp für die Liberale Partei, also die LP, lautet Thurner."

„Wirklich?" Clark runzelte die Stirn. „Er ist kein Parteivorsitzender. Glaubst du, die schicken ihn dann nach Berlington?"

„In der Zeitung stand, der Parteivorsitzende und sein Vize möchten nicht antreten, also ja. Er ist ein patenter, junger Mann."

Betty wandte sich an Jordan. „Unsere Männer, sind so versessen auf Politik."

Jordan lächelte. „Es ist ein interessantes Thema, Betty. Es geht schließlich um unseren neuen Präsidenten."

Jordans Bemerkung ließ Bettys Nase abschätzig rümpfen. Dabei wollte sie ihr gar nichts Böses. Klang ihre Erwiderung etwa gemein?

„Nun denn, fragt sich, ob Dewey bei den Konservativen eine Chance hat, wenn Thurner gegen ihn antritt. Thurner ist jung, agil, clever…meiner Meinung nach unser neuer Präsident", meinte Stan.

„Und er hat so eine hübsche Frau", erwiderte Betty. „Ein echtes Goldstück. In meiner Lieblingsgazette steht, sie sei extra in die LP eingetreten, nur wegen Patrick Thurner. Dass der Mann hinterher ihr Ehemann wurde, konnte damals niemand ahnen. Romantisch, nicht wahr?"

Jordan nickte, obschon sie bezweifelte, dass alles in Bettys Lieblingsklatschzeitung der Wahrheit entsprach. „Sehr."

Nach einer weiteren Partie Bridge, die Jordan und Clark gewannen, war es an der Zeit, die Häppchen zu servieren.

„Ich verschwinde kurz in der Küche und sehe nach den Canapés", erklärte Jordan und wollte aufstehen, als Clark sich mit erhob.

„Ich helfe dir. Wir sind doch ein Team", fügte er augenzwinkernd hinzu.

Nachdem beide aus dem Zimmer verschwanden, räusperte Betty sich. „Clark mag Jordan sehr", sagte sie ruhig, ihre Finger lagen auf ihrer mehrreihigen Perlenkette. Sie spielte eindeutig auf die Gefühle ihres Ehemannes an.

„Das ist schön, wir mögen euch auch", erwiderte Stan, wollte sich nichts anmerken lassen. Lieber griff er nach seinem Zigarettenetui, zündete sich eine Zigarette an.

„Du verstehst mich nicht, Stanley", fuhr Betty ihn harsch an. Langsam schritt sie zum Fenster und sah heraus. „Er mag sie zu sehr."

Natürlich verstand Stan von Anfang an, was Betty meinte, und es gefiel ihm gar nicht zu hören, wie er aus der Küche Jordans herzhaftes Lachen vernahm.

Zugegeben, seine Eifersucht konnte man oft als übertrieben beschreiben. Trotzdem beäugte er schon seit langem die Blicke, die Clark seiner Frau zuwarf, mit vorsichtiger Skepsis. Letzten Endes führte diese Tatsache erst vor wenigen Stunden zum Streit zwischen ihm und Jordan.

Dessen ungeachtet, Stan wollte sich ungern in Bettys Lästerattacken einmischen. „Das ist Unsinn, Betty", erwiderte er kopfschüttelnd. „Möchtest du etwa behaupten…"

Sie fuhr zu ihm herum. In ihren Augen blitzte schiere Wut auf. „Ich behaupte gar nichts, Stan. Ich sehe nur Dinge, die du anscheinend nicht siehst. Nicht, dass Jordan dich betrügt, aber Clark hätte bestimmt nichts dagegen einzuwenden, wäre sie dazu bereit. Sie ist eine hübsche Frau, wie dir bekannt ist. Er wäre sicher nicht der erste Mann im Club, der es bei ihr versuchen würde."

„Das heißt nicht, sie würde mich betrügen." Seine Stimme klang bedrohlich. Wütend drückte er die Zigarette schon wieder aus. Ihm war die Lust daran vergangen.

„Nein, es heißt lediglich, dass sie viele Verehrer hat und es durchaus könnte. Wer sagt dir, sie sei immer alleine, sofern du arbeitest oder auf Geschäftsreise bist?" Sie seufzte dramatisch, damit die Schwere dieser

Anschuldigung besonders hervorgehoben wurde. „Ich pudere mir kurz die Nase."

Natürlich wusste Stan, Betty konnte ungemein arglistig sein, wenn sie dies wollte. Wahrscheinlich wollte sie ihn aufhetzen, damit er einen Streit mit Jordan provozierte. So konnte Betty ihre Eifersucht Jordan gegenüber ausleben. Dennoch fiel es ihm nicht einfach, diesen Gedanken so mir nichts dir nichts abzuschütteln.

Betty konkurrierte seit Jahren mit Jordan um die Beliebtheit im Club, ohne dass Jordan es groß darauf anlegte. Wahrscheinlich trieb genau diese Gleichgültigkeit sie so in den Wahnsinn. Dazu konnte jeder verstehen, sofern sie Jordan als Gefahr sah, falls Clark wirklich einen Narren an ihr fraß. Es lag ja auf der Hand. Jordan war hübsch, klug und witzig…und Stan manchmal auf Reisen.

„Ein Glück fahren wir bald zusammen nach Europa", murmelte er und zuckte wieder zusammen, sobald er Jordan zusammen mit Clark lachen hörte.

5

Zur selben Zeit blickte Erin aufgeregt auf einen kleinen Brief, den man ihr erst gestern in den Spint warf.

Anscheinend gab es wirklich einen Jungen, der sie

gerne mochte. Natürlich unterschrieb er den Brief nur mit seinen Initialen, aber es reichte ihr, um sofort in ihren Tagträumen zu versinken. Vergessen war diese schreckliche Begegnung mit Monagan. Erin erschauderte, allein bei dem Gedanken an dieses Ekel. Zum Glück war er nach diesem Desaster aus dem Country Club geflogen. So teilte es ihr ihre Mutter jedenfalls mit. Anscheinend leistete sich der Kerl mehr als nur einen derben Schnitzer in der Vergangenheit.

Jetzt aber zählte nur ihr neuer Verehrer. Dieser Junge meinte es sicher ernst mit ihr. Schließlich war er zu scheu gewesen, mit seinem echten Namen zu unterschreiben.

Damit sie ungestört mit ihrer Freundin Megan über den Brief reden konnte, hatte sie sich im leeren Nachbarshaus mit ihr verabredet, und da sie sich in einer halben Stunde trafen, machte Erin sich bereits dorthin auf.

Das Haus stand eigentlich immer offen, weil ja niemand dort wohnte. Zwar versperrte ein großes Eisentor die Einfahrt, da allerdings bei ihrem Gartenzaun ein Stück lose herabbaumelte und niemals repariert wurde, gelang sie so ganz einfach in den Garten und somit auch ins Haus der Dechslers, sowie sie das Stück zur Seite schob und einfach darunter her huschte.

Gerade dort angekommen, entdeckte sie jedoch ihren Bruder mit seinem ekelhaften Freund Kevin. Sie wollte schon wieder kehrtmachen, als sie die Zigaretten zwischen ihren Fingern entdeckte.

„Jacob!" rief sie wütend. „Was tust du denn da?!"

Jacob verschluckte sich beinahe an seiner Zigarette. Erschrocken zuckte er zusammen und warf diese schnell auf den Boden.

„Was tust *du* hier?" krächzte er.

„Mom bringt dich um, wenn sie dich rauchen sieht."

„Doch das wird sie nicht. Und was tust *du* jetzt hier?" wiederholte er herausfordernd. Wenn er unterging, dann bloß mit ihr.

„Ich treffe mich mit Megan und bekomme deshalb nicht so viel Ärger wie du, falls Mom mich erwischt."

Jacob fluchte ungehalten, schwieg jedoch dazu. Er wusste wann er verlor, weshalb er Kevin anwies ihm zu folgen. Doch Erin hielt ihn zurück.

„Jake, er ist kein guter Umgang für dich. Du bist viel zu jung fürs rauchen", sagte sie.

Jacob schnaufte ungehalten. „Lass mich in Ruhe, Erin. Du hast gar keine Ahnung davon, was momentan in Mode ist und was nicht."

Damit ließ er sie einfach stehen und machte sich auf in Richtung Haus. Auch wenn dieser Satz sie eigentlich verletzten sollte, kümmert es sie nicht. Sie wartete weiter auf Megan, um ihr endlich von ihrem Liebesbrief zu berichten.

Sie war so aufgeregt, dass ein Junge sie mochte und wollte es am liebsten der ganzen Welt verkünden. Dennoch ahnte sie ebenfalls, sobald ihre Mutter davon erfuhr, würde sie nachforschen und alles über den Jungen in Erfahrung bringen wollen. Aus diesem Grunde behielt sie die Information vorerst für sich.

Nachdem Megan endlich ankam und sich ein erstes Bild über Erins Liebesbrief machte, lehnte sich still auf einem Gartenstuhl zurück. Genau wie Erin seufzte Megan träumerisch.

„Ich wünschte, ich bekäme auch so einen lieben Brief."

Megan war eine kleine, schlanke Brünette mit rundem Gesicht und einem lieben Wesen, was Erin bereits seit dem Kindergarten dazu veranlasste mit ihr befreundet zu sein. Sie trug ein hellblaues Kleid mit Petticoat unter dem Tellerrock und ihre leicht lockigen Haare bändigte sie mit einer Schleife im Haar. Sie wirkte ein bisschen wie eine Puppe, dachte Erin.

Erin lachte. „Das wirst du. Vielleicht hat mein Verehrer einen netten Freund, der dir gefällt. Wir beide sollten uns mögliche Kandidaten ganz genau anschauen. Nicht, dass noch bessere auf uns warten."

Das brachte ihre Freundin zum Kichern. „Du solltest erst einmal herausfinden, wer dir geschrieben hat, bevor du über Hochzeiten und mehrfache Freunde nachdenkst. Wer ist es wohl?"

Erin zuckte mit den Schultern. „Keine Ahnung. Aber so lieb wie er mir schreibt, ist er bestimmt ein heimlicher Poet. Im Grunde hoffe ich auf einen klugen, liebevollen Kerl, der natürlich gut aussieht."

„Na, dann kann es nur Glenn Mitchell sein!" rief Megan. Sie spielte auf den beliebtesten Jungen der Schule an.

Erin hingegen sah dies anders. Auch wenn Glenn der beliebteste Junge der Schule war, so war er weder klug noch liebevoll, sondern ein arroganter Idiot. Jeden Tag ärgerte er sie aufs Neue, beleidigte oder beschimpfte sie. Konnte das alles nur eine Masche sein?

Erin mochte Michael Bowers ganz gerne, den Schachclubkapitän. Er sah gut aus, vor allem, wenn er seine dicke Hornbrille nicht trug. Dazu war er klug und ganz nett. Natürlich machte sie eine Beziehung mit ihm keineswegs beliebter, aber wenigstens glücklicher.

„Ich hoffe, demnächst finde ich wenigstens den Namen meines Verehrers heraus. Er hat nur mit M. unterschrieben. Das können also viele sein."

„Also auch M für Mitchell!" rief Megan freudig. Erin stimmte lachend mit ein.

6

Währenddessen hielten Jordan und Clark weiterhin in der Küche auf. Bisher alberten sie bloß ein wenig herum, doch Jordan merkte schnell, etwas stimmte nicht mit Clark, etwas beschäftigte ihn.

„Geht es um Betty? Ist etwas vorgefallen?" fragte sie also. Sie löste die kleine weiße Schürze um ihren preußischblauen Tulpenrock und legte diese wieder ordentlich auf ihren Platz zurück.

Clark schüttelte den Kopf. „Nicht mehr als sonst auch. Das übliche eben. Sie will keine Kinder, ich schon, und dann wirft sie mir vor, ich sei derjenige, der sich anderweitig umsieht."

Das tat Jordan leid. „Habt ihr schon einmal darüber nachgedacht zu einem Analytiker zu gehen?"

Bei diesem Vorschlag schüttelte Clark noch vehementer den Kopf. „Was, ehrlich? Jordan, falls jemand Betty dort erkennt, wird sie mir das niemals verzeihen. Ihr Ruf ist ihr wichtiger als alles andere."

„Das sollte dir zu denken geben."

Lange folgte keine Erwiderung. Bis er leise meinte: „Du und Stan, ihr habt so wahnsinniges Glück mit eurer Ehe. Ich überlege seit einiger Zeit, einfach alles sein zu lassen und Betty zu verlassen."

„Clark…" Eine Scheidung wäre das letzte an das sie denken wollte. Man konnte eine Ehe doch nicht einfach hinwerfen, bloß weil einige Steine einem im Weg lagen.

Doch Clark winkte ab. „Du kannst das nicht verstehen, Jordan. Stan und du seid glücklich in eurer Ehe, ich bin es nicht."

Jordan vermied es zu erwähnen, wie *glücklich* sie tatsächlich war.

Seufzend drehte er sich zu ihr um. Sachte legte er eine Hand auf ihren Arm. Die wohlige Wärme seines Körpers, ließ ein Schaudern durch ihren Körper jagen. Instinktiv machte sie einen Schritt zurück, was Clark allerdings nicht zu stören schien. Er lächelte und sagte: „Lass uns wieder zurückgehen. Sonst wird Betty mit Sicherheit durchdrehen. Sie glaubt doch tatsächlich, wir seien ganz wild aufeinander."

Jordan kicherte nervös. So ganz abtrünnig schien ihr die Idee kaum. Zwar zog sie eine Grenze zwischen Realität und Imagination, dennoch lag Betty in ihrer Vermutung nicht allzu falsch.

Zugegeben, Jordan konnte nun umso besser nachvollziehen, weshalb Betty ihr so feindselig gegenüberstand. Um ehrlich zu sein, sie verdiente es.

Jordan nickte, dann nahmen beide die Häppchen in die Hand und liefen zurück zum Wohnzimmer, wo Betty und Stan bereits warteten. Aber anstatt lächelnd von Stan empfangen zu werden, waren seine Lippen fest zusammengepresst. Mit seinen Augen schien er Clark am liebsten den Hals umdrehen zu wollen.

„So, lass uns weiterspielen", schlug Jordan vor, um die eisige Stimmung zu umgehen. „Clark und ich waren so ein gutes Team."

„Sicher", zischte Stan. „Welcher Ehemann hört so etwas nicht gerne."

Später am Abend machte Jordan sich bettfertig, als Stan sich ebenfalls zu ihr gesellte. Bislang verbesserte sich seine Laune kaum. Nicht einmal richtig verabschiedet hatte er die Andersons. Was war bloß in ihn gefahren?

„Clark ist wirklich ein netter Mensch", warf sie in den Raum. Sie zog ihren seidenen Morgenrock aus und entblößte ein blassrosa Nachthemd. „Betty verdient ihn gar nicht."

„So?" fragte Stan etwas abwesend. Er öffnete den Verschluss seiner Armbanduhr. „Und wer verdient ihn?"

Jordan zuckte mit den Schultern. „Ich weiß nicht. Eine nette Frau. Eine, die Kinder möchte."

„Oder bereits welche hat."

„Genau."

Sie wusste nicht, wieso sich Stan plötzlich so abwesend ihr gegenüber verhielt, doch sie spürte seine unterdrückte Wut. Woher um alles in der Welt schnappte er diese auf?

„Stan, was ist los?" fragte sie ihn leicht genervt. Ein schlecht gelaunter Stan verhielt sich meistens wie eine verzogene Göre.

Besagter zuckte mit den Schultern. „Gar nichts. Nur manchmal frage ich mich eben, ob du es nicht sehen willst oder ob es dir sogar ganz gut gefällt, wenn dein toller Clark sich mal wieder an dich heranschmeißt."

Was zum Teufel...? „Das ist doch lächerlich", lachte sie. Wie absurd diese Vorstellung ihr erschien! Clark verhielt sich ihr gegenüber stets wie der perfekte Gentleman. Niemals nährte er sich ihr in einer unangenehmen Art und Weise. Nun ja...jedenfalls fühlten sich seine Annäherungsversuche niemals unangebracht an. „Ich bin verheiratet."

„Und das soll ihn davon abhalten?" Stan schnaubte. „Woher weiß ich was du tust, während ich arbeite?"

Allein dieser Satz fühlte sich wie ein Tritt in den Magen an. Wie eine schallende Ohrfeige, direkt auf die Wange. Was dachte ihr eigener Ehemann denn von ihr? Dass sie ihn einfach hinterrücks betrog, unterdessen er Geld verdiente, ihre Familie unterhielt?

Wie kam er auf so einen Blödsinn? Vertraute er ihr etwa nicht mehr?

Aus Enttäuschung wurde rasch Wut. „Wie kannst du nur so ein Nonsens behaupten?" fauchte sie wild. „Willst du mir etwa eine Affäre mit einem ebenfalls verheirateten Mann unterstellen?"

Stan sagte zunächst nichts, bis er leise murmelte: „Ich sage lediglich, ich würde ja nichts mitbekommen, falls du dich tatsächlich mit Clark amüsierst."

„Du elender...!" rief sie wütend, pfefferte ein Kissen vom Bett vor seine Füße. „Wie kannst du mir Untreue vorwerfen?! Ich dachte, wir hätten das geklärt?! Ich liebe dich, du Mistkerl!"

Ebenfalls von Rage gepackt, erwiderte Stan barsch: „Ach, und willst du mir also tatsächlich weismachen, du bekommst die sehnsüchtigen Blicke, die er dir zuwirft, wirklich nicht mit?"

„Und wenn er mich bespringen wollte, wäre mir das egal! Ich habe einen Ehemann, verdammt!"

„Einen Ehemann, den du offensichtlich nicht mehr attraktiv findest, sonst würdest du mich sicher nicht so oft von dir stoßen!"

Zornig schnaubte sie, packte diesmal Stans Kopfkissen und fuhr ihn rüde an: „Da du ja glaubst, ich würde lieber mit Clark in unserem Ehebett schlafen als mit dir, macht es dir ja nichts aus, die Nacht auf dem Sofa zu verbringen."

Na gut, er war zu weit gegangen, wurde ihm klar. Hin und wieder gingen seine Nerven einfach mit ihm durch. Verdammt, was sollte er da tun? Betty verunsicherte ihn. Aber dass er seine schlechte Laune an Jordan ausließ, war mit Sicherheit nicht von Vorteil.

So zornig wie sie ihn anschaute…wirklich rein gar nicht von Vorteil.

Das war es dann wohl mit ihrem Plan, den schwerlich vernachlässigten ehelichen Pflichten nachzukommen.

Momentan wurde ihm einfach alles zu viel. Seitdem im Büro bekannt wurde, er verbrächte den Sommer über in Europa, bekam er noch mehr Arbeit auf den Schreibtisch geladen, was er eigentlich hätte im Sommer erledigen sollen. Das alles, gepaart mit Bettys Vorhaltungen, brachte ihn an den Rand der Erschöpfung.

An die Begegnung mit Jill wollte er gar nicht mehr denken.

„Es tut mir leid", fing er an.

„Das ist mir egal, Idiot!" bellte Jordan. „Wer mich so beleidigt, braucht nicht denken, ich vergesse das so schnell! Und denk ja nicht, das ist mit einem Blumenstrauß getan. Raus!"

Rüde schubste sie ihn vor die Schlafzimmertür, um diese sogleich laut hinter ihm zuzuknallen. Alles Zureden half nicht. Jordan ließ sich nicht erweichen, ihm die Tür aufzumachen und ihn erneut ins Schlafzimmer zu bitten. Und je länger er draußen vor der Tür wartete, umso mehr ärgerte es ihn.

Sauer auf Jordan – aber vor allem über sich selbst – beschloss Stan, erst einmal in eine Bar zu fahren und etwas zu trinken. Vielleicht käme er dort ja auf andere Gedanken.

Und morgen versuchte er es trotzdem mit Blumen.

Frustriert leerte Clark ein weiteres Glas Whisky. Gleichzeitig stellte er sich die Frage, ob nun ein halbleeres oder halbvolles Glas vor ihm auf dem Tisch stand.

Bislang sah er diese Fragen eigentlich immer als pragmatisch an. Füllte er ein Glas, war es für ihn halb voll. Leerte er es, halbleer. Was sagte dieses Denken über ihn aus? Dass er sein Leben als *soso* – also mittelprächtig – empfand? Dass er vielleicht der einzige war, der dieses Spiel um das halbleere oder volle Glas nicht mitspielte?

Verdammt, so wie es mittlerweile aussah, hatte er eindeutig zu viele dieser Gläser intus, wenn diese Wortspielerei ihn bereits aggressiv machte. Am besten bestellte er sich ein Taxi und führe nach Hause. Obwohl, wollte er das überhaupt?

Der Begriff Zuhause bedeutete schon seit geraumer Zeit nichts mehr Positives für ihn. Betty und er waren praktisch nur noch am Streiten. Sie warf ihm vor, Gefühle für Jordan zu haben, während er ihr vorwarf, eine frigide, herzlose Nervensäge zu sein. Und was sollte er sagen? Sie beide waren im Recht.

Clark seufzte schwer. Wie oft bat er Betty in der Vergangenheit um die Scheidung? Unzählige Male. Seit etwa drei Jahren brachte er das Thema immer wieder zur Sprache, mittlerweile flehte er sie regelrecht dazu an, endlich in die Trennung einzuwilligen, aber Betty weigerte sich strikt.

„Ich werde gar nichts unterschreiben, Clark. Im Gegenteil, wir sind ein Ehepaar. Eine Ehe ist untrennbar."

Ganze fünf Mal versuchte er bereits auszuziehen, aber immer wenn er etwas Bezahlbares fand, machte Betty eine neue, recht teure Anschaffung, was bedeutete, dass er sich die neue Wohnung nicht leisten konnte. Als er einmal zur Bank ging und ihr gemeinsames Konto daraufhin nur für ihn zugänglich machen wollte, rief ihn am nächsten Tag sein Banker an und teilte ihm mit, er könne seinem Wunsch leider nicht entsprechen, ohne Betty zu informieren – so sah es ein neues Gleichstellungsgesetz vor, was im letzten Jahr verabschiedet wurde. Einige Schauspielerinnen klagten damals die Ungerechtigkeit ein – und gewannen vor Gericht. Zwar zunächst nur auf der Ebene des Bundesstaats, aber Frauenrechtlerinnen gingen davon aus, die Regelung in den nächsten paar Jahren im gesamten Land durchzusetzen.

In anderen Ländern hätte Clark es einfacher gehabt, denn einige erlaubten Frauen kein eigenes Konto ohne die Zusage des Ehemannes. Eigentlich unterstützte Clark die Gleichberechtigungsbewegung, jetzt aber musste er anfangen zu tricksen.

Daraufhin eröffnete er ein Geheimkonto.

Zwei Tage später traf er seinen Banker Martin auf dem Golfplatz.

„Du weißt schon, dass Betty von dem Konto weiß, oder?" fragte er Clark daraufhin. „Betty erzählte es meiner Frau. Tatsächlich besuchte sie uns gestern Abend, als ich nach Hause kam. Ich sage nur so viel: Wenn du nicht alle Frauen in der Stadt gegen dich haben willst, solltest du Betty den Zugang auf das Konto gewähren. Sie ist in Tränen aufgelöst gewesen, Clark. Vollkommen mit den Nerven am Ende, weil sie glaubt, du liebst sie nicht mehr, hättest vielleicht sogar eine Affäre."

„Das waren Krokodilstränen", erwiderte Clark deutlich verstimmt.

Aber sein Banker – ja, ein Banker, der Berufsstand, der neben den Anwälten als allgemein gefühllos galt – entgegnete ihm daraufhin betroffen: „Das glaube ich nicht. Sie wirkte unfassbar verletzt."

„Sie hat vor drei Monaten eine Anzahlung an eine Yacht geleistet, Martin. Eine Yacht! Nur damit ich nicht ausziehe! Weißt du wie lange es gedauert hat, den Kaufvertrag rückgängig zu machen?"

Mitfühlend legte Martin ihm daraufhin die Hand auf die Schulter. „Hör zu, sie ist unglücklich. Kauf ihr doch was Schönes, geht zusammen essen. Arbeitet an eurer Ehe. Da braucht auch niemand mehr ein geheimes Konto."

Tja, Betty wusste, wie sie sich an einen Mann heftete. Andere Frauen wurden schwanger, Betty kaufte eine Yacht. Dabei würde er eine Schwangerschaft deutlich bevorzugen. Er wollte Vater sein, Betty hingegen keine

Mutter. Sie meinte, es ruiniere ihre Figur. Er schlug eine Adoption vor. Sie erwiderte, sie wolle kein fremdes Kind. Wer wusste schon, wen sie sich ins Haus holten?

„Was passiert, wenn es ein Kind von einem Serienmörder ist?" fragte sie. „Denkst du, ich möchte eines Tages aufwachen und sehen, wie mein Kind meinen Ehemann mit einem Baseballschläger totschlägt?"

„Wirklich, Betty? Meistens ist es die Mutter, auf die sich Serienkiller berufen", gab er daraufhin zurück. „Wenn jemand mit einem Baseballschläger malträtiert wird, dann du."

Betty grinste. „Das bezweifele ich, Clark. Die Mutter bleibt am Leben, der Mörder von ihr besessen, dennoch atmet sie. Der Vater ist es meist, der den Zorn des Mörders spürt."

Clark ließ die Diskussion daraufhin ruhen. „So oder so, Betty, wir kriegen mit Sicherheit nicht das Kind eines Serienmörders. Es wird wohl eher das Kind einer unverheirateten, jungen Frau sein. Ein Teenager in Not."

„O, wie deine geliebte Jordan damals? Wenn du ein Kind von ihr möchtest, bitte. So weit lebt sie nicht von uns entfernt. Na los, lauf zu ihr, mach ihr ein Kind!"

Langsam aber sicher ertrug er es nicht mehr. Er ertrug Bettys Gängelei nicht mehr, ertrug es nicht mehr ihr Gesicht zu sehen.

Sein Blick schweifte über die Gästeschar der Bar, in der er sich befand. Hauptsächlich eine männliche Zusammenstellung, wenig Frauen, und wenn waren sie nicht sein Typ.

Plötzlich aber bemerkte er eine Blondine an der Bar sitzen. Traurig dreinblickend hockte sie vor einem Cocktail, ihre Körperhaltung sagte eindeutig aus, sie brauche eine starke Hand, die ihr über eine schwere Zeit hinweghülfe.

O ja, vielleicht wäre dieses Schätzchen was für ihn.

Wenn Betty ihm bereits andauernd nachsagte, er betrüge sie, warum also nicht probieren?

Seit gesamtes Leben lang war er Betty treu gewesen. Bislang gab es lediglich zwei Frauen in seinem Leben. Betty und Graziella. Graziella war eine Frau, die er kennenlernte, als er sich damals gen Ende des Krieges in Italien aufhielt. Mit jener Frau verband ihn eine Menge, denn sie war seine erste Frau gewesen. Ach ja, das waren Zeiten…er war so verdammt jung gewesen, gerade achtzehn. Zu dem Zeitpunkt kannte er Betty noch nicht, und damals dachte er tatsächlich, er würde eines Tages die Liebe seines Lebens treffen, diese heiraten und eine Familie gründen.

Tja nun, das Leben verlief selten nach Plan.

Clark wollte sich just aufrappeln und die Frau an der Bar ansprechen, da bemerkte er plötzlich einen neuen Gast an die Unbekannte herantreten. Ein Gast, der sich neben besagte Frau setzte…und keine zwei Minuten später ein Gespräch mit ihr begann.

Ein recht…offenes Gespräch. Kein Gespräch unter Fremden. Kein *Hast du Feuer?*– Gespräch. O nein, eher ein *Zu mir oder zu dir*–Gespräch.

Clark lachte. Manchmal verlief das Leben tatsächlich nicht nach Plan. Aber das musste mitunter kein Verlust sein. Nein, manchmal bedeutete es wahrlich etwas Gutes.

Vor allem wenn er dabei zusehen durfte, wie sein Nebenbuhler Stan Adaire darin involviert schien.

7

s passierte bei seinem zweiten Drink, als er in einer rauchigen Bar saß und seine Gedanken sammeln wollte. Normalerweise konnte er es sich auch im Country Club gemütlich machen. Mitglieder durften dort Zimmer mieten, sofern sie welche brauchten. Aber Stan wusste, sobald er dies tat, würde sogleich die Gerüchteküche brodeln und alle glauben, zwischen Jordan und ihm gäbe es Probleme. Ein gefundenes Fressen für diesen Anderson. Schon morgen früh stünde er dann wahrscheinlich mit einem Strauß Blumen vor der Haustür, bereit Jordan zu verführen.

Warum er sich diese Bar aussuchte? Nun, Stan wollte nicht in einer schnieken, sauberen Bar sitzen, sondern in einer typischen, mit Rauchschwaden durchzogenen alten Kneipe, dessen Boden klebte und wessen Gäste aussahen, als wickelten sie hier unsaubere Geschäfte ab.

Stan kippte gerade den letzten Schluck seines Drinks herunter, da wurde er auf *sie* aufmerksam. Ungehalten brach ein Fluch über seine Lippen. Jill! Natürlich! Natürlich musste er Jill treffen, gerade an dem Abend, an dem er den fürchterlichsten Streit seit langem mit Jordan austrug.

Das Schicksal wollte ihn herausfordern. Leider ahnte Stan, er würde unterliegen.

Er wollte bereits aufstehen und gehen, da bemerkte er wie Jill weinte.

Vielleicht war es gerade dieser zweite Drink, der ihn dazu anstiftete, aber auf einmal wollte Stan das Mädchen unbedingt trösten. Instinktiv ging er dem Bedürfnis nach, der edlen Maid in Not beizustehen. Also erhob er sich langsam und trat zu ihr, bereit für ein Gespräch.

Verdammt, er war verdammt!

Trotzdem bereute er seine Tat in diesem Moment kein einziges bisschen.

„Na na, wieso weinen Sie denn?" fragte er sie. Gentlemanlike reichte er ihr ein Taschentuch.

Die Frau sah auf. Ihre Augen waren gerötet und sie wirkte etwas verloren. So sollte eine hübsche Frau niemals aussehen.

„Stan", bemerkte sie mit verstopfter Nase. „Was wollen Sie denn hier?"

„Ich habe Streit mit…ich brauchte Abwechslung. Und wieso sind Sie hier und weinen?"

Er spürte wie sie sich sträubte, ihm alles zu berichten, dennoch meinte sie letztlich: „Ich vermisse mein Zuhause. Ich weiß, es ist dumm, wenn ich jetzt weine, trotzdem stimmt es mich traurig. Ich komme aus einem kleinen Kaff und na ja…ich wollte endlich selbstständig werden. Wie Sie sehen, ohne Erfolg."

„Ach was, bislang hat eben niemand Ihr Talent erkannt."

Leicht pikiert schaute sie ihn an. „Mein Talent im kellnern? Ich bitte Sie, stellen Sie mich nicht auf ein Podest. Soll ich Ihnen was verraten?"

„Gerne."

Mit Stans Taschentuch wischte sie sich ihre Tränen ab. „Zuhause, also auf dem Land, da gewann ich durch ein Gewinnspiel einen Auftritt in einer Seifenoper. *Der Youngster-Clan*, kennen Sie die Serie?"

Stan kannte ihn. Erin und Jordan waren verrückt nach dieser Seifenopfer, wobei Stan die Geschichten an den Haaren herbeigezogen fand. Die Serie wurde in Jollytown gedreht. Der nächstliegenden Großstadt, die etwa zwanzig Minuten Fahrtzeit von Francistown betrug. „Ich habe davon gehört", erwiderte er.

„Nun, ich glaubte, ich wäre in der Lage, aus diesem Gastauftritt etwas Längerfristiges zu machen. Für einige Zeit sah es sogar danach aus. Kirk, einer der Produzenten, versprach mir ein Casting. Allerdings ergatterte ich dabei nicht mehr als Gelächter."

„Nun, das tut mir leid."

„Wissen Sie, was die Ironie dabei ist? Meine Gastrolle war eine Kellnerin."

Stan konnte nicht anders. Er lachte laut. Zuerst gefiel Jill seine Reaktion so gar nicht. Irgendwann stimmte sie allerdings mit ein.

„Hören Sie auf! Das ist nicht lustig."

„Doch, das ist es."

„Na gut, aber nur etwas." Sie seufzte, schüttelte den Kopf. „Dennoch, ich habe zuhause so herumposaunt, was mir doch für eine Karriere bevorstünde. Und nun…nun kann ich mir diese Demütigung einfach nicht mehr antun und zurückgehen."

Das konnte Stan sogar verstehen. Jill war nicht die einzige, der es so ging. Diese Geschichte hörte man beinahe täglich in der Gegend. Die meisten Mädchen kamen her, um Schauspielerinnen zu werden. Viele lebten in Francisburg, da diese Stadt direkt an Jollytown angrenzte, die Mieten hier jedoch bezahlbarer waren.

„Ach Unsinn, mit Sicherheit erinnert sich niemand mehr daran", sagte Stan aufmunternd.

„Ich dachte wirklich, ich würde so groß werden wie Joan Crawford oder Bette Davis. Stattdessen…stattdessen fühle ich mich wie die schwarze Dahlie. Nur eben noch mit allen Gliedmaßen."

Die schwarze Dahlie war in den vierziger Jahren der Kriminalfall Hollywoods gewesen. Aber wenn man sich mit einer zerstückelten Leiche verglich, ging es einem wohl tatsächlich nicht gut.

„Wissen Sie, ich habe einen beschissenen Job, wo die Kerle einen ständig angrapschen. Ich habe keine Freunde, kein Geld und meine Eltern schreiben, ich soll zurückkommen und heiraten…"

„Aber das möchten Sie nicht, weil Sie nicht wollen, dass die Leute erfahren, wie und wo sie hier arbeiteten", fasste Stan zusammen.

„Wieso auch? Was habe ich zuhause? Da bin ich nur Hausfrau und Mutter, laufe jeden Sonntag zur Kirche und lasse mir sagen, wie schlimm meine Sünden sind." Sie grinste schief. „Wir sind Katholiken, müssen Sie wissen. Für meine Mutter ist beichten seitjeher so etwas wie ein Hobby gewesen. Ich bin mit stetigem Beichten meiner Sünden aufgewachsen. Vielleicht habe ich deswegen rebelliert und zog in den Sündenpfuhl Jollytown. Wenn ich ohnehin andauernd sündige, dann auch richtig, verstehen Sie?"

„Sie leben also in Jollytown?" Der Duft ihres Lavendelparfüms stieg ihm in die Nase. Er mochte es ganz gern, fiel ihm auf.

Jill zuckte mit den Schultern. „Nein. Aber das ist auch egal." Zum ersten Mal musterte sie ihn von oben bis unten. Stan war froh, dass sie nicht mehr weinte. „Sie sehen mir so aus als seien Sie ein ganz hohes Tier." Sie schniefte. „Ich habe Sie nie wirklich gefragt, was Sie beruflich tun."

Stan lächelte verschmitzt. „Ich mache was ganz langweiliges. Ich arbeite in einem Industriekonzern, der mit Baustoffen handelt."

„O, das ist aber doch wichtig. Baustoffe werden für den Bau von Häusern benötigt. Wie viele Menschen finden dadurch Obdach? Oder ein Heim für die Familie?"

Stan neigte den Kopf. „So habe ich das noch nie gesehen. Obschon ich weniger für Eigenheime zuständig bin. Mein Bereich ist der Handel mit großen Firmen, für deren Bürogebäude."

Jill lachte. „Na fein, das hört sich fader an. Sagen Sie, warum sieht die Statik bei einigen Hochhäusern manchmal so…unstabil aus? Als ob ein einzelner Windstoß sie umwerfen könnte?"

Stan zuckte mit den Schultern. „Wie ich sagte, es ist ein langweiliger Job, so besorgen wir uns den Kick! Ist wie mit Bauklötzen spielen. Manches hält, anderes wird wieder umgestoßen."

Zunächst verstand Jill nicht, dass er scherzte, dann aber schien es Klick zu machen und sie lachte.

Sie seufzte. Sachte legte sie ihre Hand auf die seine. Ihre Berührung verursachte wie immer ein leichtes, wohliges Gefühl in seinem Inneren.

Er sollte gehen, verschwinden. Aber irgendetwas hielt ihn zurück. Oder besser gesagt: Irgendjemand.

„Sagen Sie, Stan, gibt es zufällig eine Mrs. Adaire?"

Schlagartig setzte seine Atmung aus. Dies war der Zeitpunkt, an dem sich alles ändern konnte. Mit jener Frage gab sie ihm die Möglichkeit, sich zurück zu ziehen oder direkt in Richtung Abgrund zu rasen. Es war die letzte Chance…

Stan jedoch…etwas in ihm wollte besitzen, was er nicht besitzen durfte. Wollte den alten Kick spüren, welchen er sonst mit Jordan spürte, diesen aber bereits seit Monaten nicht mehr wahrnahm. Nur war ihm nicht wirklich klar, was das letztendlich bedeutete.

Jill duftete wie so süß wie eine Wiese voller Lavendel. Jener Duft zog ihn an wie nie zuvor. Ihre Augen funkelten wie kleine Sterne, sodass ihn augenblicklich das Gefühl beschlich, sie auf der Stelle zu packen und –

„Also?" hakte Jill nach. „Gibt es sie?"

Stan schluckte hart, sein Speichel fühlte sich an, als flösse pure Säure seine Kehle herunter. Jills Hand lag stets auf seiner. Ihre Finger streichelten seinen Handrücken. Und obschon es keine besonders laszive Berührung war, brannten seine Lenden.

„Macht das einen Unterschied?" Seine Stimme rau wie Schmirgelpapier.

Jill lächelte schief. Leckte sich über ihre Lippen. Jene Lippen, an denen Stans Augen klebten.

Verdammt, seine Erregung stieg von Sekunde zu Sekunde.

„Für mich nicht", erwiderte sie kokett.

Und plötzlich lagen sie auf seinem Mund. Ihre wunderschönen, prallen, roten Lippen.

Sie schmeckte süß wie Schokolade, heiß wie eine Flamme und doch fühlte sie sich so weich und nachgiebig in seinen Armen an.

Tief in seinem Inneren fühlte er, wie sich etwas in ihm sträubte. Er durfte das nicht weiterführen. Hier ging es um seine Ehe!

Auch Jill schien seine aufkommenden Zweifel zu bemerken. Sie unterbrach den Kuss. „Denk nicht darüber nach", wisperte sie.

Denk nicht darüber nach.

Und genau das tat er auch nicht.

In der Nacht wachte Jordan auf. Sie hatte schlecht geschlafen und fühlte sich schuldig, weil sie Stan einfach so ankeifte. Sicher war er eifersüchtig auf Clark. Sie wusste ja selbst, Clark stand ihr hin und wieder einfach zu nahe. Vielleicht reagierte sie ein wenig über.

Manchmal glaubte sie, Clark Anderson sei die verbotene Frucht, die so reizend vor ihren Augen herumtanzte und nach der Jordan sich hin und wieder sehnsuchtsvoll verzehrte, weil sie etwas Neues war, etwas aufregendes, nach all den Jahren des selben Obstes, welches ihr vorgesetzt wurde. Trotzdem, niemals würde sie von dieser Frucht kosten. Denn verboten war verboten. Wahrscheinlich wäre jene Frucht in ihren Gedanken ohnehin viel süßer als in der Realität.

Seufzend sprang sie aus dem Bett, wollte Stan zurück ins Schlafzimmer holen. Üblicherweise schlief er nach einem Streit mit darauffolgendem Rauswurf im Poolhaus. Aus dem Grund überraschte es sie auch nicht, als sie ihn weder im Gästezimmer noch im Wohnzimmer auf der Couch antraf.

Als er jedoch auch nicht im Poolhaus aufzufinden war, stutzte sie verwundert.

Wo konnte er sein?, fragte sie sich. Hatte er sich dermaßen in Rage geredet, dass er Unterschlupf im Club suchte?

Verwirrt lief sie wieder ins Haus, wollte bereits im Club anrufen und nach ihm fragen, als sie sich entschied, lieber bis morgen auf ihn zu warten. Stan müsste Gründe für seine Entscheidung gehabt haben, er musste Dampf ablassen, also sollte sie ihm die Zeit zum Grübeln geben, die er brauchte. Außerdem war es doch keinesfalls ihre Schuld, wenn ihr Ehemann Dinge annahm, welche vollkommen absurd waren. Sie war und blieb Stan treu.

Die Müdigkeit nahm mittlerweile erneut Überhand, deshalb schlich sie nach oben, da stolperte sie über Erins Schultasche.

Fluchend schwor sie sich Erin morgen die Leviten zu lesen, ihre Sachen nicht ständig überall herumliegen zu lassen, als sie einen Brief bemerkte, der wohl beim Umfallen aus der Tasche gefallen sein musste.

Neugierig nahm sie ihn auf. Sicher, es gehörte sich nicht, die Briefe ihrer Tochter zu lesen, aber Jordans Neugier schien übermächtig. Dazu kam, ihrer Tochter bekam hin und wieder recht böse Nachrichten von ihren Mitschülern zugesteckt, allein um sie zu ärgern. Es schadete also keineswegs einen Blick draufzuwerfen.

Wie sich herausstellte, traf sie damit die richtige Entscheidung. Dieser Brief schien anders als die vorigen. Während Jordan die liebevollen Zeilen las, die jemand Erin geschrieben haben musste, wurde sie das Gefühl nicht los, dass damit etwas nicht stimmte. Die Schrift passte nicht zu einer Männerhandschrift und die poetischen Zeilen lasen sich viel zu aufgesetzt. Sofort beschlich sie die Vermutung, jemand wolle besonders übertrieben seine Gefühle zum Ausdruck bringen. Außerdem war ein kleines, rotes Herz in eine Ecke gemalt worden. Kein Junge malte Herzchen in Briefe.

Erin hatte einen Liebesbrief bekommen. Vielleicht ihren ersten überhaupt.

Und Jordan hasste die Annahme, genau jener erste Liebesbrief könne womöglich ein üblicher Streich sein.

Mit jedem weiteren Mal, bei dem Stan sich tief in Jill verlor, wuchs sein schlechtes Gewissen ins Unermessliche.

Fassungslos über seine Tat, glaubte er kaum, was er Jordan da gerade antat. Andererseits konnte er auch nicht aufhören, diese ihm eigentlich vollkommen fremde Frau auf der Toilette dieser Spelunke zu vernaschen. Zum ersten Mal seit langem, hatte sich eine Frau ernsthaft für sein Leben interessiert. Es war ihr nicht um Country-Club-Treffen oder die perfekte

Inneneinrichtung gegangen. Sie hatte nicht ständig über ihre Ängste geklagt, Jacob könne abrutschen oder Erins Unbeliebtheit diskutiert. Endlich beherrschte sein Leben einmal das Thema.

Natürlich war das keine Entschuldigung, aber im Grunde entschuldigte nichts in diesem Moment seine Tat.

Eigentlich fühlte er sich nicht einmal richtig als er selbst. Eher glaubte er die Szene von oben herab zu beobachten, als der tatsächliche Protagonist zu sein. Und trotzdem verschaffte ebendiese Szene ihm einen verruchten Kick wie seit langem nicht mehr. Allein der Gedanke, wie er auf der Toilette dieser Kneipe, diese Frau verführte, ließ seine Erregung in die Höhe steigen.

Er betrog Jordan. Das war der erste Fakt. Er war ein Schwein. Dies war der zweite Fakt. Und genau das war es dann auch, was ihn dazu veranlasste, rasch die Hose hochzuziehen und zu verschwinden, sobald die Erleichterung ihn überkam.

Denn auf die Erleichterung folgte das Gefühl des Selbsthasses. Die Erregung schien wie weggeblasen, der Kick plötzlich nicht mehr wertvoll genug, um einen so hohen Preis dafür zu zahlen.

„Stan, warte doch mal!" rief Jill ihm hinterher, dieser hingegen schüttelte bloß den Kopf.

Was hatte er da nur getan? Jordan würde ihn umbringen, erführe sie jemals davon. Ganz davon abgesehen, dass er sich selbst wie eine kleine, ekelhafte Ratte vorkam, weil er seine geliebte Frau betrog. Er fühlte sich dreckig und schuldig. Und das zu Recht!

Eilig riss er die Toilettentür auf und stürmte aus dem Raum, direkt zum Eingang der Bar.

„Stan!" rief Jill. Sie versuchte hinter ihm herzulaufen, aber war dieser bereits in die Dunkelheit verschwunden.

Sobald Jill auf der verlassenen Straße ankam, guckte sie in jegliche Richtung. Die kalte Abendluft verursachte ihr Gänsehaut, sie klapperte mit den Zähnen, schlang ihre Arme um sich. Trotzdem wollte sie nicht wieder hineingehen, denn sie wollte Stan nicht einfach verlieren. Leider schien sie genau das zu tun. Denn von Stan war keine Spur mehr zu sehen. Ihm zu folgen wäre demnach sinnlos.

Traurig senkte sie den Kopf. Stan war so nett zu ihr gewesen und dann war er einfach gegangen. Natürlich rechnete sie keinesfalls mit einem Heiratsantrag, aber ein netter Abschiedsgruß, eventuell in Form eines kleinen Drinks, wäre doch drin gewesen.

Irgendwie fühlte sie sich benutzt.

„Genau wie damals mit Kirk", murmelte sie. Der Mann versprach ihr eine Karriere, aber nach einem Besuch auf der Besetzungscouch ließ er sie schmerzhaft fallen.

Jill seufzte schwer. Sie wollte nur noch ihre Jacke aus der Kneipe holen und gehen, da kam ihr der bullige, glatzköpfige Barkeeper entgegen. Wortlos reichte er ihr einen Zettel.

„Was ist das?" fragte Jill.

Der Mann zuckte mit den Schultern. „Hat mir so ein Kerl gegeben. Er sagt, dies sei die Adresse des Knaben...also von diesem Mann, mit dem du dich so gut verstanden hast."

Durch diese aufkommende Verwirrung vergaß Jill vollkommen zu erröten, weil jemand ihre *Tätigkeit* anscheinend lebhaft mitanhörte. Starr blickte sie auf den Zettel, auf jener die Adresse ihres flüchtigen Bekannten verzeichnet worden stand.

Neben Stans Heimadresse, standen sogar seine Büroanschrift sowie seine Telefonnummer auf dem kleinen Stück Papier.

Wer zum Teufel gab ihr so etwas?

Da sie ihn nicht kannte, bemerkte sie kaum, wie Clark Anderson in einer Ecke der Kneipe saß und lächelnd an seinem Drink nippte.

9

Am nächsten Morgen schüttete sich Jordan eine dampfende Tasse Kaffee ein. Auch wenn es erst sechs Uhr dreißig am Morgen war, so saß Erin schon seit einer halben Stunde brav am Küchentisch und wartete auf das Frühstück, was Jordan servierte, sobald Jacob sich endlich zu ihnen gesellte.

Und Stan? Nun, Jordan hoffte inständig, ihr Ehemann käme ebenfalls bald nach Hause. Bislang erzählte sie Erin, ihr Vater schliefe noch, da er am Morgen über leichte Kopfschmerzen klagte. Sie wollte ihre Kinder auf keinen Fall Stans nächtliche Absenz erklären.

„Erin Liebes, warum bist du denn so früh auf?" fragte Jordan ihre Tochter mit dem Hintergedanken daran, sie über ihren vermeintlichen Verehrer auszufragen.

Erin lächelte scheu. „Nun, ich…ich bin etwas aufgeregt."

„Du strahlst ja förmlich." Sie nippte an ihrem Kaffee. „Wenn ich raten müsste, würde ich glauben, ein Junge stecke dahinter."

Sofort veränderte sich etwas in Erins Mimik. Sie schien völlig aufzublühen, was Jordan traurig stimmte, falls sich ihre Vermutung tatsächlich als wahr entpuppte. Erin war ein so liebes, hübsches Mädchen. Sie verdiente einen Jungen, der es ernst mit ihr meinte. Manchmal wollte Jordan schon Harvey White, den Sohn ihrer besten Freundin Heather, mit Erin verkuppeln, doch sie wusste auch, Harvey besaß eine Freundin, in welche er Hals über Kopf verliebt zu sein schien. Jedenfalls erzählte Heather ihr dies stetig in ihren Briefen.

Kinder in diesem Alter hielten ihre kurzweiligen Liebeleien immer für etwas für die Ewigkeit.

„Mom, ich denke…ich habe ein Liebesbrief bekommen!" gestand Erin. „Von einem Unbekannten."

Es machte ihr Mühe enthusiastisch zu klingen, da sich Jordan ja bereits ihre eigene Meinung dazu bildete: Dieser Brief musste von einem Mädchen verfasst worden sein. Kein Junge malte Herzchen auf Briefe. Natürlich hoffte Jordan, sie irre sich diesbezüglich. Sie betete, Erin besäße einen ernsthaften Verehrer.

„Na, das ist aber…wen vermutest du dahinter?" hakte Jordan neugierig nach.

„Ich hoffe Michael aus dem Schachklub. Er ist scheu, aber sehr nett. Ich mag ihn gerne. Megan denkt, es sei ein Footballspieler, aber ich mag Michael."

Jordan kannte Michael. Sein Vater war ein sehr hochangesehener Anwalt und seine Mutter entstammte tatsächlich aus einer europäischen Adelsfamilie – einer verarmten, aber ein Titel, war nun mal ein Titel. Michael schien eine gute Wahl. Hoffentlich steckte Michael dahinter und er besaß eine Affinität zu Poetik und Herzchen.

Es fühlte sich schlecht an, diesem Brief an ihrer Tochter sofort zu misstrauen. Jordan selbst hasste sich dafür, den Brief als Scherz abzutun, nichtsdestotrotz missfiel ihr einfach etwas daran.

„Vielleicht sollte ich Michael mal ansprechen", meinte Erin plötzlich. Ihre Augen funkelten.

„Lieber nicht!" rief Jordan dazwischen. Erin blinzelte verwundert.

„Nun", fuhr Jordan ruhiger fort, „ich finde, du solltest einen weiteren Brief abwarten, um ganz sicher zu sein. Vielleicht gibt der Junge ja dann seine Identität zu."

Ihre Tochter nickte. „Du hast recht", meinte sie. „Ich warte lieber noch etwas."

Daraufhin stand sie auf und verließ summend die Küche, um ins Esszimmer zu gehen. Im selben Moment kam Jacob in den Raum. Er wirkte verschlafen und aus Erfahrung wusste Jordan, er konnte ein kleiner Morgenmuffel sein.

„Jacob, hast du schon von Erins Verehrer gehört?" fragte sie ihn nebenbei.

„Du meinst, deswegen läuft sie die ganze Zeit mit diesem dämlichen Grinsen rum?" murmelte er.

„Du kennst doch ein wenig ihre Freunde. Würdest du…würdest du vielleicht mal nachhaken, wer hinter dem Brief steckt? Ich meine, ihre Freunde haben manchmal Geschwister und die sind in deiner Klasse. Sie, äh, reden bestimmt miteinander."

„Heißt nicht, die wissen wer sie mag." Er schnaubte. „Es wundert mich überhaupt, dass einer sie anguckt, so wie sie immer rumläuft."

„Deine Schwester ist ein hübsches Mädchen und sehr lieb, Jacob!" ermahnte Jordan ihn scharf.

„Ich weiß. Aber Jungs in ihrem Alter stehen nun mal auf diese Art von Mädchen, die mit einer offenen Bluse rumlaufen und nicht andersherum."

Da war etwas Wahres dran. Trotzdem, Jordan wollte erfahren wer hinter diesem Brief steckte.

„Jacob, bitte, hör dich doch mal um."

„Wir sind nicht mal in derselben Klasse, Mom!"

Verdammt, wieso musste dieser Junge andauernd mit ihr diskutieren? „Jacob, du hörst dich um, verstanden? Du kennst doch durch diesen Kevin so viele Menschen. Wenn dir dieser flegelhafte Umgang einmal nützlich ist, dann jetzt."

Seufzend vergrub Jacob den Kopf in seinen Händen. „Na fein!" rief er genervt. „Ich höre mich um."

Zufrieden nickte Jordan. „Gut!" meinte sie. „Möchtest du einen Kakao oder lieber einen Orangensaft?"

10

Er wusste nicht, wie er seinen Fehltritt jemals wiedergutmachen könnte. Stan war außer sich vor Wut auf sich selbst. Er hatte Jordan betrogen. Er hatte die Frau, die er liebte, betrogen. So etwas war unentschuldbar.

Natürlich durfte Jordan niemals etwas von seinem Seitensprung erfahren. Es war nicht der erste grobe Schnitzer, den Stan sich in seiner Ehe erlaubte, nun aber stand er wirklich tief im Mist. Das schlechte Gewissen sprengte ihm beinahe die Brust.

Also stand er mit Pralinen und Blumen in der Hand vor der Tür und hoffte, Jordan erführe niemals von diesem Vorfall. Schließlich wollte er selbst ihn schnellstmöglich vergessen.

Die Geschenke machten zwar sein schlechtes Gewissen nicht wett, aber sie würden Jordan wenigstens eine kleine Freude bereiten. Sicherlich wäre ihre Begeisterung arg getrübt, sobald sie den Grund für seine kleinen Geschenke erführe.

Die ganze Nacht war er gedankenverloren durch die Straßen gelaufen. Stan wusste nicht was er machen sollte, ob er es Jordan beichten oder alles einfach vergessen sollte. Jill war... Jill hatte ihm gefallen, aber sie war nicht seine Frau. Seine Frau hieß Jordan.

Ja, daran hättest du gestern denken sollen!, schalt er sich selbst.

Seufzend trat er ins Haus ein. Alles Selbstmitleid half ja doch nichts, also betrat er schweren Herzens die Höhle des Löwen, unwissend was ihn erwartete. Er stank fürchterlich nach Rauch und Fusel, und höchstwahrscheinlich klebte Jills Geruch noch an ihm. Er wollte schnell duschen und Jordan dann seine Geschenke bringen, doch vergebens. Jordan kam bereits auf ihn zu, als er durch die Tür trat. Wie immer sah sie perfekt in ihrem hellblauen Etuikleid aus, während sie leicht unsicher auf ihn zuschritt.

„Stan", sagte sie etwas um Fassung bemüht, als sie ihn musterte. Kein Wunder, wie gesagt, er sah heruntergekommen aus. „Sag bloß nicht, du hast die ganze Nacht in einer Kneipe gesessen und getrunken."

„Schuldig im Sinne der Anklage", gab er mit rauer Stimme zurück.

„Nun", meinte Jordan etwas verwundert. „Tja, also...ich habe dich vermisst."

O Gott, er hatte sie auch vermisst. Sein schlechtes Gewissen wuchs und wuchs.

„Es tut mir leid, Jordan. Ich...ich hätte nicht so eifersüchtig auf Clark reagieren sollen. Das hier ist für dich."

Lächelnd nahm sie die Blumen und die Pralinen entgegen, die Stan ihr schenkte. Die Blumen rochen wunderbar, und wieder einmal sagte sie sich, ohne Stan wäre sie wohl vollkommen unglücklich. Ja, sie war froh ihn zu haben. Trotz sämtlicher Dispute.

„Ach Stan, mir tut es auch leid", sagte sie. „Ich hätte dich nicht rauswerfen dürfen."

„Doch, ich denke schon", japste er. „Ich allein trage die Schuld."

„Da möchte ich dir nicht widersprechen", lachte sie.

Sie wollte ihn küssen, aber Stan wehrte ab. „Ich sehe grausam aus", sagte er und machte einen Schritt zurück. „Ich gehe mich schnell duschen."

„Na gut", erwiderte Jordan. „Aber ein Kuss ist in Ordnung."

Zaghaft küsste sie ihn auf die Wange und nahm neben dem typischen Schnapsgeruch einen leichten Hauch von Lavendel wahr. Sie stutzte verwundert.

Plötzlich erkannte sie die schreckliche Wahrheit. Sie brauchte seine schuldbewusste Miene gar nicht weiter mustern. Stan benahm sich seltsam, doch zunächst ging sie davon aus, dies rühre von ihrem gestrigen Disput her. Eine schreckliche Vermutung machte sich in ihrem Magen breit. Besonders als sie auf seinen Hemdkragen schielte und Lippenstift daran entdeckte.

O Gott, nein!

Stan war gestern bei einer anderen Frau gewesen.

Er hatte sie betrogen!

Fortsetzung folgt...

BOOKISODE 3

Ein Fehler mit Folgen

1

Der gefürchtete Beichtstuhl.

Ein eigentlich so simpel wirkendes Element, welches trotzdem eine solch starke Wirkung auf einen gesamten Religionszweig ausübte.

Stan war nicht katholisch erzogen worden. Im Gegenteil, er war Protestant, und nicht einmal dieser Religion besonders gläubig zugetan. Meistens besuchte er die Kirche, da sich das so gehörte, nicht weil er glaubte, seiner Seele würde es etwas Gutes abverlangen.

In gewissen Stunden des Lebens allerdings, übte die Absolution durch das Beichten auch eine erhebliche Anziehung auf ihn aus.

Wie heute.

Nervös rang Stan mit den Händen, wartete ungeduldig darauf, dass sein Gemeindepfarrer endlich Zeit für ihn erübrigte. Es käme ihm kaum richtig vor, eine katholische Kirche zu besuchen, auch weil er nicht sicher wäre, ob ein Priester ihm überhaupt hülfe. Mal ehrlich, was verstand ein im Zölibat lebender Mann von einer Ehe?

Pfarrer Svenson hingegen, lebte seit fünfundzwanzig Jahren in einer gutgehenden Ehe und war Vater von acht Kindern.

Einen besseren Ratgeber konnte er gar nicht bekommen.

Nachdem Svenson ein junges Ehepaar aus seinem Büro verabschiedete, wurde Stan zu ihm gebeten. Immer noch furchtbar nervös setzte er sich auf den ihm dargebotenen Platz.

„Möchten Sie etwas trinken? Meine Frau hat eine ganze Wagenladung an Limonade zubereitet. Eigentlich gedacht für das Fußballspiel meines Sohnes, aber nun ist noch so viel übrig... Sie wissen ja wie Ehefrauen sind. Sie becircte mich, den Rest in die Kirche mitzunehmen."

Stan lächelte. Wie zum Teufel konnte dieser Mann nur so glücklich sein? Was machte Stan falsch?

Nun, vielleicht ging er seiner Frau nicht auf der Toilette einer Bar fremd, schalt er sich.

Stan winkte ab. „Nein, danke. Es geht mir gut. Übrigens, eine hervorragende Predigt am letzten Sonntag."

Svenson nickte dankend. „Es freut mich immer wieder zu hören, wenn das Wort Gottes die Menschen berührt." Der Pfarrer seufzte. „Was führt Sie zu mir? Doch nicht bloß meine Predigt."

„Ich möchte beichten."

Das überraschte Svenson sichtlich. Er stutzte. „Nun, äh, das ist ungewöhnlich. Eine richtige Beichte, also in einem Beichtstuhl, gibt es bei uns nicht. Allerdings sind Gespräche mehr als erwünscht. Was gibt es denn, was Ihnen so schwer auf der Seele liegt?"

Irgendwie bereute Stan mittlerweile seine Entscheidung, nicht doch in einem dunklen Beichtstuhl zu sitzen. So was käme ihm viel anonymer vor. Auf der anderen Seite, Svenson durfte ihn nicht verraten, nicht wahr? Jedenfalls nicht an Jordan.

„Ich habe großen Mist gebaut", berichtete Stan. „Ich…wow, das geht nicht einfach über die Lippen…ich…ich habe Jordan betrogen."

Dieses Geständnis überraschte Svenson weitaus mehr. „Sie haben Ihre Frau betrogen?" Er stieß Luft aus. „Das verblüfft mich jetzt."

Stan nickte. „Ja. Und…mein schlechtes Gewissen bringt mich um. Ich meine, ich verdiene es, ich verdiene dieses Gewissen, aber…was soll ich denn jetzt tun?"

„Ist es das erste Mal gewesen? Oder haben Sie Jordan schon mal betrogen?"

Durfte er vor dem Pfarrer lügen? Wahrscheinlich wäre es besser, die gesamte Wahrheit zu offenbaren. „Nun, also…als ich frisch mit Jordan zusammenkam, war da eine andere. Aber nicht so, wie Sie denken. In der Schule gab es dieses Mädchen. Helen. Unsere Eltern kannten einander lange und sie wollten uns verkuppeln. Also bin ich für eine Weile mit ihr ausgegangen. Es lief ganz gut, doch spürte ich niemals wirklich ernste Gefühle. Und dann lernte ich Jordan kennen. Zunächst blieb ich bei Helen, jedoch…ach herrje, sobald ich merkte, wie ernst es mir mit Jordan war, wie sehr ich sie liebte, da verließ ich Helen. Bis heute weiß Jordan davon nichts." Stan seufzte schwer, fuhr sich frustriert durchs Gesicht. „Jetzt…Na gut, ich mag diese andere Frau. Ich meine, Jordan und ich hatten so viele Probleme. Und diese Frau…"

„Sie gefällt Ihnen?"

Er nickte. „So sehr ich mich bemühe, aber sie geht mir nicht aus dem Kopf. Ich kenne sie bereits länger und wir verstanden uns immer gut. Ich liebe Jordan, aber durch unsere ständigen Streitereien…"

„Haben Sie schon mal an eine Eheberatung gedacht?" fragte Svenson.

„Eine was?" Er lachte nervös auf. „Wieso das? Wie soll ich ihr das schmackhaft machen, ohne ihr von Jill zu erzählen?"

Svenson sagte: „Vielleicht sollten Sie diese Ehrlichkeit von sich selbst verlangen. Wollen Sie denn Ihre Ehe retten?"

Das war eine Selbstverständlichkeit. „Ja."

„Dann sollten Sie so viel Respekt ihrer Ehefrau gegenüber vorbringen und ehrlich sein."

„Aber es ist doch nur einmal passiert! Warum soll ich die Pferde scheu machen, wenn es einmal gewesen ist?"

„Gerade sagten Sie, sie hätten Jordan bereits einmal betrogen."

„Nein. Ich war nur mit zwei Frauen gleichzeitig liiert. Und Helen mochte ich nicht einmal in dieser Art, es hieß nur, wir passen zusammen, deshalb sollte ich ihr den Hof machen. Ich empfand eine leichte Zuneigung ihr gegenüber, mehr nicht. Im Grunde zählt es also nicht."

Ach herrje, er redete sich um Kopf und Kragen. Warum musste er von Helen erzählen? Wenn er sich so reden hörte…er kam sich immer mehr wie ein riesengroßes Arschloch vor.

„Fein, aber *wie* möchten Sie weiter vorgehen?" Stan schwieg beharrlich, das brachte Svenson zum Zunge schnalzen. „Stan, wenn Sie Ihre Ehe retten möchten, müssen Sie an ihr arbeiten."

„Wissen Sie, der katholische Priester hätte mir sicher dazu geraten zu beten. Zehn Ave Maria, vielleicht."

„Das tue ich ebenfalls. Denn ein Gebet reinigt die Seele. Nichtsdestotrotz geht es hier beileibe um mehr als um Ihr Gewissen. Und das würde

Ihnen ebenfalls mein Kollege raten. Es geht auch um das Wohlergehen Ihrer Ehefrau."

Wenn man den Esel nannte…keine zwei Minuten trat der Nachwuchspfarrer Mathias Frank in Svensons Büro. „Entschuldigen Sie die Störung, aber eine Mrs Adaire ist hier. Sie fragt, wo sie die Kleiderspenden hinlegen soll."

Svenson versprach, sich sofort darum zu kümmern. „Wären Sie bereit, Stan?"

Jetzt?! Veräppelte der Kerl ihn etwa? Panik stieg in Stan auf. Verflucht, er wollte nicht mit Jordan darüber reden. Ganz im Gegenteil. Er wollte nur vergessen.

„Entschuldigung, ich…ich muss leider gehen", stotterte er aufgebracht.

So schnell wie möglich, versuchte er aus dem Büro zu stürmen.

Svenson schaute ihm kopfschüttelnd hinterher.

2

Hier sollte er also wohnen, dachte Jill erstaunt, ja sogar leicht erregt, sobald sie vor dem riesigen Anwesen stand, dessen Eigentümer Stan Adaire heißen sollte.

Ihre kleine Begegnung mit Besagtem war zwei Tage her und bisher hatte sie ihn nicht mehr gesehen. Auch wenn sie es nur ungern zugab, sie vermisste ihn, obgleich sie erst einen Abend mit ihm verbrachte.

Sie glaubte nicht an die Liebe auf den ersten Blick, trotzdem bekam sie den Mann nicht mehr aus ihrem Kopf.

Leider blieb es ihr verwehrt sein Grundstück zu betreten, da die Einfahrt durch ein schweres Eisentor verhindert wurde. Zum Glück bemerkte sie das offene Tor des leerstehenden Nachbarhauses, welches sie ohne große Mühe öffnen und das Grundstück somit betreten konnte.

Der Rasen war frisch gemäht worden, allerdings schien das Grundstück unbewohnt. Wahrscheinlich vergaß jemand, das Tor nach der Rasenpflege wieder zuzuschließen, dachte Jill.

Langsam schlich sie sich am Gartenzaun entlang und bemerkte einen lockeren Zaunpfahl, sodass es eine Einfachheit wäre, Stans Garten zu betreten. Sie huschte rasch in Richtung des riesigen Hauses, versuchte unbemerkt durch eines der Fenster zu linsen.

Plötzlich hörte sie wie die Gartentür aufging und eine mittelgroße, schlanke Blondine hinaustritt. Ihre Haare reichten fast bis zu ihren Schultern, außerdem waren sie nach hinten gekämmt worden. Sofort erkannte sie wer diese Frau sein musste. Die Frau, die gleich nach ihr aus dem Haus kam, bestätigte ihre Vermutung sogleich.

„Die Rosen sehen immer noch schrecklich aus. Ich bezweifle, dass sie noch ausschlagen werden", sagte sie. „Was denken Sie, Mrs. Adaire?"

Mrs. Adaire nickte bloß, gleichzeitig stemmte sie die Hände in die Hüften. Sie trug eine beige Stoffhose, dazu eine rosa Bluse. Ein weißer Pullover lag schützend über ihrem Rücken und die Ärmel waren auf ihrer

Brust verknotet. „Sie haben Recht, Juanita. Ich weiß auch nicht, wieso sie dieses Jahr misslungen sind. Vielleicht sollten wir den Gärtner noch einmal kommen lassen. Mit Sicherheit weiß er Rat."

„Ich rufe ihn an."

„Machen Sie das."

„Ich habe übrigens noch einige alte Kleider beim Aufräumen gefunden. Soll ich sie auf den Spendenhaufen legen?" fragte Juanita.

„O, machen Sie am besten einen neuen Haufen, ich habe erst heute Morgen die alten Kleider weggegeben", erwiderte Jordan.

Juanita nickte. „Es ist schön, wenn man anderen damit eine Freude machen kann, mit dem, was man selbst nicht mehr möchte."

„Da haben Sie Recht. Danke, Juanita."

Derweil musterte Jill ihre Konkurrentin genauer. Sie war jung, bestimmt nicht älter als dreißig, trotzdem wirkte sie bereits wie eine Frau die im Leben stand. Dies war also Stan Adaires Gattin. Jill rechnete bereits damit, dass Stan verheiratet war.

Wieso sonst hätte er sie so überstürzt verlassen sollen?

Aber was jetzt?, fragte sich Jill. Im Grunde war es dumm gewesen herzukommen, Stan auszuspionieren, aber sie wollte ihn unbedingt wiedersehen. Sie musste ihn wiedersehen.

Hatte er nicht gesagt, er arbeite bei einem Konzern für Baustoffe? Den Namen wusste Jill, ebenso die Adresse. Zwar kannte sie bis heute noch nicht die Identität der Person, die ihr die Adressen nannte, trotzdem konnte sie ihm oder ihr kaum dankbarer sein.

Vielleicht sollte sie Stan in seinem Büro einfach mal einen Besuch abstatten, dachte sie träumerisch, derweil sie Mrs. Adaire weiter neugierig beobachtete.

Jordan konnte an nichts anderes mehr denken, als an Stans Betrug. Der Geruch dieses Flittchens klebte noch an ihm, als er nach Hause kam. Während Stan duschte, durchsuchte Jordan seine Kleider genauer. An seinem Hemdkragen fand sie noch mehr Lippenstift, außerdem roch jedes seiner Kleidungsstücke nach diesem schrecklichen Parfüm. Und seine Hose…nun, wahrlich sauber war der Akt nicht vonstattengegangen, denn auf seiner Hose fand sie eindeutige Flecken. Flecken, die ihr Herz in zwei Teile rissen. Mehr stöberte sie vorerst nicht auf, doch reichten diese Indizien ihr vollkommen.

Sie wusste einfach nicht, was sie jetzt machen sollte.

Es war schon lange her, seitdem sie sich so hilflos, ja regelrecht gedemütigt fühlte.

Sie wusste nicht, wie sie sich ihm gegenüber verhalten sollte, vor allem wusste sie nicht, wie es mit ihrer Ehe weiterging. Konnte Jordan ihrem Ehemann verzeihen? Oder sehnte sie sich gar nach Rache?

Im Grunde musste sie erst einmal den Schmerz loswerden, den dieser Betrug in ihrer Seele verursachte.

Erschöpft setzte sie sich auf einen Gartenstuhl, legte die Beine hoch und versuchte sich auszuruhen. Doch anstatt etwas Ruhe und Entspannung zu genießen, trieben die Gedanken daran, dass Stan eine andere Frau küsste, anfasste, ja liebte, zu Verzweiflung.

Wer war diese Frau nur? Kannte Jordan sie gar? Oder war sie eine Unbekannte? Trafen sie sich immer noch? Wo trafen sie sich? Warum betrog er sie? All diese Fragen und wirre Theorien, die sie daraufhin versuchte aufzustellen, hielten sie davon ab, endlich einmal durchzuatmen und loszulassen.

Fluchend sprang sie vom Stuhl, lief dann in Richtung Wohnzimmer. Sie missachtete Stans Blumen, welche in einer Vase auf dem Wohnzimmertisch drapiert standen, und ging direkt zu ihrem Spirituosenschrank.

Verflucht, dieses Grünzeug provozierte sie so dermaßen. Ob er seiner Mätresse ebenfalls einen Strauß mitbrachte oder bekam lediglich die gehörnte Ehefrau etwas? Stellten sie eine Art Trostpreis dar?

Sie fragte sich, ob Stan urplötzlich zu einem dieser Männer wurde, die ihre Ehefrauen betrogen und dies auch noch als ihr gutes Recht ansahen. Die dies nicht einmal als Vertrauensbruch betrachteten, sondern lediglich als einen ganz normalen Lebensstandard.

Und was machte es mit ihr? Eigentlich machte sie einen Schlussstrich unter dem Thema Betrug. Aber jetzt, wo das Thema tatsächlich auf dem Tisch lag, da überkam sie eine ungewohnte Panik. Eine niemals zuvor gefühlte Angst. Furcht überkam sie, wenn sie darüber nachdachte, Stan auch nur auf seinen Seitensprung anzusprechen. Machte sie das zur Heuchlerin, nicht sofort zu agieren? Was sollte sie tun? Was war überhaupt wirklich geschehen? Wie weit war Stan gegangen? Vielleicht küsste er diese Frau auch nur.

Mach dir nur weiter etwas vor, Jordan! Beim Küssen entstehen solche Flecken nie und nimmer.

Niemals in ihrem Leben war sie eine Trinkerin gewesen. Hin und wieder genoss sie einen Drink auf Feiern, aber sonst kaum. Jetzt jedoch schüttete sie sich den teuren Whisky in ein Glas, um ihn auf Ex ihre Kehle herunter zu schütten.

Und mit jedem Schluck Alkohol, sank die Angst in ihrem Inneren mehr und mehr.

Sollte Stan doch seine kleine Schlampe haben, dachte sie missgünstig. Sie würde ihn dafür schon bluten lassen.

3

Zur selben Zeit traf Jacob auf Theodor Blake. Seine Mutter war wie gewöhnlich misstrauisch gewesen, weil Jacob sich oftmals bedeckt hielt, was seine Freunde anging. Jordan Adaire verabscheute Kevin, was Jacob nicht verstand. War Kevin doch wirklich super. Damit sie ihm aber nicht den Umgang mit anderen Freunden verbot, fing er gar nicht erst an, ihr von Theo zu berichten. Wer weiß, was sie gegen ihn vorbrachte.

„Nein, Mom, nicht Kevin", hatte er ihr zur Beruhigung gesagt. „Mit…Theo."

Daraufhin verschränkte Jordan die Arme vor der Brust. Stirnrunzelnd meinte sie: „Du triffst dich in letzter Zeit sehr oft mit diesem Theo, dennoch habe ich Genannten niemals zuvor gesehen. Muss ich mir Sorgen machen?"

„Nein."

„Kevin stellst du mir vor, bei Theo hast du Hemmungen. Jacob, da mache ich mir Sorgen. Damit wir uns verstehen, ich möchte diesen ominösen Theo kennenlernen. Bislang hattest du nicht gerade das beste Talent, was das Aussuchen von Freunden betrifft."

Natürlich wusste Jacob nun, es war an der Zeit, Theo zu sich nach Hause einzuladen. Und genau das störte ihn, denn wer konnte schon erahnen, ob seine Mutter nicht auch etwas an Theo irritierte. Obwohl es fraglos enorme, gesellschaftliche Lücken in puncto Gleichberechtigung gab, störte seine Mutter sicherlich nicht die Hautfarbe. Sie stand der Bürgerrechtsbewegung positiv gegenüber, wollte, dass die gleichen Rechte für alle herrschten. Trotzdem mochte seine Mutter bislang nicht einen einzigen seiner Freunde. Und gerade mit Theo verstand er sich so gut. Wenn Theo bei ihm war, brauchte er nicht immer so zu tun, als wäre er cool. Theo erwartete nicht, dass er rauchte oder trank. Theo mochte ihn auch so. Anders als Kevin, der all das von einem lässigen Draufgänger erwartete. Genau deshalb war Theo auch sein bester Freund – und nicht Kevin.

Was passierte also, wenn seine Mom Theo nicht mochte?

Gut, wahrscheinlich war dies Jacobs schuld, denn er redete nicht viel mit seiner Mutter, baute am laufenden Band irgendwelchen Mist.

Und am Ende des Tages gab es eben nur eine Lösung für sein Dilemma: Seine Mutter musste Theo kennenlernen, damit sie endlich aufhörte ihn zu nerven.

„Wie geht's?" fragte Jacob seinen Freund. Wie immer in der letzten Zeit trug er sein Transistorradio mit sich. Diesmal hauchte Marilyn Monroe etwas aus dem Lautsprecher, weshalb Jacob rasch den Sender wechselte. Die Frau war zwar heiß, doch ihre Musik konnte keiner hören. Da er endlich einen Sender fand, der Chuck Berry spielte, stellte er sein Radio zufrieden auf den Boden.

Ein hochgewachsener, vierzehnjähriger Junge, mit schwarzen Haaren und großen braunen Augen, nickte ihm zu. „Gut. Und dir?"

„Könnte nicht besser sein."

Jacob seufzte. Beide setzten sich auf eine Parkbank. Seitdem er seiner Mutter versprach herauszufinden, wer Erin den Liebesbrief geschrieben hatte, nervte sie ihn die ganze Zeit nur noch damit. Dabei wusste er weit besseres mit seiner Zeit anzufangen, als hinter Erins Liebschaften her zu jagen.

Er erzählte Theo kurz davon.

„Weißt du, wer's ist?" fragte er Jacob am Ende.

Jacob schüttelte den Kopf. „Nein. Aber sollte es stimmen und ich treffe diese Idioten, schlag ich ihnen direkt in ihre elende Fresse."

„Glaubst du wirklich, Gewalt ist eine Lösung?"

„Was soll ich tun? Ein Sit-In veranstalten?" entgegnete Jacob.

Theo schüttelte den Kopf. „Nein. Aber es gibt viele Dinge, die man tun kann, ohne Gewalt anzuwenden. Je nachdem was man macht, tut das solchen Kerlen mehr weh als ein Schlag ins Gesicht, Jake."

Jetzt wurde Jacob neugierig. „Was schwebt dir vor?"

Theo zuckte mit den Schultern. „Nun, kommt drauf an, wer's gewesen ist, oder? Bevor du das weißt, ist es sinnlos drüber nachzudenken."

„Nun, ich werde es sicher herausfinden." Jacob wollte das Thema wechseln. „Ich habe jetzt mit dem Rauchen angefangen", meinte er. „Willst du es mal ausprobieren?"

Theo lehnte ab. „Ne danke, kein Interesse. Seitdem ich gesehen habe, was mein Onkel, seines Zeichens Kettenraucher, immer aushustet, ist mir darauf die Lust vergangen. Aber zu was anderem: Du kennst doch nicht zufällig Elvira Barns, oder?"

Jacob kannte sie nicht, der Name sagte ihm zwar etwas, das war es dann aber auch. „Nicht wirklich."

The grinste. „Wir sind jetzt ein Paar."

„Super. Du kannst sie mir ja mal vorstellen, womöglich hat sie eine hübsche Freundin für mich." Jacob grinste amüsiert.

Theo lachte laut. „Sicherlich, die Weiber fliegen auf dich."

„Na klar! So wie ich auf die Weiber fliege!"

Daraufhin lachten beide laut, sodass Jacob erst später zwei andere Jungen in Schuluniformen bemerkte, die in ihrer Nähe standen und sich ebenfalls über etwas lustig machten. Der eine Junge war groß und brünett, Jacob schätzte ihn in Erins Alter. Der andere, ein blonder Kerl mit Sommersprossen, schien ein bis zwei Jahre jünger.

„Wirklich, die läuft durch die ganze Schule mit diesem dummen Grinsen! Als ob sich überhaupt ein Kerl für die interessieren würde!" lachte der Brünette laut.

Der andere zuckte mit den Schultern. „Glaubt die wirklich, die kriegt einen echten Brief?" hakte er nach. „Obwohl sie immer wie eine Vogelscheuche rumläuft? Ne fette Vogelscheuche, sag ich dir."

„Tja, anscheinend. Hätte mir die Adaire echt nicht so blöd vorgestellt."

Wieder fingen beide herzhaft zu lachen an. Jacob jedoch ballte vor Wut seine Fäuste.

„Ist irgendetwas, Jake?" fragte Theo seinen Freund. Er bemerkte wie sein Freund sich versteifte. Diese Arschlöcher gingen echt zu weit. Aber wie Theo schon sagte, es gäbe andere Wege, diese Idioten zu bestrafen.

„Nein, alles klar, danke."

Theo nickte, dennoch glaubte er ihm nicht wirklich. Menschen denen es gut ging, pressten mit Sicherheit ihren Kiefer nicht so fest zusammen bis er schmerzte.

4

Wie schwer es einem Menschen fiel, Konzentration aufzubringen, wenn das schlechte Gewissen an ihm nagte, lernte auch Stan an diesem Tag. Die ganze Zeit fragte er sich bereits, ob Jordan schon etwas von seiner Untreue ahnte.

Konnte sie das überhaupt? Und falls nicht, sollte er es ihr sagen?

Er seufzte schwer, denn Stan war sich nicht wirklich sicher, ob eine Ehe so eine Sache überstünde. Jordan war ein äußerst selbstbewusster wie sensibler Mensch, stark und dickköpfig, außerdem verzieh sie es keinem Menschen, wenn man mit ihrem Vertrauen spielte.

Die Frage lautete: Rette Stan seine Ehe, indem er ihr den Ausrutscher verschwieg…oder mit der brutalen, unnachgiebigen Wahrheit?

In jenem Augenblick klopfte es an seiner Tür. Stan schreckte auf. Heute ließ ihn wirklich alles aus der Haut fahren.

Herein kam Milton Jameson. Wie immer grinste dieser ihn freundlich an und setzte sich auf einen Stuhl vor seinem großen, dunklen Schreibtisch.

„Na Adaire, wie laufen die Geschäfte?" fragte er. „Bereit für das große Frankreichabenteuer?"

Um ehrlich zu sein, hatte er dafür momentan keine Nerven. „Natürlich, Sir", erwiderte Stan. „Alles läuft nach Plan."

„Das möchte ich hören", erwiderte Jameson. „Wissen Sie", fing er an, holte sein Zigarettenetui hervor, wobei er sich augenblicklich eine Zigarette in den Mund steckte und anzündete, „wir brauchen unbedingt eine gute Werbekampagne nächstes Jahr. Unsere Firma sollte doch so viele Menschen wie möglich ansprechen. Was meinen Sie?"

„Natürlich. Werbung ist immer wichtig, Sir."

„Ich habe eine sehr gute Werbefirma in Berlington kontaktiert und wollte Sie bitten mit dem Mann zu reden, den sie uns nächste Woche schicken. Er soll uns eine kleine Kampagne zusammenstellen. Nichts Besonderes, nur etwas, damit wir uns in Erinnerung rufen."

Stan seufzte schwer. Sein Schreibtisch quoll fast vor Arbeit über, und nun sollte er den Animateur für einen Werbefachmann spielen? Dafür konnte er wirklich keine Zeit mehr erübrigen. Dazu kam auch noch die Sache mit Jordan.

„Bei allem Respekt, Sir, aber die Arbeit wächst mir bereits über den Kopf…"

„Kein Problem!" erklärte Jameson begeistert. Breit grinsend packte er einen Stapel Papiere von Stans Schreibtisch und klemmte sie unter seinen Arm. „Das übernimmt Miller für Sie. Ich möchte nur meinen besten Mann am Steuer wissen, Stan. Es ist wichtig, dass unsere jetzigen Klienten zufrieden sind und dass wir durch diese Werbung mehr gewinnen."

Stan nickte resigniert. So einfach wurde aus seiner Arbeit also Millers, sobald der Boss sich einmischte. Hätte er das mal früher gewusst. „Wie lautet sein Name?" wollte er wissen.

„Der Werbefuzzi? Mike Hoffmann. Er soll ein vielversprechender Aufsteiger in der Branche sein. Ich verlasse mich auf Sie, Adaire."

„Natürlich, Sir."

Jameson nickte, erhob sich und lief zur Tür. „Wir werden gemeinsam viel erreichen, Adaire", meinte er. „Machen Sie weiter so. Beruflich wie privat!"

Beruflich auf jeden Fall, dachte Stan, privat sollte er sich ändern.

5

Vielversprechend blickte Jill am Bürokomplex hoch, in dem Stan – nach der Nachricht des Unbekannten – zu arbeiten schien. Hoffentlich war er auch heute zugegen. Doch was im Grunde viel wichtiger war, hoffentlich empfing er sie.

Obwohl sie zunächst ein bisschen Muffensausen ihr Eigen nannte, trat sie letztlich in den großen Empfangsbereich der Firma ein. Leider wurde sie gleich an der Rezeption enttäuscht. Stan wollte sie nicht sehen.

„Bedaure", erklärte ihr die ältere, vollkommen ergraute Empfangsdame. „Aber Mr. Adaire kennt Sie nicht."

Leicht frustriert wandte Jill sich zum Gehen. Stan war ein netter Kerl gewesen und sie verstand durchaus sein Problem. Er war verheiratet, wahrscheinlich sogar Vater. Er wollte sie nicht mehr sehen, weil seine Familie ihm mehr bedeutete. Wahrscheinlich bereute er ihr Techtelmechtel sogar.

Ganz anders als sie. Er war ihr wichtig. Sie wollte ihn wiedersehen, denn aus irgendeinem Grund fühlte sie zu ihm sich hingezogen. Verflucht, wieso musste sie sich unbedingt zu einem verheirateten Mann hingezogen fühlen? Einem Mann, mit dem sie dazu auf einer Toilette ein Techtelmechtel anfing?!

Konnte sie sich noch verrückter verhalten? Kein einziger Mann wollte eine Frau wiedersehen, die ihn fünf Minuten nach dem Kennenlernen unter ihr Höschen ließ. Das war nun mal die Doppelmoral in dieser puritanischen Gesellschaft. Sie war gut genug für ein schnelles Nümmerchen, doch danach galt sie als Schlampe. Sie hätte es besser wissen müssen. Und doch kränkte es sie.

„Vielleicht sollte es nicht sein", murmelte sie angeschlagen.

Seufzend blickte sie auf ihre Armbanduhr. In wenigen Minuten musste sie zu einem Vorstellungsgespräch am hiesigen Country Club auftauchen, wo sie als Kellnerin im Restaurant arbeiten sollte. Eine knappe halbe Stunde blieb ihr.

Mühsam schleppte sie sich in den Club und betrachtete wie gewöhnlich mit großen, gierigen Augen die hübsche luxuriöse Ausstattung dieses Etablissements. Am liebsten wäre sie selbst hier Mitglied und nicht einfach irgendeine Kellnerin, die die Leute als minderwertigen Fußabtreter ansahen.

Einmal im Leben reich sein, ach, was wäre das schön!

Die hübsche, sorgsam ausgestattete Bar, die teure, imposante Inneneinrichtung und die leise, beruhigende Hintergrundmusik, ließen sie sich gleich aufgehoben fühlen. Ja, als ob sie die First Lady persönlich sei. Bloß jünger, hübscher...na ja, im Grunde sah sich Jill mehr als Marilyn Monroe anstatt als eine Präsidentengattin. Aber darum ging es ihr auch gar nicht.

Nachdem sie im ganzen Laden nachfragte, wo sie den Manager finden konnte, wurde sie auch gleich in ein Büro gebeten, indem das Vorstellungsgespräch stattfände. Alles in einem war der Manager nett zu ihr, aber sobald er erfuhr, dass sie auch in einer Art Striplokal kellnerte, bat er sie recht schnell zu gehen.

So etwas passe nicht in diese feine Gesellschaft, meinte er. Als ob sie das nicht längst am eigenen Leib erfahren hätte...

Seufzend machte Jill sich auf zu der Bar. Wenigstens einen Drink wollte sie sich in dieser schicken Bude gönnen, bevor sie wieder zu dem Drecksladen gehen musste, was sie Arbeit nannte.

Ja, das wäre dann wohl das Ende der Jill Sterling, Möchtegernpräsidentengattin. Zurück ins Rattenloch.

Sie nippte an ihrem überteuerten Drink, da merkte sie, wie sie Gesellschaft bekam. Es war ein großer, athletisch gebauter Mann, mit dichtem braunen Haar, einem weißen Shirt und kurzen, weißen Hosen. Na gut, eventuell gab es doch Chancen für sie, sich einen reichen Kerl zu angeln.

Würde dieser Schuft Stan nicht andauernd in ihrem Kopf herumspuken.

„Golf oder Tennis?" fragte sie ihn.

Der Mann drehte sich zu ihr um. Nachdem er sie kurz musterte lächelte er.

„Golf. Tennis ist donnerstags", sagte er. „Und wie heißen Sie, schöne Frau?"

„Jill Sterling."

„Wie das Silber."

„Das wäre wünschenswert."

Er lachte. „Mein Name ist Clark. Ich bin ein guter Freund von Stan Adaire."

Auf einmal verschwand jegliche Freude, und Kälte machte sich in ihr breit. Woher wusste er von Stan?

„Stan?" fragte sie kühl.

„Ja", erwiderte Clark. „Stan Adaire. Er weiß nicht, dass ich ihn mit Ihnen gesehen habe. Bei Ihrem kleinen Vergnügen auf der Toilette."

Plötzlich wurde ihr klar, dieses Treffen fand keineswegs zufällig statt. Verdammt, sie hatte sich schon gewundert, warum ihr Arbeitsvermittler ihr einen Job in einer so schnieken Gegend anbot.

Dieser Kerl hier wollte etwas von ihr. Doch was konnte Jill ihm geben? O Gott, ihr wurde schlecht. Schlafen täte sie mit so einem Widerling sicher nicht.

„Was ist Ihr Begehr?" hakte sie nach. „Ihn oder mich bloßstellen? Uns erpressen?"

Clark schüttelte belustigt den Kopf. „O, da käme ich nicht im Traum drauf, Kleines. Es geht mir mehr um die Dinge, die wir beide missen. Ich nehme an, Sie haben Stan bereits zuhause besucht, nicht wahr?"

Dann war er es also gewesen, der ihr Stans Adresse zusteckte. Weil er sie nicht im Geringsten musterte, als wolle er ihr an die Wäsche, entspannte sie wenigstens dies betreffend.

„Das geht Sie nichts an!" fauchte sie.

„Ich denke schon. Wir beide wollen doch etwas. Wieso wären Sie Stan hinterhergerannt, wären zu seinem Haus gegangen, wenn Sie ihn nicht wiedersehen wollten?"

„Wie gesagt, das geht Sie nichts an."

Sie wollte gehen, aber Clark ließ sich nicht beirren. „Ich will Jordan", teilte er ihr mit. „Stans Frau."

Abrupt blieb Jill stehen. „Hören Sie, Stan und ich haben nur einmal…"

„Aber Sie möchten Ihn gerne wiedersehen, richtig?"

Er kannte sie gut. „Ich möchte keine Ehe zerstören."

„Wenn beide Ehepartner sich anderweitig verlieben, ist das kein direkter Ehebruch in dem Sinne, Jill." Er seufzte schwer. „Jordan war achtzehn Jahre als sie Stan heiratete. Sie ehelichten aufgrund einer Schwangerschaft. Es war sozusagen eine Hochzeit aus der Not heraus. Sie durften niemals erkennen, wie schlecht sie zueinanderpassen. Niemand ist schuld, wenn diese Ehe zerbricht. Ich liebe Jordan. Und ich bin der festen Überzeugung, wir beide besäßen eine Chance, würde sie endlich erkennen, dass auch andere Mütter hübsche Söhne haben."

„Was soll ich da tun? Er lässt sich verleugnen bei der Arbeit."

„Natürlich, Schätzchen, hier kennt jeder jeden. Sobald eine fremde Frau ihn bei der Arbeit besucht, kommen Gerüchte auf, Jordan erführe davon und er…er glaubt ohne Jordan nicht leben zu können."

„Sie wollen also einen perfiden Plan aushecken, Jordan und Stan auseinanderbringen, sodass wir möglicherweise zusammenfinden und glücklich werden?" Das klang ja wie in einer Seifenoper. „Herrgott, ich habe einmal mit Stan geschlafen, ich weiß doch jetzt noch nicht, ob ich ihn heiraten will. Wo sind wir denn hier? In einer verfluchten Screwballkomödie ohne Witz?"

Langsam wurde Clark unbeherrschter. „Ich weiß, dass ich Jordan will, Kleines. Du sollst mir lediglich eine Hilfe sein, sie zu kriegen. Wenn du nicht willst, dann fällt mir schon etwas anderes ein. Ich dachte bloß, es könnte dir gefallen, hübsche Kleider zu tragen, ein bisschen mehr Schmuck zu besitzen. Die Vorteile einer Mätresse zu genießen."

Natürlich tat es das. Wem gefiel so etwas nicht? Sie witterte jedenfalls so eine Chance, wieder mit Stan zu sprechen.

„Niemand sagt, du sollst ihn heiraten. Du sollst mir nur helfen, ihn von Jordan wegzulotsen."

„Wie soll ich das anstellen, wenn ich ihm plötzlich zuwider bin?" wollte sie wissen.

„Lass das meine Sorge sein, Kleines. Schreib mir einfach deine Telefonnummer auf und ich rufe dich an, sobald sich eine Gelegenheit ergibt. Ich helfe deinem Glück liebend gern auf die Sprünge."

Er reichte ihr zur Besiegelung ihres noch unausgereiften Plans die Hand. Zunächst zögerte Jill, schlug dann aber doch ein.

Was hatte sie auch groß zu verlieren?

6

Jordan versuchte sich nicht weiter mit Stans möglichem Betrug auseinanderzusetzen. Lieber wollte sie sich um ihre Tochter kümmern, die stets der Meinung war, ein

Junge empfände etwas für sie – was offensichtlich nicht der Wahrheit entsprach, wie ihr Sohn ihr mitteilte.

„Ich sage dir, Mom, die haben sich lustig über Erin gemacht. Dieser Brief ist unecht", berichtete Jacob ihr, kurz nachdem er nach Hause kam.

Jordan seufzte daraufhin. „Ich weiß gar nicht wieso diese Kinder das Mädchen immer ärgern. Erin verdient einen netten Jungen, der ihre Schönheit erkennt."

„Versprichst du mir, dich darum zu kümmern, Mom?" fragte Jacob ernsthaft. Diesmal wirkte er wahrhaft besorgt um seine große Schwester.

„Natürlich."

Nachgiebig bohrte er weiter. „Mit aller Härte?"

Jordan nickte. „Natürlich. Versprochen."

Nun wartete sie auf das Erscheinen ihrer Tochter. Als diese endlich durch die Tür spazierte, strahlte ihr Gesicht erneut.

O nein, dachte Jordan, diese elende Scharade bräche sicherlich ihr zartes Herz.

„Der war heute im Briefkasten!" Euphorisch reichte sie ihrer Mutter den neuen Brief.

Allein der Blick auf dieses Stück Papier ließ Jordan die Galle hochkommen. Diese ekelhaften, bösen Kinder. Man sollte ihnen den Hals umdrehen!

Erin grinste entzückt. „Diesmal schreibt er etwas mehr von sich. Er meint, er sei ein wenig schüchtern und möchte erst wissen, was ich empfinde, bevor er mir seinen Namen sagt. Ich denke, ich schreibe ihm auch einen Brief."

„Wohin möchtest du diesen denn schicken?" wollte Jordan wissen. „Ohne Namen, ohne Adresse?"

„Er meinte, ich solle ihm einen Brief am Montag um neun Uhr an den Brunnen in der Schule legen."

Es wäre eine Demütigung für Erin, eine Erniedrigung. Mit Sicherheit würde man den Brief laut vorlesen und sie so kränken. Niemand wollte, dass seine Gefühle für einen Jungen vor der ganzen Schule breitgetreten wurden. Jordan musste unbedingt herausfinden, wer hinter den Briefen steckte.

„Vielleicht überstürzt du es. Du kennst den Jungen doch gar nicht."

„Mom, er schreibt so lieb. Er muss toll sein, egal wer er ist."

„Hör zu, Erin, vielleicht…vielleicht solltest du in diesem Brief ein Treffen vorschlagen. Deine Gefühle spielen doch gerade verrückt…nicht…nicht, dass du ihm Hoffnungen machst und ihn verletzt, falls er dir dann doch nicht gefällt."

Hoffentlich nutzte diese Aussage etwas. Und ja, endlich fing Erin an darüber nachzudenken.

„Möglicherweise hast du Recht. Ich werde mir mal Gedanken dazu machen", meinte sie. Dann lief sie nach oben in ihr Zimmer.

Seufzend stellte Jordan fest, es stand Handlungsbedarf an. Rasch eilte sie ins Wohnzimmer, direkt in die angrenzende kleine Bibliothek.

Aus einem Regal suchte sie ein rotes, in Leder gebundenes Buch heraus und machte sich sogleich in den ersten Stock zu Jacob auf.

„Zeig mir im Jahrbuch deiner Schwester die Kinder, die du heute gesehen hast", sagte sie zu ihm. „Ich will ihre Namen."

„Für ihren Untergang?" hakte Jacob nach.

Der Untergang würde nicht reichen. „O, für weit mehr als das!"

7

Atemlos hetzte Stan nach Feierabend gen Fahrstuhl. Freudig erregt schaffte er es just hinein zu hüpfen, bevor der Lift sich in Gang setzte.

Er wollte so schnell wie möglich nach Hause. Weder Jordan noch er meldeten sich heute beieinander. Er betete zum Himmel, sie möge nichts von seinem kleinen Ausrutscher mitbekommen haben.

Wieso sonst meldete sie sich sonst nicht bei ihm? Das passte so gar nicht zu ihr.

Jill tauchte doch tatsächlich bei ihm in der Firma auf!, rief er sich erschrocken ins Gedächtnis. Heute konnte er sich verleugnen lassen, dennoch ernte man durch solche Szenarien meistens eine Menge Gerede. Aus Gerede entwuchsen Gerüchte und Gerüchte erreichten meist in Windeseile die Ehefrauen.

Große Güte, dachte Stan, er betete zu Gott, seine Sekretärin nahm ihm seine Ausrede ab, bei Jills Nachfrage handle es sich lediglich um eine Verwechslung. Auf keinen Fall wollte er Gerüchte aufkommen lassen.

Hoffentlich fände Jill niemals seine Heimadresse heraus, sonst müsste er seiner Ehefrau mit Sicherheit eine Menge erklären. Schließlich würde Jordan ihn keinesfalls so einfach vom Haken lassen.

Auf dem Weg zu seinem Auto bemerkte Stan plötzlich, wie sich jemand von hinten an ihn heranschlich.

Seine Nackenhaare sträubten sich empor. Ein Raubüberfall würde den Tag wirklich abrunden, dachte er sarkastisch.

In einem Ruck drehte er sich um. Doch vor ihm stand kein Gauner, der ihn ausnehmen wollte, sondern Clark Anderson.

Super, ein Straßenräuber wäre ihm momentan erheblich lieber.

„Stan? Ich habe dich doch nicht etwa erschreckt?" fragte Clark milde lächelnd. Anscheinend hoffte er genau dies.

Stan antwortete mit einer Lüge. „Nein. Nein, ich war bloß in Gedanken."

„Nun, verzeihe mir dennoch meinen kleinen Überfall." Clark grinste unaufhörlich. „Ich kam hier vorbei – so ganz nebenbei – und fragte mich, ob du stets bei der Arbeit verweilst. Was hältst du von einem kleinen Absacker? Nur wir Männer."

Was er davon hielt? Ehrlich gesagt so gut wie nichts. „Ich muss nach Hause." Mit etwas Glück verstand Clark den Wink. „Und du bestimmt auch."

Clark verstand den Wink *nicht*. „Tatsächlich muss ich das nicht. Betty ist zur Schönheitskur. Sie legt sich Gurken auf die Augen, schmiert Frischkäse in ihr Gesicht…Frauen mögen Essen eben nur auf der Haut und nicht auf den Hüften. Auf jeden Fall ist sie zwei Tage fort und ich mag es nicht gern allein im Haus zu sein. Vor allem mit unserer seltsamen Haushälterin Molly, bin ich um jede Sekunde froh, die ich woanders sein darf."

Da Stan nicht wirklich scharf darauf war, Jordan unter die Augen zu treten, bis er seinen Fehltritt selbst ein wenig überwand – und vor allem wusste, was er zu ihr sagen sollte – stimmte er letztendlich zu.

Obschon Stan keine besonders große Lust dazu aufbrachte, Zeit mit Clark zu verbringen, wollte er ebenso wenig auf einen Drink verzichten. Vielleicht schaffte er es so, Jill für eine Weile zu vergessen.

Die Bar, die sie letztendlich aussuchten, war stilvoll gehalten, mit hellen Farben und modernen Möbeln eingerichtet. Im Hintergrund spielte leise Jazzmusik. Hinter dem Bartresen stand ein großer, schlanker Mann im Smoking, der Stan und Clark gleich willkommen hieß.

„Zwei Whisky on the Rocks", bestellte Clark. „Für mich und meinen Freund."

Der Barkeeper nickte sogleich, um die Bestellungen auszuführen. Stan seufzte schwer, sobald er sich auf den Barhocker niederließ. Seine Jacke und seinen Hut legte er auf den freien Hocker neben sich ab. Clark tat dasselbe mit seinen Sachen.

„Anstrengender Tag?" fragte Clark. Er bot Stan eine Zigarette an, welche er aus einem silbernen Zigarettenetui herausholte, doch Stan winkte ab.

„Nicht anstrengender als sonst."

„Und doch siehst du aus, als seist du durch den Reißwolf gedreht worden." Clark zog einmal tief an seiner Zigarette.

Die Drinks wurden ihnen serviert, Stan bedankte sich nickend. „Momentan ist alles stressig. Schließlich fahren wir bald nach Frankreich."

„Genau. Die große Reise."

Gemeinsam stießen sie an. Clark versuchte so freundlich wie möglich zu lächeln, da fiel ihm auf, wie Jill die Bar betrat.

Pünktlich auf die Minute.

Sie trug ein hübsches, hochgeschnittenes Abendkleid, welches vorne kniekurz, hinten jedoch lang ausgeschnitten war. Sie wirkte ansprechend, was Clark ihr gar nicht zugetraut hätte.

Vielleicht übertrieb sie ihre Kleiderwahl ein bisschen, dennoch konnte sie ebenso gut auf dem Weg ins Theater sein und vorher einen kleinen Aperitif zu sich nehmen. Egal, wie sie ihre Hintergrundgeschichte aussuchte, dieses Kleid machte sie zu einer personifizierten Sexbombe. Genau wie gewollt.

Gut, damit konnte die Show beginnen, dachte Clark amüsiert. Mal sehen, wie weit er es brachte. Sogleich drückte er seine Zigarette im Aschenbecher aus, die der Barkeeper ihm über den Tresen zuschob.

„O, sieh dir diese hübsche junge Dame an!" stieß Clark aus. „Gott, sie sieht wundervoll aus."

Sofort fuhr Stan herum und verschluckte sich beinahe an seinem Drink.

„Holla! Da scheint einem ja die Puste auszugehen, sobald er sie sieht!" rief Clark aus. Hilfreich klopfte er Stan auf den Rücken. Diese Reaktion hätte nicht besser verlaufen können.

„Ich habe mich bloß verschluckt", erwiderte Stan deutlich angefressen.

Ein Moment zu lange hielt Stan den Blick auf Jill gerichtet, schließlich wandte er diesen ab. Genau wie mit Clark abgesprochen, ignorierte Jill die beiden Männer vollkommen.

Clark prostete in ihre Richtung. „Wirklich ein süßes Ding."

„Du bist verheiratet, Clark", murmelte Stan.

Oho, verhielt der gute Mann sich etwa leicht besitzergreifend? Das fing ja gut an. Bei diesem Tempo gehörte ihm Jordan in wenigen Wochen.

„Ja, das stimmt", antwortete Clark. „Aber ein Ehering macht mich keineswegs blind. Denkst du wirklich, ich habe meine Fantasien mit der Hochzeit abgegeben? Die Gedanken sind schließlich frei."

„Die Gedanken ja, aber nicht die Taten. Wenn Betty rausfindest, dass du sie betrügst, dann...o Gott, dann warst du die längste Zeit verheiratet."

Er sprach von Betty, meinte jedoch Jordan, das war ihm anzusehen.

„Wir sind Männer, Stan. Niemand muss jemals von unseren dreckigen Gedanken erfahren, wenn keiner von uns beiden sie ausplaudert. Denkst du wirklich, Jordan käme nicht auch manchmal auf schmutzige Gedanken, sofern sie einen hübschen Gentleman auf der Straße entdeckt?"

„Sprich nicht so über sie!" fauchte Stan. Er mühte sich deutlich ab, Jill zu ignorieren.

Diese jedoch machte es sich an einem Tisch gemütlich und mied die beiden gekonnt.

„Du hast Recht, tut mir leid. Aber über meine Frau kann ich reden und ich weiß, sie findet andere Männer attraktiv, sowie ich andere Frauen attraktiv finde."

„Schön für dich." Mies gelaunt nippte Stan an seinem Drink.

Er linste rasch zu Jill herüber, was Clark sofort registrierte.

Jetzt, dachte Clark, jetzt war der richtige Zeitpunkt gekommen.

Grinsend meinte er: „O Mann, aber manchmal, da hasse ich meinen Ehering richtig. Ich meine, du weißt, ich habe ein paar Probleme mit Betty…"

„Du überlegst sie zu verlassen, nicht wahr?"

Er nickte. „Ja. Ja, das möchte ich. Wir beide sind nicht mehr so glücklich wie zu Zeiten unserer Hochzeit. Dennoch betrüge ich sie nicht. Dafür hege ich zu großen Respekt vor ihr."

Erfreut spürte Clark wie Stan zusammenzuckte.

„Wie dem auch sei", fuhr er fort, „nichtsdestotrotz habe ich meine Fantasien, und von diesem Schneckchen dahinten…Mensch, aber die würde ich am liebsten in die Herrentoilette schleifen und…du weißt schon."

Wieder zuckte Stan ein wenig zusammen. „Bitte, ich frage mich langsam, wohin das Niveau unseres Gespräches verschwunden ist." Sein Gesicht war zu einer leidenden Grimasse verzogen.

„Bei Männern, die unter sich sind, ist Niveau ein Fremdwort. Das nennt man Umkleidekabinen-Geschwätz. Komm, würdest du nicht gerne mal ein Mädchen wie dieses verführen?"

„Ich denke, das Gespräch ist hiermit beendet", meinte Stan. Rasch kippte er seinen Drink herunter, sprang auf und verabschiedete sich von Clark.

„Stan! Hey, das war doch nur Spaß!" rief Clark hinter ihm her, doch Stan machte sich bereits auf den Weg.

Kopfschüttelnd, aber durchaus zufrieden, wandte Clark sich erneut seinem Drink zu. Im selben Moment trat Jill an seine Seite.

„Und?" fragte sie ihn. „Wie war ich?"

„Zauberhaft, mein Liebling", erwiderte Clark. „Setz dich zu mir, ich gebe dir einen Drink aus. Du bist doch schon volljährig, nicht?"

Sie nickte. „Ja."

„Gut, dann lass uns anstoßen."

Sie grinste. „Worauf?"

Er erwiderte ihr grinsen. „Darauf, dass die Spiele endlich begonnen haben."

8

s war bereits nach zehn, als Stan endlich zu Hause ankam. Jordan verbrachte ihren Abend damit, einen Drink nach dem nächsten ihre Kehle herunterzuschütten. Doch die Gedanken daran, Stan würde gerade bei einer anderen Frau verweilen, verschwanden dadurch nicht. Im Gegenteil, je mehr sie trank, desto klarer entwickelten sich die Bilder vor ihrem geistigen Auge.

Der Schmerz seines Betruges saß tief. Was sollte sie nur tun?

Vielleicht bildete sie sich auch alles ein. Er stank nach Parfüm. Na und? Das konnte auch bedeuten, dass er vielleicht nur mit einer anderen Frau tanzte.

Und die Flecken und der Lippenstift? Nun, für viele Dinge, gab es die verrücktesten Erklärungen. Würden ihr nur welche einfallen!

Konnte das wirklich sein, oder versuchte sie nur so ihren untreuen Gatten schönzureden?

Endlich hörte sie das Schloss der Haustür zuschnappen.

Rasch sprang sie auf, torkelte ein bisschen von links nach rechts. Der Alkohol betäubte sie, allerdings ließ er auch alles vor ihren Augen verschwimmen. Einen Moment versuchte sie still dazustehen und den aufkommenden Schwindel zu bekämpfen, der durch das Trinken aufkam.

Langsam machte sie sich in Richtung Eingangshalle auf, wo Stan seine Jacke aufhängte. Anscheinend verursachte sie ein bisschen Lärm, denn sobald sie auftauchte, fuhr er herum.

„Jordan", meinte er überrascht. „Was machst du hier?"

„Ich wohne hier. Was machst du hier?" entgegnete sie. Dabei klangen ihre Worte deutlich verzogen.

„Bist du etwa betrunken?"

Sie schüttelte den Kopf. „Nein."

„Ich glaube aber doch. Komm, ich trage dich ins Bett."

„Ich muss nichts ins Bett!" lallte sie. Sofort wollte sie ihn auf seinen Betrug ansprechen. Sie musste wissen, was er getan hatte, mit wem er es getan hatte und warum. Aber als sie die Worte aussprechen wollte, sagte sie bloß: „Ich bin müde."

Mitleid wallte in Stan auf. Eilig trat er zu ihr, nahm sie auf den Arm und trug sie ins Bett.

Sobald ihr Kopf das Kissen berührte, döste sie langsam in den Schlaf – glaubte Stan zumindest.

Liebevoll strich er ihr über den Kopf. „Es tut mir leid, Jordan. So schrecklich Leid. Es war ein Fehler, ein entsetzlicher Fehler, der nicht wiedergutzumachen ist." Er seufzte. „Aber diese Frau bedeutet mir nichts, gar nichts. Ich liebe und verehre nur dich."

Nachdem diese Worte heraus waren, fühlte er sich deutlich besser.

Er wusste nicht, dass seine Frau noch klar und vor allem wach genug gewesen war, um alles mitzubekommen.

Am nächsten Morgen sprach sie kein Wort mit ihm. Stan vermutete, dies rühre von dem beschämenden Gefühl her, am Vorabend zu viel getrunken zu haben. Ihr ging es allerdings nur um sein feiges Geständnis.

Wie konnte er sie bloß betrügen?! Hatte sie nicht alles versucht, um ihm das Leben schöner zu machen? Sie stellte doch wirklich kaum Bedingungen. Gut, hin und wieder verlangte sie, er solle etwas Zeit mit ihr verbringen, aber um Himmels Willen, das war doch kein Grund sie zu hintergehen! Sie waren verheiratet, und Ehepaare verbrachten Zeit miteinander. Auch wenn das bedeutete, dass er seinen Hintern hochkriegen und manchmal an einem stupiden Golfturnier teilnehmen musste! Sie ging schließlich auch auf seine langweiligen Feiern mit!

Stan würde es noch bereuen, sie so zu täuschen! Das hatte sie sich fest vorgenommen. Schließlich blieb ihr viel Zeit, um Rachepläne zu schmieden. Endlich mal ein Vorteil, bei all ihrer freien, *sorglosen* Zeit, die Stan ihr angeblich ermöglichte.

Stumm nippte sie an ihrem Morgenkaffee, während Stan in aller Seelenruhe die Zeitung las.

Ja, dachte sie, *suhle dich in deiner Sicherheit.* Bald schon sähe die Welt anders aus.

Irgendwann legte er die Zeitung beiseite, starrte sie durchdringend an. Anscheinend verstand er einfach nicht, wieso sie so starrköpfig schwieg.

„Ist alles in Ordnung, Liebes?" wollte er wissen. Stirnrunzelnd zündete er sich eine Zigarette an. Nur zu gerne wollte Jordan das glühende Ende der Kippe direkt in seinen Schritt drücken.

Sie rang sich ein Lächeln ab, was einfach war, wenn sie an genau jenes Szenario dachte. „Was sollte mir fehlen?"

Außer die Treue ihres Gatten?

„Nichts, es ist nur…du siehst traurig aus."

Wütend traf es eher. „Es geht mir gut, Stanley."

Allein die Tatsache ihn Stanley anstatt Stan zu nennen, ließ ihn sich bewusst werden, wie sauer sie sein musste. Also wechselte er schnell das Thema.

„Wie geht es den Kindern?" wollte er wissen. „Erin erscheint mir etwas fröhlicher."

„Gut", gab sie einsilbig zurück. „Sie hat einen Verehrer."

„Wie heißt er denn?" fragte er deutlich verblüfft. Nicht, weil so etwas überraschend kam, sondern einfach, da sie sein kleines Mädchen war. Kein Junge kam an sie heran, ohne an Stan vorbeizumüssen.

„Das weiß ich nicht. Aber keine Sorge, ich finde es schon heraus."
Mehr bekam er nicht aus ihr heraus. Und er beließ es dabei.

9

Als die Familie am darauffolgenden Sonntag den Gottesdienst besuchten, hatte Stan sein Gespräch mit Pfarrer noch gut vor Augen. Augenscheinlich fürchtete er sich davor, Svenson könnte eventuell versuchen, Jordan alles von seinem Fehltritt zu berichten, nur damit die beiden seine Paartherapie besuchten. Sicherlich, es wäre ein großer Vertrauensbruch, sollte der Pfarrer so etwas tun. Auf der anderen Seite, falls Svenson annähme, es würde Stan und Jordan helfen, könne er sich einreden, sogar das richtige zu tun.

Genau aus diesem Grund versuchte Stan Jordan und die Kinder so schnell wie möglich am Pfarrer vorbei zu lotsen, sobald der Gottesdienst sein Ende nahm und der Geistliche jeden einzelnen Gast persönlich verabschiedete.

Jordan aber ließ sich nicht so einfach wegdrängen, wurde Stan klar. Ganz im Gegenteil, sie ließ jeden einzelnen Kirchgast vor ihnen durch die Tür treten, bis sie als letztes an die Reihe kamen. Und es somit keinerlei Grund gab, kein längeres Gespräch führen zu dürfen.

„Danke, Herr Pfarrer, eine wirklich schöne Predigt haben Sie heute gehalten", bedankte sich Jordan lächelnd. Svenson nickte daraufhin fröhlich.

„Es freut mich sehr."

Sie lächelte. „Besonders gefallen hat mir der Aspekt der Treue. Der Treue zum eigenen Glauben…" Sie zuckte mit den Schultern. „Oder zum Ehepartner. Stan gefiel es ebenso, nicht wahr Stanley?"

Als ob die Frau seine Schuld roch. Dennoch, Stan spielte mit. „Und ob."

Das schien Svensons Stichwort zu sein. Er räusperte sich freundlich. „Stan, dürfte ich Sie für einen Moment sprechen? Jordan, würden Sie mir erlauben, Ihren Ehemann für einen Moment zu entführen?"

Jordan nickte. „Sicher. Kommt, Kinder. Euer Vater braucht noch eine Minute."

Sobald Jordan und die Kinder außer Sichtweite waren, wurde Svensons Miene ernst. „Haben Sie es sich überlegt? Jordan aufzuklären?"

Stans Antwort folgte sofort. „Nein."

Svenson seufzte unzufrieden. „Haben Sie denn gar nichts aus meiner Predigt gelernt? Ich habe sie in Gedenken an Ihr Problem gehalten. Wie wichtig Ehrlichkeit ist. Treue."

Der Mann setzte ihn mehr unter Druck als Jordan. „Ich habe Sie nicht darum gebeten."

„Genau das haben Sie. Als sie vor einigen Tagen zu mir kamen und um Hilfe baten."

Stan wurde ungeduldig. „Ja? Nun, ich habe meine Meinung geändert. Ich werde schweigen. Denn wissen Sie, warum sollte ich Jordan wehtun? Ihr würde die Wahrheit mehr wehtun als mir."

„Auf Ehrlichkeit baut Vertrauen auf."

„Und manchmal ist die Lüge gnädiger", entgegnete Stan. „Bei allem Respekt, aber ich werde nicht zulassen, wie dieses…*Zwischenspiel* meine Ehe gefährdet. Sie werden schweigen, wie ich schweige. Sollten Sie Jordan etwas erzählen, wechsle ich die Kirche. Einen wunderschönen Sonntag, Herr Pfarrer."

Daraufhin folgte Stan dem Rest seiner Familie.

Nur ein paar Sekunden später trat Clark an die Seite des Pfarrers, kopfschüttelnd meinte er salopp: „Also wirklich, manche Menschen scheinen aber auch vor nichts mehr Respekt zu haben, was? Nicht einmal vor dem heiligen Bund der Ehe."

Fortsetzung folgt…

BOOKISODE 4

Kabalen

1

Dass Jill sich nunmehr danach sehnte Stan wiederzusehen, war kein Geheimnis. Dafür aber musste sie zuerst mit Clark Andersson sprechen, welcher ihr einige Informationen über Stan mitteilen wollte. Bisher wusste Jill nur seinen Namen, seinen Beruf, seine Adresse und kannte seine Frau. Aber dasselbe wussten auch die Behörden. Sie brauchte Wissen über seine Gewohnheiten, seine Vorblieben und seine Hobbys, um ihn endlich zu dem Ihren zu machen.

Über Clark hingegen erfuhr sie bereits mehr. Er schien seine Frau regelrecht zu hassen. Anscheinend bedachte er die Ehe mit ihr nicht allzu gut.

Zwar waren die beiden einander keineswegs sexuell untreu, trotzdem schafften sie es kaum einen Tag ohne Streit oder Demütigungen zu überstehen. Aus einer Freundschaft wurde Liebe, die unmittelbar in Hass umsprang, denn anscheinend war Betty das Leben als Ehefrau zuwider, was sie Clark deutlich spüren ließ. Allerdings durfte man Clark auch nicht als Unschuldsengel betrachten. Beide passten schon lange nicht mehr zueinander. Eine Scheidung käme für Betty allerdings ebenso wenig in Frage.

„Wieso Jordan?" fragte Jill ihn eines Tages.

Beide verabredeten sich in einem Café, außerhalb der Stadt. Da sie draußen saßen und es sehr windig war, trug sie neben ihrer Sonnenbrille auch noch ein Kopftuch, damit ihre Haare nicht kraus wurden. Irgendwie kam sie sich ein wenig wie eine Spionin vor – oder ein Hollywoodstar, der nicht erkannt werden wollte.

„Sie ist wunderschön, intelligent, lustig, weltoffen und eine fabelhafte Mutter. Dazu liebt sie Kinder und ist bestimmt bereit, erneut Mutter zu werden."

Offensichtlich wunderte ihn seine Wortwahl, denn er blickte Jill ein wenig verwirrt an, sobald sie zusammenzuckte.

„Stan hat *Kinder*?!" japste sie.

Clark schaute sie an, als habe sie den Verstand verloren. „Ja sicher, ich habe dir doch gesagt, deswegen die Ehe."

„Ja, aber ich dachte *ein* Kind. Wie viele hat er denn?" O Gott, bei mehr als zwei überlegte sie sich, ob es tatsächlich lohnte, für ihn zu kämpfen. Am Ende des Tages wollte sie einen Mann, keine Familie. Herrje, sie wollte überhaupt keine Kinder. Hoffentlich war der Rest der Bande wenigstens alt genug, um selbstständig aufs Töpfchen zu gehen. Sie wollte keine neue Myrna Loy in der Neuauflage von *Im Dutzend Billiger* sein.

„Zwei." Gott sei Dank! „Erin und Jacob. Jacob ist ein Wildfang, Erin klug und vernünftig. Ich glaube, wir würden uns verstehen. Entsinne ich mich korrekt, sind beide nur wenige Monate auseinander, ein Jahr, maximal."

„Also bist du den Kindern aufgeschlossen und magst sie", stellte Jill fest.

„Natürlich. Jordan würde niemals einen Mann akzeptieren, der ihre Kinder nicht mag."

„Wir mir scheint, hast du alles durchdacht", meinte Jill sarkastisch. „Und was soll ich nun tun? Damit wir beide kriegen was wir wollen?"

Clark lächelte. „Heute Abend findet ein Geschäftsessen statt. Ich werde ebenfalls anwesend sein. Im Grunde geht es um langweiliges Geschäftsgelaber, hat dich nicht zu kümmern. Es wird Musik und Tanz geben – ein guter Vorwand, Jordan in meinen Armen zu halten. Mein Chef wird rasch vom geschäftlichen zum normalen Tischgespräch kommen, denn er hasst es Bürokram beim Essen zu besprechen, weshalb ich Jordan eilig zum Tanzen auffordern werde."

Dieser Mann mochte sich so gern reden hören. Genau wie ein Politiker. „Und was habe ich damit zu tun?"

„Ich werde vorher einen Streit mit Betty vom Zaun brechen. Und wenn Betty zornig ist, wird sie garstig. Sie wird sehen, wie ich mit Jordan tanze, wie ich sie an mich drücke...dann kann sie ihre Eifersucht nur schwerlich unterdrücken und Stan erneut einreden, dass Jordan mich wohl ganz einfach verführen könne, wenn sie doch bloß wollte."

„Was stimmt", gab Jill zu bedenken. Sie grinste. „Mann, du scheinst deine Frau echt zu hassen."

„Ich hasse sie nicht. Wir haben uns bloß auseinandergelebt. Ich würde sofort in die Scheidung einwilligen, aber Betty ist viel zu verwöhnt von meinem Geld, als dass sie zustimmt." Er seufzte.

Jill winkte ab. „Gut, verstanden." Sie räusperte sich. „Und was mache ich jetzt?"

„Betty wird Stan erneut die Floskeln von meiner Besessenheit Jordan gegenüber einreden", fuhr er fort. „Er wird ausrasten. Entweder wird er mit Jordan einen eigenen Disput beginnen und dann verschwinden, oder er verschwindet sofort. Und wenn er abhaut…wer ist dann da um Stany zu trösten?"

Jetzt verstand sie seinen Plan. Erfreut blitzten ihre Augen auf. „Ich!"

Er lachte. „Exakt. Du musst dir jetzt nur noch ausdenken, was du ihm sagst, Teuerste. Aber das ist ganz allein deine Sache."

„Und Jordan?"

„Ach, jetzt ist es noch zu früh, um sie zu umwerben. Ich werde sie ganz Gentlemanlike trösten und anschließend Betty dazu überreden, sie nach Hause zu fahren."

Seufzend erhob er sich, legte etwas Geld auf den Tisch, nahm sich seine Jacke, die über dem Stuhl hing und seinen Hut, welcher neben ihm auf dem Tisch lag. Zum Abschied meinte er: „Wenn es dir nicht allzu viel ausmacht, kannst du ein wenig Lippenstift auf seinem Hemd verteilen, seine Kleider mit deinem Parfüm einsprühen, so was halt. Jordan soll rasch merken, was Stan macht, aber vor allem mit wem."

Jill nickte zufrieden. „Wird gemacht. Stan wird bald schon mein sein."

Zur selben Zeit versuchte sich Erin in der Schule ihr Glück nicht anmerken zu lassen. Ihr heimlicher Verehrer wollte unbedingt mit ihr zu einem Schulball gehen! Er schrieb ihr, er wolle sie in der Mittagspause unter allen Umständen sehen.

Ihre Freundin Megan war deshalb genauso aufgeregt.

„O Erin, du hast so viel Glück", jubelte sie. „Der Kerl möchte wirklich mit dir ausgehen!"

„Ich weiß!" gluckste Erin freudig. Heute trug sie ihr blondes Haar zu einem Pferdeschwanz gebunden. Sogar etwas Make-up legte sie auf!

Ihre Mutter hatte recht gehabt. Sie hatte ihm nichts zurückgeschrieben und zwei Tage später lag dieser neue Brief in ihrem Spint. Dieser Junge wollte sie! Was für ein tolles Gefühl!

„Was willst du denn machen?" fragte Megan. „Willst du ihn küssen?"

„Ich weiß nicht", gab Erin zurück. „So einfach bin ich auch wieder nicht zu haben."

Megan lachte laut. „Ich bin so eifersüchtig, Erin. Du musst mir unbedingt erzählen wie es gelaufen ist."

„Auf jeden Fall. Du erfährst es zuerst."

Freudig erregt liefen beide den Gang entlang zum Unterricht. Erin wusste nicht, dass der Tag nicht so verlaufen sollte, wie sie es sich vorstellte.

3

*W*ährenddessen war Jordan damit beschäftigt ein paar Rechnungen zu bezahlen, als es an der Tür klingelte.

Sofort fragte sie sich, wer um diese Zeit vor ihrer Tür stünde, schließlich war es erst kurz nach neun Uhr. Die Kinder waren in der Schule, die Männer bei der Arbeit, und ihre Freundinnen würden sie wenn erst ab zehn Uhr besuchen, da sie es vorher als unhöflich betrachteten.

Sobald sie die Tür öffnete, fand sie überraschenderweise Harvey White vor. Harvey war der Sohn ihrer besten Freunde Heather und Norman, welche allerdings in England wohnten. Da Harvey nicht umziehen wollte, wohnte er während der Abwesenheit seiner Eltern in einem Internat. Etwas, was seiner Mutter so gar nicht passte, sie es aber akzeptierte.

„Harvey, wie reizend", begrüßte Jordan ihn. „Müsstest du nicht in der Schule sein?"

Harvey schüttelte den Kopf. „Nein. Die hatten einen Rohrbruch, die ganze Schule ist überflutet. Ich wohne solange in der Jugendherberge."

Jordan ließ ihn natürlich sofort eintreten. Stets etwas verwundert über den Anlass seines Besuches.

„Gerne laden wir dich ein hier zu verweilen, bis das Internat wieder begehbar ist", meinte Jordan. „Wissen deine Eltern davon?"

„Nein. Bisher nicht. Schließlich ist es in England mitten in der Nacht. Oder wenigstens später Abend. Ich kriege das mit der Zeitverschiebung einfach nicht auf die Reihe."

Harvey war groß, athletisch gebaut mit einem attraktiven Gesicht. Seine dunklen Haare waren ordentlich mit Pomade zurückgekämmt und die dunklen Augen ruhten ruhig auf ihr. Er war ein hübscher junger Mann, und hätte er keine Freundin gehabt, würde Jordan ihn bitten mit Erin auszugehen.

„Nun, mein Angebot steht, Harvey. Deine Eltern wären sicherlich auch beruhigter, würdest du hier und nicht in einem schäbigen Jugendhotel schlafen. Und du brauchst auch nicht bei Jacob übernachten, wir haben genug Gästezimmer übrig."

Harvey lächelte freundlich. „Das ist wirklich sehr nett, Jordan, ich werde das mit meinen Eltern besprechen. Aber deswegen bin ich nicht hier. Ich wollte die Gelegenheit nutzen und Jacob seine Platten zurückbringen, die ich mir vor ein paar Wochen von ihm lieh."

Erst jetzt fiel ihr auf, dass Harvey zwei Schallplatten in den Händen hielt und ihr diese übergab.

„Ich habe nicht immer Zeit, aus dem Grund dachte ich, komme ich vorbei. Außerdem wollte ich mich mit ein paar Freunden in einer Milchbar treffen. Na ja, wir haben Schulfrei, wir nutzen alles aus." Er grinste breiter.

„Und nur damit du dich nicht sorgst, es ist keine schäbige Jugendherberge, sondern echt schnieke. Warmes Wasser, warmes Essen, beheizte Räume – obschon es dafür draußen warm ist."

„Nun gut, danke, Harvey", erwiderte Jordan. „Sag mal, wie geht es eigentlich deiner Freundin?"

Plötzlich schien Harvey deutlich reservierter. „O, wir…na ja…wir haben uns getrennt."

„Wirklich?!"

Jordan versuchte ihre aufkommende Freude zu verbergen. Sie wünschte niemandem etwas schlechtes, aber Harveys Timing konnte nicht besser sein. Sie musste Erin von diesem heimlichen Verehrer abbringen, der ihr nur schaden wollte. Heute Nachmittag würde sie versuchen ihre Tochter von der Schule abzuholen, und vorher diese schrecklichen Kinder abzufangen, die sie so ärgerten.

Harvey könnte Erin durchaus über den Verlust dieses *Verehrers* hinwegtrösten.

„Das tut mir außerordentlich leid, Harvey", meinte Jordan. „Möchtest du mir berichten wieso?"

Er zuckte nur mit den Schultern. „Es ist wie es ist. Wir…wir passten nicht zusammen. Nun, sie sagte das. Aber ich versuche sie zurückzugewinnen. Denn…ach, du weißt ja, man streitet sich, sagt dumme Sachen…"

„Fürchterlich", stimmte Jordan zu. „Was nicht heißt, dass sie nicht eventuell Recht hat. Ihr seid jung, da…da erscheinen die Dinge nicht immer so klar."

Langsam trat sie auf ihn zu und hakte sich bei ihm im Arm ein.

„Harvey", fuhr sie fort, „dein Schmerz tut mir leid. Weißt du, Erin hat demnächst einen Schulball. Und es wäre wirklich schön, falls jemand sie begleitet."

Er kannte Erin. Sie war hübsch, nur leider auch sehr schüchtern. Bestimmt fühlte sie sich zu unsicher, um aus sich herauszukommen. Manche Menschen brauchten Gründe, um Selbstvertrauen zu entwickeln. Nichtsdestotrotz mochte Harvey sie.

„Ah ja."

„Es wäre ihr sicher eine Freude, wärst du derjenige welcher."

„Jordan, sie ist wirklich nett, aber...ich möchte meine Freundin zurück."

„Ach Harvey, du könntest deine Freundin doch so eifersüchtig machen."

Das glaubte er weniger. Nicht, dass er Erin unattraktiv fand, aber hegte er bisweilen eher geschwisterliche Gefühle für sie. Außerdem wäre es viel zu kompliziert. Ihre Eltern würden sich andauernd in ihre Beziehung einmischen. Sowohl Jordan als auch seine Mutter waren seit Jahren hinterher, ihre beiden Kinder miteinander zu verkuppeln.

Jordan bemerkte sein Zögern, glaubte allerdings, es lag an etwas anderem. *Dieser Idiot*, dachte sie, *Erin wäre für jeden Mann ein Glückstreffer.*

„Harvey", fuhr sie fort, „überlege es dir doch. Möglicherweise würde ja sogar etwas...Spritgeld drin sein."

Sofort weiteten sich Harveys Augen. Mit Bestechung kam man eben immer weiter. „Ich weiß nicht", murmelte er deutlich gehetzt. „Das ist nicht richtig."

In dem Moment klingelte das Telefon. Als Jordan abnahm, meldete sich die Schule. Doch das was Jordan hörte, stimmte sie nicht nur traurig, sondern auch unfassbar wütend.

„Ich muss gehen", fuhr sie Harvey barsch an, nachdem sie aufgelegt hatte. „Es geht um Erin."

„Was ist los?" fragte er alarmiert.

„Gar nichts weiter. Ach, falls du hier übernachten möchtest, sag Juanita Bescheid. Sie lässt dich hinein. Du bist herzlich willkommen."

4

Schluchzend saß Erin im Büro des Direktors. Dieser war gerade herausgegangen, somit blieb Erin für einen Moment allein zurück. Sie konnte nicht fassen, was heute passiert war. Wieso waren die Leute an dieser schrecklichen Schule nur so gemein zu ihr?

Ihr ganzer Körper wurde von Schluchzern geschüttelt, sie stank und fühlte sich allein und gedemütigt.

Als sie wie besprochen die Sporthalle zur Mittagszeit erreichte, um ihren angeblichen Verehrer zu treffen, hatte sie noch naiver Weise geglaubt, der Tag würde perfekt werden. Doch damit täuschte sie sich gewaltig.

Denn sobald sie in die Halle eintrat, kam schon ein Schatten aus der Ecke herausgeschossen. Natürlich glaubte Erin, ihr heimlicher Verehrer stünde dort. Fast schon verlegen wirkend trat er ins Licht. Ihr Herz schlug einen Purzelbaum, sowie ihr bewusst wurde, ihr Briefeschreiber sollte tatsächlich der Kapitän der Footballmannschaft sein. Glenn Mitchell, der beliebteste Junge der Schule, stand wahrhaftig vor ihr und lächelte sie an.

„Hallo Erin", begrüßte er sie. „Wie geht es dir?"

„Gut", gab Erin deutlich zurückhaltender an. Sie hatte nicht gewusst was sie sonst sagen sollte. Vielleicht hatte sie sich all die Jahre in Glenn getäuscht. Jemand, der ihr solche lieben Zeilen schrieb, konnte keineswegs vollkommen gemein sein.

Glenn war groß, sehr muskulös und unfassbar hübsch. Allein seine markanten Wangenknochen und die etwas längeren, dunkelblonden Haare gefielen den meisten Mädchen. Und nun stand er vor ihr. Ihr mysteriöser Bewunderer! Sie hätte nicht glücklicher sein können! Sicherlich, zunächst hielt sie ihn für einen arroganten Tölpel. Allerdings las sie da noch nicht seine Briefe und wusste nicht, wie romantisch er sein konnte.

Er hatte sie in ein Gespräch verwickelt, ihr wunderschöne Sachen erzählt. Dann fragte er sie, ob sie nicht zusammen tanzen wollten, denn schließlich stünde bald ein Schulball an, zu dem sie ihn begleiten sollte, und tanzen konnte er angeblich nicht.

„Gerne", antwortete Erin.

Daraufhin lief alles aus dem Ruder.

Er nahm sie ganz sachte in den Arm und schaukelte mit ihr hin und her. Sie konnte nicht genau sagen was dann passierte, aber auf einmal schubste er sie unsanft von sich. Deutlich verwirrt schaute Erin ihn an. Sein Gesicht war nunmehr nicht mehr lieb und sanft, sondern mit einem hämischen Grinsen gezeichnet. Bevor sie etwas sagen konnte, fühlte sie bereits, wie eine klebrige Masse sich über ihren Rücken ergoss. Erschrocken schrie sie auf, plötzlich riss einer sie um und ein grelles Licht blendete ihre Sicht.

Wie sich herausstellte, war die klebrige Masse aus Eiern gemacht und das grelle Licht stammte von einer Fotokamera. Doch die schlimmste Demütigung folgte erst darauf. Dadurch, dass alles in der Mittagspause geschah, musste Erin an jedem Schüler vorbeilaufen, der sich auf dem Schulgelände aufhielt. Voll mit klebrigem Ei auf ihrer Kleidung. Dass sie weinte, spornte den Mob nur noch mehr an. Ein weiterer Grund sie zu demütigen. Alle lachten sie aus, schrien ihr böse Bemerkungen hinterher.

Megan hatte sie schließlich beiseite genommen und war zum Direktor gelaufen.

Jetzt saß sie hier.

Und war so froh, als ihre Mutter in den Raum kam.

Normalerweise hätte Erin geglaubt, ihre Mutter umarme sie mit ihrer hübschen, teuren Kleidung niemals, doch heute kam sie nicht einmal dazu, denn sobald Jordan sie erreichte, riss sie Erin bereits in die Arme.

„Mein Liebling, was haben diese Leute nur mit dir gemacht?!" stieß sie aus.

„Ich will nach Hause, Mom!" schluchzte Erin. „Ich will einfach nur nach Hause."

Jordan nickte. Und Erin spürte förmlich, wie der Hass in ihrer Mutter von Sekunde zu Sekunde wuchs.

Kurze Zeit später stand Erin unter der Dusche, derweil legte Jordan ihr neue Kleider aufs Bett. Erin weinte die gesamte Heimfahrt. Aus Sorge rief Jordan sogar Stan an, welcher ihr versprach, er käme so schnell wie möglich nach Hause.

Diese Kinder würden den Tag noch bereuen, an dem sie Erin so demütigten. Selbst Megan rief bereits aus der Schule an und fragte nach Erins Befinden. Sie bestätigte Jordan die beiden Namen, die auch Jacob ihr einst nannte. Dazu kamen noch zwei weitere Namen. Diese Kinder wären bereits jetzt verloren.

Endlich trat Erin aus dem Badezimmer heraus. Ihre Augen waren weiterhin gerötet und sie schluchzte. Jordans Mutterherz brach.

„Ach Liebes", murmelte sie besorgt. „Komm, ich mache dir ein Tee."

„Ich will nichts", sagte Erin. „Ich will bloß allein sein."

Jordan nickte. „Na gut. Aber ruf mich, sofern du etwas brauchst."

„Ich brauche gar nichts mehr!" weinte sie. „Ich bin doch ohnehin jedem egal."

„Mir nicht. Und deinem Vater und Bruder auch nicht."

Erin schnaubte. „Ihr seid Familie. Das ist etwas vollkommen anderes."

Da Erin wieder zu weinen anfing, nahm Jordan sie in den Arm. Beide saßen auf dem Bett, gleichzeitig schaukelte Jordan ihre kleine Tochter, bis sie sich endlich beruhigte.

Ja, dachte sie, diese Kinder würden alles zurückkriegen. Dafür würde sie sorgen.

5

in paar Stunden später kam Jacob nach Hause, in der festen Überzeugung, seine Mutter befände sich im Country Club. Er mochte ihre Freundinnen nicht besonders, denn seiner Meinung nach waren sie allesamt oberflächlich und nur daran interessiert zu lästern. Einzig Heather White konnte er als nett bezeichnen. Ob es wohl einen besonderen Grund gab, warum die einzige nette Frau im Club die Flucht nach England ansetzte?

Da er glaubte allein zu sein, lud er Theo zu sich ein. Beide saßen nun in seinem Zimmer, lasen Comichefte und unterhielten sich über Mädchen.

„Ich habe mir eine Platte von Johnny Cash gekauft. Der ist echt gut, kennst du ihn?" wollte Jacob von Theo wissen.

„Ja, der ist super. Aber ich finde Chuck Berry und Buddy Holly besser. Rock n' Roll for Life!" Er riss den Arm hoch und ballte eine Faust.

Jacob lachte. „Ja, klar, Chuck Berry ist ein echter Gott. Was denkst du, wie oft ich *Johnny B. Goode* gehört habe? Ich sage dir, irgendwann lerne ich Gitarre spielen."

„Mein Cousin Freddy spielt ganz gut. Aber meine Mom meint, er verraucht sein ganzes Talent."

„Wie kann man Talent verrauchen?" fragte Jacob stirnrunzelnd.

Theo grinste. „Pot. Er kifft." Daraufhin zuckte er mit den Schultern. „Meine Tante hat ihn erwischt. Freddy meinte, er habe es nur einmal getan, aber mein Onkel zwingt ihn jetzt zur Volontärarbeit in der Kirche."

Jacob machte große Augen. „Echt? Wow, das ist 'ne echte Strafe. Wenn mich meine Mutter zur Kirchenarbeit zwingen würde…kann mir nix langweiligeres vorstellen. Hast du es auch probiert? Den Pot, meine ich."

Jacob selbst interessierte sich schon lange dafür, endlich auch mal Pot zu probieren. Für solche Experimente war man schließlich jung. Aber, wie zum Teufel kam er an so was ran?

Theo schüttelte den Kopf. „So interessiert bin ich daran nicht. Ich mag es, die Kontrolle über mein Leben zu behalten. Pot bewirkt dann doch eher das Gegenteil. Außerdem brächte meine Mom mich um…oder gäbe mir mindestens ein Jahr Hausarrest, würde sie mich dabei erwischen. Glaub mir, die hat da einen sechsten Sinn für. Hat sogar Elviras Parfüm an mir gerochen und ich musste sie zum Abendessen einladen."

Jacob lachte. Der arme Wicht! „Und, wie ist es gelaufen?"

„Nun, meine Eltern mögen sie. Ich darf sie auf jeden Fall weiter sehen. Aber es war irgendwie…aufregender, als wir uns heimlich trafen."

„Das glaube ich ungesehen. Es ist der Kick." Jacob lachte. „Hättest du gedacht, dass wir irgendwann mal solche Männergespräche führen würden?"

Theo schüttelte den Kopf. „Nein. Aber seit wann weißt du was über den *Kick* in der Beziehung?"

„Literatur, Mann!"

„Ja, sicher, die Nackedei-Literatur will ich sehen."

„Kann ich dir zeigen. Hab das neuste *Kitty Katty Magazin* unter meinem Bett." Er beugte sich zu Theo vor, murmelte: „Hege und pflege ich wie ein Schatz."

„Glaube ich ungesehen!" Theo grinste. „Zeigst du es mir?"

Jacob nickte. „Klar. Aber nicht sofort. Wenn meine Mom nach Hause käme und das sähe...ich würde vor Scham im Boden versinken...und sie würde sie mir wegnehmen." Er seufzte. „Aber jetzt zeige ich dir erst einmal ein paar meiner absoluten Cash-Lieblinge. Irgendwen muss ich ja anfixen, den Kerl so zu lieben wie ich."

Jacob wollte just eine Platte auf seinen Spieler setzen, da klopfte es an seiner Tür. Bevor er auch nur dazu kam, *Herein* zu rufen, flog sie bereits auf.

Plötzlich stand seine Mutter im Raum, was Jacob arg durcheinanderbrachte. Jetzt war der Zeitpunkt gekommen, an dem seine Mutter Bekanntschaft mit Theo machte. Er schluckte hart. Hoffentlich mochte sie ihn.

„Hallo", meinte Jordan etwas perplex. Ihr Blick glitt augenblicklich zu Theo. „Hallo."

„Hallo, Mrs. Adaire!" gab Theo höflich zurück. Er kam zu ihr und reichte ihr die Hand.

Jordan schüttelte diese sofort. „Und wer bist du?" wollte sie wissen.

„Theo. Ich bin Jacobs Freund."

Jordan staunte nicht schlecht. Hatte sie doch geglaubt, einen zweiten Kevin kennenzulernen. Kevin, der ihr bei ihrer ersten Begegnung auf die Brust starrte, anstatt ihr die Hand zu geben. Eine riesige Last fiel von ihren

Schultern. Vielleicht fand Jacob jetzt endlich normale Freunde. „Das ist also der berühmte Theo. Nun, es freut mich sehr, junger Mann. Aber vergesst bei all eurem Spaß nicht, auch eure Hausaufgaben zu machen. Jacobs Lehrerin meinte bei unserem letzten Gespräch, er sei unfassbar faul, insbesondere was Schularbeiten angeht."

„Ja, die alte hatte ihn auf dem Kieker, seitdem sie ihn dabei erwischte, wie er seine Hausaufgaben abschrieb. „Miss Cromwell ist auch nicht gerade eine ehrgeizige Trulla", erwiderte Jacob.

„Jacob", mahnte Jordan. „Sie ist dennoch deine Lehrerin."

„Ich verstehe nichts bei ihr."

„Du hast Englisch bei ihr. Wenigstens die Sprache sollte dir geläufig sein. Lies doch zur Abwechslung mal ein Buch, anstatt andauernd diese unsinnigen Comics. Micky Duck und wie sie nicht alle heißen, werden dich nicht nach Harvard zum Medizinstudium bringen."

Jacob stöhnte. Er hasste es, wenn seine Mutter absichtlich die Namen seiner Comichelden durcheinanderbrachte. Er hatte bereits eine gepfefferte Erwiderung auf den Lippen, aber Theo stoppte ihn gekonnt, bevor der Disput eskalierte.

„Ich könnte ihm helfen", schlug er vor. „Ich bin gut in Englisch."

Jordan lächelte. „Siehst du, nimm dir ein Beispiel an Theo. Er bereitet seiner Mutter mit Sicherheit nicht so viele Probleme."

Daraufhin ging sie wieder zur Tür. „Noch etwas, Erin geht es heute nicht so gut. Lasst sie bitte in Ruhe."

Jacob nickte. „Machen wir."

Sobald seine Mutter wieder aus dem Raum war, wandte er sich Theo zu. „Du bist so ein Schleimer", sagte er. *„Ich helfe ihm!"* äffte er ihn nach.

Theo lachte. „Hätte ich was anderes sagen sollen? Hinterher hätte ich nach Hause gehen müssen – bevor ich das Schmuddelheft sehe. Außerdem bin ich wirklich gut in Englisch, ist mein bestes Fach in der Schule. Wichtig ist lediglich etwas Basiswissen, dann schaffst du in jedem Test 'ne angenehme Note – ohne großes Lernen."

Wenn das stimmte, fiele Jacob eine mächtige Last von den Schultern. Genau aus diesem Grund bat er Theo tatsächlich um Hilfe. Allerdings erst, nachdem Jake ihm praktisch jedes Lied von Johnny Cash vorspielte, welches er sein Eigen nannte.

6

In den darauffolgenden Stunden kam auch Stan endlich heim. Eigentlich plante das Ehepaar diesen Abend ein Geschäftsessen zu besuchen, doch Jordan wollte bei ihrer Tochter bleiben. Dies führte gleich zu einem erneuten Disput, den sie im Schlafzimmer ausfochten, direkt nachdem Stan aus der Dusche stieg. Langsam gingen ihm diese Streitereien auf die Nerven. Warum musste Jordan eigentlich aus jeder Kleinigkeit ein Drama machen?

„Jordan, Erin wird bestimmt den gesamten Abend schlafen. Wir müssen zu diesem Essen", beharrte er.

„Stan, sie ist deine Tochter! Es geht ihr nicht gut, sie weint. Ich will sie nicht alleine lassen."

„Jacob ist hier. Und Juanita auch."

„Juanita ist nicht ihre Mutter."

„Aber Juanita ist auch Mutter. Sie wird sie schon nicht hänseln."

Jordan seufzte schwer. Bevor sie etwas Weiteres sagen konnte, klingelte es bereits an der Tür. Wenig später gesellte sich Juanita zu ihnen. „Harvey White ist hier. Er sagt, er möchte gerne auf Ihr Angebot eingehen."

„Harvey?" fragte Stan verwirrt.

„Den hatte ich ja ganz vergessen!" stieß Jordan aus. Schnell berichtete sie Stan von Harveys Besuch am Mittag.

„Ah! Jetzt ist Harvey also auch da! Siehst du, noch jemand der sich um Erin kümmern kann. Und wir können gleich gehen."

Jordan machte sich gar nicht die Mühe zu antworten. Eher sprang sie auf und lief nach unten zu Harvey, welcher just mit Jacob und Theo sprach.

„Mom!" meinte Jacob, der sich zu ihr drehte. „Stimmt das? Übernachtet Harvey heute hier?"

„Wenn dein Angebot noch steht", murmelte Harvey sichtlich verlegen. „Mein Kumpel und ich haben uns gestritten und mein Lehrer meint, es ginge in Ordnung. Mom und Dad wissen auch Bescheid."

„Aber natürlich", sagte Jordan mit einem Lächeln. „Du bist herzlich eingeladen."

„Und Theo?" hakte Jacob nach. „Darf er auch hier übernachten?"

Jordan nickte. „Sicher, er darf. Aber Theo, rufe vorher deine Eltern an. Ich möchte nicht, dass sie sich sorgen."

„Mach ich", freute Theo sich.

Daraufhin wies sie Juanita an, Harvey sein Zimmer zu zeigen. Sie überreichte gerade Theo das Telefon, als Jacob um die Ecke schoss.

„Danke, Mom", meinte er.

Grinsend verwuschelte sie ihm die Haare. Damit machte sie kehrt und lief zu Erin, um ihr die Neuigkeit über die heutigen Schlafgäste mitzuteilen. Sie hoffte inständig, es störte sie nicht, das Haus urplötzlich mit so vielen Leuten zu teilen.

Just als sie bei Erin anklopfen wollte, entwich Stan ihrem Zimmer.

„Jordan!" rief er erbost. „Ich würde diesen Kindern am liebsten den Hals umdrehen! Die arme Erin!"

Sie nickte. „Es sind wahre Monster. Aber ich werde mich um sie kümmern."

„Das habe ich auch nicht anders erwartet", erwiderte er erleichtert. „Erin hat übrigens nichts dagegen, falls wir heute Abend ausgehen. Sie möchte ohnehin alleine sein."

Die Tatsache, dass er sie mal wieder einfach überging, machte sie sprachlos. Dennoch, was sollte sie ihm jetzt noch entgegenbringen? Erin würde ihr nur dasselbe sagen, was ihr Vater ihr vorher höchstwahrscheinlich eintrichterte. Egal, ob sie *jetzt* allein sein wollte, in zwei Stunden sähe das vielleicht anders aus.

„Mach dich fertig, Jordan", meinte Stan sodann. „Das Haus ist voll und Erin nicht allein."

Mit aller Mühe versuchte sie ihren Unmut zu vertuschen. Wie es schien, gelang ihr dies auch, denn Stan zog schweigend an ihr vorbei.

Trotzdem vergewisserte sie sich zuerst bei Erin, ob alles in Ordnung war, dann teilte sie ihr die neusten Neuigkeiten mit.

7

Ein paar Minuten später saßen Jacob, Theo und Harvey vor dem Fernseher. Jacob schaltete auf einen Sender, der zu dem Zeitpunkt immer eine gewisse Musikshow zeigte, bei dem man am Ende abstimmen durfte, welchen Auftritt man am besten befand. Dafür schickte man eine Karte mit dem Namen seines persönlichen Gewinners an den Sender, und in der nächsten Sendung wurde dann derjenige mit den meisten Stimmen bekannt gegeben. Jacob machte jedes Mal mit, denn sie verlosten immer Karten für die Sendung, die unter allen Einsendungen ausgelost wurden.

Harvey sah die Sendung zum ersten Mal. Normalerweise hörte er lediglich Radio oder ging in Plattenläden, um Musik zu hören. Dass Jacob so verrückt nach dieser Sendung schien, überraschte ihn dennoch kaum. Der Junge war besessen von Musik.

Harvey wandte sich an Theo. „Ich schätze, diese Sendung wird bis zum bitteren Ende geschaut, oder?"

Theo nickte. „Jake ist verrückt danach. Manchmal sind ganz gute Leute dabei."

„Kann ich nicht nachvollziehen. Ist doch langweilig, sich das anzusehen. Da hat man von einem echten Konzert mehr von."

Theo zuckte mit den Schultern. „Nun, wir haben kein Auto, also was bleibt uns anderes zu tun, als uns vor den Fernseher zu setzen?"

Jacob nickte. „Sobald wir einen Führerschein haben, wollen Theo und ich die Konzertsäle abfahren. Jedes Wochenende Musik!"

Beide klatschten sich ab.

Harvey grinste. „Glaubt mir, Jungs, ihr werdet nicht mal ein Viertel von dem machen, was ihr vorhabt. Ich wollte jedes Wochenende an den Strand – am liebsten mit meiner Freundin. Wisst ihr, wann ich das letzte Mal den Strand mit meinem Mädchen besuchte?"

Jacob kümmerte Harveys Einwand weniger. „Hey, Mädchen lieben Musik! Wir nehmen jedes Mädel mit, was nicht genug von Jake und Theo bekommt." Erneut klatschten die beiden Jungs sich ab.

„Hatten wir nicht gesagt, wir geben uns Spitznamen?" fragte Theo. „Wie *Jake the Rocket* und *T-Bone the Womanizer*?"

Während die beiden Jungs weiter diskutierten, begab sich Harvey amüsiert in die Küche, um sich eine Cola zu holen. Juanita machte sich gerade fertig, nach Hause aufzubrechen. Da Harvey versprach, auf Jake und Theo aufzupassen, konnte Juanita früher gehen.

„Schönen Feierabend", wünschte er ihr. Er schloss hinter ihr ab.

Daraufhin setzte er sich an den Küchentisch, suchte sich aus dem Altpapier die neuste Zeitung aus und begann zu lesen. Ein kühles Glas Cola stand direkt neben ihm auf dem Tisch.

Etwa fünf Minuten später betrat Erin die Küche.

Ihr Gesicht aufgequollen, ja gerötet vom Weinen. Sofort wallte Mitgefühl in ihm auf. Mitgefühl...und gleichzeitig Wut. Wie konnte man Erin nur so wehtun?

„Hey" begrüßte er sie. „Lust, mit Jacob und Theo fernsehen zu schauen?"

Erin wandte ihm direkt ihren Rücken zu, versuchte ihr Gesicht so gut wie möglich zu verbergen. Sie steuerte den Kühlschrank an, suchte dort nach einer Packung eingefrorener Erbsen. Wahrscheinlich, um die Schwellung loszuwerden. „Schaut er wieder diese Musiksendung?"

„Jap."

„Dann bloß nicht. Der Junge steigert sich da immer so hinein. Furchtbar."

„Wie geht's dir?" fragte Harvey schließlich.

„Gut. Ich habe eine Allergie oder so." Sie drehte sich wieder zu ihm um, lächelte traurig. „Ich sehe furchtbar aus."

„Ich finde dich sehr hübsch." Nun erwiderte er ihr Lächeln. Meine Güte, aber Erin war wirklich wunderschön! Manchmal fragte er sich...nein, verdammt, das durfte er sich nicht fragen. Erin war wie eine kleine Schwester für ihn. Nicht mehr.

Aber wenn dem so war, warum fühlte er plötzlich so viel mehr, als er sie ansah?

„Wie lange haben wir uns jetzt nicht mehr gesehen?" fragte er, seine Stimme klang belegt.

„Etwa ein Jahr."

Ein Jahr. Ja, das kam hin. Ein Jahr konnte viel ausmachen, fiel ihm auf. Vor einem Jahr trug Erin geflochtene Zöpfe und Schleifen im Haar. Jetzt…Harvey schluckte. Jetzt war es anders. Dennoch, sein Herz gehörte immer noch seiner Freundin.

„Du siehst viel erwachsener aus."

„Danke." Sie räusperte sich. „Entschuldige mich, Harvey, aber ich gehe lieber hoch. Ich habe Kopfschmerzen."

Daraufhin floh sie so schnell wie sie konnte aus dem Zimmer. Harvey schaute ihr hinterher.

Und plötzlich wusste er, was er tun wollte.

Bereits kurze Zeit später saßen Jordan und Stan im Restaurant eines Hotels. Stets wütend darüber, dass Stan einfach so beschloss auszugehen, setzte Jordan sich stumm an den kleinen runden Tisch, der ihnen zugewiesen wurde.

„Wir sitzen an einem Tisch mit Betty und Clark", raunte Stan ihr zu Erinnerung zu.

„Wie nett. Ich kann mir meinen Abend gar nicht unterhaltsamer vorstellen", brummte sie.

Er seufzte. „Ich weiß, du bist sauer, aber Erin war einverstanden."

„Was soll sie auch sagen? Wir haben sie vor vollendete Tatsachen gestellt."

„Jordan, wenn du einen Streit vom Zaun brechen möchtest, dann tue das bitte wenn wir zuhause sind."

„Darauf kannst du dich verlassen."

Lange Zeit versuchten beide ihren Unmut zu verbergen, indem sie nicht miteinander sprachen – oder sich aufs Nötigste beschränkten. Kurz darauf nahmen bereits Betty und Clark neben ihnen Platz. Jordan spürte Bettys schlechte Laune augenblicklich. Ihre Lippen presste sie fest aufeinander, während Clark schwer seufzte.

Nachdem sowohl Stans als auch Clarks Chefs mitsamt ihren Frauen zu ihnen stießen, ging es eine geschlagene Stunde nur ums Geschäft. Die Männer rauchten und tranken, während die Frauen sich höflich über die neusten Neuigkeiten unterhielten, die in der Welt so vor sich gingen.

Die hochschwangere Ehefrau von Clarks Chef berichtete, sie habe sich vor kurzem zusammen mit ihrem Ehemann das Broadway-Musical *Bye Bye Birdie* mit Dick van Dyke in New York angeschaut. Jordan war ihr Name entfallen, doch verwunderte sie die gute körperliche Verfassung der Frau, obschon bald das Geburtsdatum ihres Kindes anstand. Als sie damals schwanger war, tat ihr im letzten Monat so gut wie alles weh.

„Manchmal können Geschäftsreisen durchaus auch Amüsement bedeuten. New York ist einfach großartig. All die schönen Gebäude – und die Theater, ach, das gefiel mir sehr."

Kurz darauf glaubte die Frau, sie hätte Lucille Ball im Restaurant sitzen sehen, was Mrs. Jameson, die Gattin von Stans Boss, zur folgender Bemerkung hinreißen ließ: „Ich habe gehört, die Ehe zwischen ihr und Desi Arnaz sei mittlerweile geschieden."

Betty zuckte mit den Schultern. „Ja, das habe ich auch gelesen. Furchtbar, wenn eine Ehe einfach so vorbei ist."

Wenig später kamen sie auf Innenpolitik zu sprechen, von der Mrs. Jameson meinte, damit kenne sie sich nicht so gut aus.

Betty meinte: „In Wahljahren kann man sich vor falschen Versprechungen gar nicht mehr retten. Ich bin mal gespannt, worauf wir uns diesmal gefasst machen können."

„Wahrscheinlich das übliche Programm. Mehr Arbeitsplätze, weniger Steuern und nebenbei wird der hartnäckige Kampf gegen den Kommunismus weiter ausgeführt. Am Ende bleibt letztlich alles so, wie wir es kennen."

„Da hast du absolut Recht, Tara", stimmte Betty zu.

Tara! Genau, so hieß die Frau von Clarks Vorgesetztem! Jordan sollte sich das merken. Schließlich spielte sie hin und wieder Tennis mit ihr.

Jordan sagte: „Ich hoffe ja, wir können damit rechnen, dass unser neuer Präsident wieder frischen Wind ins Land bringt. Von jeder Seite wird dieses Jahr ein neuer Kandidat aufgestellt."

„Beileibe, zwei Legislaturperioden reichen aus", stimmte Betty zu. „So ist man immer gezwungen, Nachwuchs zu rekrutieren."

„Ich fände es ja schön, wenn der unsägliche Konflikt von Ost und West endlich ein Ende fände. Unser Präsident sollte sich dafür einsetzen. Als ob wir in der Vergangenheit nicht genug Kriegen ausgesetzt waren", bemerkte Tara. „Da brauchen wir nicht noch Atombomben."

„Sehen Sie das, meine Herren", hörte Jordan Milton Jameson sagen, „unsere Ehefrauen beschäftigen sich doch wahrhaftig mit Politik. Ich finde es erfrischend, wenn Frauen glauben, sich mit Politik auszukennen. Auch wenn es bloß darum geht, was die First Lady zum Tee anhat oder wie wahnsinnig schnucklig der Außenminister heute wieder aussieht."

Jameson lachte am lautesten, während Stan, Clark und dessen Boss sich zurückhielten, wohlwissend, ihre Ehefrauen hielten diesen Witz für vollkommen unangebracht. Doch auch Mrs. Jameson schien die Meinung ihres Mannes kaum amüsant zu finden. Ihre Miene starr wie Eis.

„Mit Verlaub, aber unseren Außenminister als schnuckelig zu bezeichnen, fiele mir nicht im Traum ein", gab Jordan trocken zurück.

Betty lachte laut auf, während Stan Jordan genervt anblickte.

Erst mit der Zeit löste sich die Gruppe schließlich auf. Tara wollte aufgrund ihrer Schwangerschaft verständlicherweise eher nach Hause. Stans Vorgesetzter entschuldigte sich aufgrund von Magenbeschwerden ebenfalls früh. Seine Frau lächelte nur entschuldigend und stand mit ihm auf. Wenige Zeit später beobachtete Jordan eine Frau an der Bar. Tatsächlich war es Mrs. Jameson, welche ihren Ehemann wohl alleine heimschickte, um hier zu trinken. Offenbar stand auch ihre Ehe kurz vor dem Ruin. Kaum verwunderlich, so widerlich wie Jameson sich ihr gegenüber verhielt.

Ach herrje, in letzter Zeit fielen Jordan einige ramponierte Ehen auf.

Tja, was man plötzlich alles mitbekam, wenn die eigene den Bach runterging...

Betty und Clark jedoch blieben bei ihnen sitzen. Lange Zeit schwiegen beide Parteien. Anscheinend war der Streit von Betty und Clark wohl ebenso kräfteraubend gewesen, wie der von Stan und ihr, denn sobald die Vorgesetzten weg waren, fiel kein weiteres Wort zwischen beiden.

„Hast du schon gehört? Magret Hoops hat sich die Nase richten lassen!" verkündete Betty schließlich, nur um irgendetwas zu sagen.

„Nein, das war mir neu", gab Jordan zurück.

„Betty, ich würde wirklich gerne über andere Dinge hier am Tisch reden, als über blutige Operationen", erwiderte Clark gereizt.

Betty schnaubte bloß. „Über was sollen wir uns deiner Meinung nach unterhalten? Golf? Ja, ich sehe die Spannung bereits vor meinen Augen, wenn du dich eine halbe Stunde darüber auslässt, wie irgendein Kerl fünf Schläge für ein Loch brauchte. Das ist ja beinahe so kräfteraubend wie ein Gruselfilm."

Sie waren also wirklich nicht die einzigen, die sich heute stritten. Tja, eventuell sollte Jordan diese Tatsache eher beruhigen als verstimmen. Wenn es viele zerstrittene Paare gab, fühlte sich die eigene Ehe gleich viel gesünder an. Jordan und warf Stan einen kurzen Blick zu. Dieser hatte anscheinend ebenfalls genug.

„Entschuldigt mich", meinte er kurz angebunden und verschwand.

„Stan geht es heute nicht so gut", versuchte Jordan die angespannte Stimmung zu beschwichtigen.

Clark nickte höflich, während Betty hämisch grinste.

„Nun, da wir heute wohl alle nicht so auf der Höhe sind", sagte Clark, warf seiner Frau einen zweideutigen Blick zu, „möchtest du tanzen, Jordan? Um die Stimmung zu heben?"

Erschrocken japste Betty nah Luft. Ganz sicher war sie furchtbar beleidigt, dass Clark nicht sie zuerst fragte, und Jordan wusste, sie selbst würde Stan den Hals umdrehen, stelle er sie so in aller Öffentlichkeit bloß. Doch da sie Betty eins auswischen wollte, erwiderte sie: „Sehr gerne."

Lächelnd nahm sie Clarks Angebot an und wusste nicht, was sie damit anrichtete.

 raußen vor dem Hotel zog Stan frustriert an einer Zigarette.

Der ganze Abend war eine reine Zeitverschwendung gewesen. Während des Essens war er kein bisschen bei seinen Geschäften weitergekommen. Clarks Boss war ein sturer Esel und Clark selber ein Idiot. Und was seinen eigenen Chef betraf? Der wusste sich nun wirklich in Gegenwart von Damen danebenzubenehmen.

„Hallo, schöner Mann!"

Stan brauchte sich nicht umzudrehen, um zu wissen, wer da sprach. Die Stimme gehörte unverkennbar einer Frau. Er wusste auch genau zu welcher. Sogleich versteifte er sich am ganzen Körper.

„Jill."

Lächelnd stand sie da, blickte ihn herausfordernd an. Sie trug einen Trenchcoat mit Musketierkragen, dazu einen sogenannten Pillbox-Hut auf dem Kopf und Handschuhe. Sowie seine Augen an ihr heruntergewanderten, musste er schlucken. Ihre nackten Beine waren einfach zum niederknien. O Gott, gerade jetzt konnte er sie nicht gebrauchen. Gerade jetzt, wo der Streit mit Jordan ihn so aufwühlte.

Diese Frau stellte seinen Untergang dar. Die Sirene, die ihn rief. Und er käme, ungefragt. Irgendetwas an Jill zog ihn an. Etwas Magisches. Was genau, das konnte er unmöglich sagen. Er wollte sich gegen ihren Bann sträuben, doch schien dies unmöglich, vor allem, da sie andauernd in seiner Nähe auftauchte.

„Stan, wie geht es dir?"

„Verfolgst du mich?" fauchte er. Das war schließlich nicht das erste Mal, dass sie ihm über den Weg lief. Ob sie eventuell so etwas wie eine Schwachsinnige war, die ihm nachstellte?

Ihre Miene wurde starr. „Ich hatte hier ein Vorstellungsgespräch", erklärte sie brüsk. „Ich denke nicht, dass es klappt." Sie seufzte. „Hätte ich mehr Zeit, würde ich dich in ein Gespräch verwickeln wollen. Denn…unser Schäferstündchen geht mir nicht aus dem Kopf."

Das dachte er bereits. Er selbst musste immer wieder daran denken.

„Jill…" Er ließ den Satz auslaufen.

„Stan…" spaßte sie, indem sie ihn imitierte. „Ich weiß ja, du hast eine Frau. Trotzdem hatte ich gehofft, du würdest dich einmal melden."

„Ich, äh, habe deine Telefonnummer verloren", log er.

Breit grinsend kam sie auf ihn zu, lächelte verführerisch und schob ihm unbemerkt eine Karte in die Brusttasche seines Jacketts. „Nun denn, hier hast du Ersatz." Behutsam tätschelte sie ihm die Brust. Dann küsste sie ihn sanft auf den Mund. „Wie ich dir bereits mitteilte, ich lebe mit einer Freundin zusammen. Aber sie zieht bald aus. Dann hätte ich eine ganze Wohnung nur für mich. Niemand würde sehen, wenn ich einen Mann zu mir einlade. Niemand würde überhaupt etwas sehen. Ich könnte theoretisch die ganze Zeit nackt herumlaufen."

Allein die Vorstellung, wie sie nackt in ihrer Wohnung herumlief, ließ sein Blut in Wallung geraten.

„Ruf mich an. Meiner Freundin sage ich einfach, du seist frei wie ein Vögelchen, Stan."

Daraufhin verließ sie ihn. Stan blieb noch fünf weitere Minuten auf der Stelle stehen. Er versuchte sich zu sammeln, denn diese Frau, verdammt, diese Frau trieb ihn mit ihrem Sexappeal zur Weißglut.

Schließlich scheuchte er sich selbst ins Restaurant zurück. Dort angekommen setzte er sich zu Betty, welche mutterseelenallein auf ihrem Stuhl hockte. Sie wirkte verloren, ja, er würde sogar sagen, verletzt.

„Wo ist Jordan?" fragte er.

„Sie tanzt mit meinem Mann", gab Betty schroff zurück. „O Stan, ich mache mir solche Sorgen. Clark verhält sich in letzter Zeit so anders, als ob…eine andere Frau dahinterstecke."

Natürlich, diese Leier wieder. „Ich bitte dich, Betty. Jordan und Clark?"

Betty nippte schulterzuckend an ihrem Cocktail. „Vielleicht hast du Recht. Clark kann mich mit jeder betrügen. Betrug geht schnell. Es bedarf bloß einen Moment." Sie schaute ihm direkt in die Augen. „Clark geht über Leichen, Stan. Sieh ihn dir an und sage mir, dass er deine Frau nicht vögeln will." Sie entschuldigte sich keinesfalls für ihre grobe Wortwahl, doch Stan schien diese auch kaum wahrzunehmen.

Denn er sah hinüber zu seiner Ehefrau. Genau in dem Moment, in dem Clark sich vorbeugte und Jordan etwas ins Ohr flüsterte, was sie zum Lachen brachte.

Man brauchte allein einen Moment der Intimität. Dann konnten fünfzehn Jahre Ehe in einer Millisekunde vorbei sein, dachte er. Blitzartig zuckten Bilder seines Techtelmechtels mit Jill vor seinem geistigen Auge auf.

Er wusste nicht, auf wen er mehr wütend war, auf sich, Clark oder Jordan, als er aufsprang und zu beiden hinrannte. Verdammt, er musste sie trennen. Dieser elende, schmierige Lackaffe sollte seine Finger bei sich behalten!

Das musste einfach ein Ende haben!

Aber meinte er damit Jordan und Clark oder Jill und sich selbst?

10

Weitaus früher an diesem Abend lag Erin lesend in ihrem Zimmer. Ihre Augen brannten stets vom vielen Weinen an diesem Tage und die Demütigung saß ihr immer noch in den Knochen. Doch hatte sie keine Kraft mehr, weiter darüber nachzudenken und zu weinen, also schnappte sie sich eines ihrer Lieblingsbücher aus dem Regal. Seitdem las sie wie am Fließband.

Sie las gern die Geschichten von F. Scott Fitzgerald. Vielleicht war es klischeehaft, doch am liebsten las sie seine berühmteste Novelle: *Der Große Gatsby*. Überhaupt liebte sie das Lesen sehr. Denn dachte sie dabei nicht andauernd daran, bald wieder in diese schreckliche Schule gehen zu müssen.

Auf einmal klopfte es an ihrer Tür. Sicherlich ihre Mutter, die früher nach Hause kam. Im Grunde war Erin froh darüber, dass ihre Eltern heute Abend außer Haus aßen. Verdammt, sie ertrug diese schrecklichen, mitleidigen Blicke kaum mehr. Als ob sie nicht selbst wüsste, wie dämlich sie gewesen ist. Glaubte sie wirklich, ein Junge könne sie mögen?

„Ja?" murmelte sie.

Als die Tür aufging, schnappte sie überrascht nach Luft.

Da stand er wieder. Harvey White! In ihren Zimmer. Und sie trug bloß ein dünnes Nachthemd, wodurch er sie und ihre Kurven mühelos betrachten konnte. Instinktiv schlang sie ihre Arme um ihren Brustkorb, denn ihre Brüste waren durch den engen Stoff gut zu betrachten.

Früher schwärmte sie eine Zeit lang für Harvey. Doch da er der Sohn der besten Freunde ihrer Eltern war, entschied sie, es sei viel zu kompliziert, sich auch nur im Entferntesten für ihn zu interessieren. Schließlich würde sowohl ihre Mutter als auch Heather White sie ständig kontrollieren, da sie ihre Kinder unbedingt miteinander verheiraten wollten. Der augenscheinlich größte Traum der beiden Frauen.

„Was tust du hier?" fragte sie leicht erschrocken. „Ich habe dir doch gesagt, ich habe Kopfschmerzen."

Sie spürte, wie sein Blick auf ihrer Brust ruhte und errötete.

„Ich wollte nur fragen, wie es dir geht", gab er zurück.

Schnell grapschte sie sich ihren Morgenmantel, zog diesen über.

Mein Gott, dachte Harvey sich, langsam aber sicher sah er dieses Mädchen nicht mehr nur als eine Art kleine Schwester. Generell war Erin eine so schöne Frau. Sie war auch immer schon ein süßes kleines Mädchen gewesen und jetzt, wo sie langsam zur Frau reifte, wurde aus dem Süß ein Wunderschön.

Warum versteckte sie ihre Schönheit bloß immer wieder? Allein wie sie dastand. Mit offenem Haar, geröteten Wangen und großen, runden Augen…und ihre leicht geöffneten, vollen Lippen…

„Du bist sehr hübsch."

Sofort kamen ihr die Tränen. „Das ist nicht witzig. Wenn du mir so kommst, kannst du auch gehen."

„Ich meine es aber ernst, Erin. Ich..." Er seufzte. „Du bist hübsch."

Trotzig reckte sie das Kinn vor. „Hör auf mir schmeicheln zu wollen."

Aber Harvey ließ nicht locker. „Du könntest mit etwas Selbstbewusstsein die schönste Frau der Welt sein." Abrupt wechselte er das Thema. „Findet nicht bald ein Ball an deiner Schule statt?" wollte er wissen.

„Ja. Ich gehe aber nicht hin."

„Wieso?"

Sie zuckte mit den Schultern. „Mein Vater hat mir die gesammelten Werke von Arthur Conan Doyle zu Weihnachten geschenkt. Bisher hatte ich noch keine Gelegenheit sie zu lesen. Ich habe beschlossen, es an dem Wochenende zu tun."

„Doyle wird dir nicht weglaufen."

„Ich habe einfach keine Lust, hast du gehört?"

„Und falls ich dich begleite?"

Plötzlich beäugte sie ihn noch misstrauischer als zuvor. „Du? Ja sicher", murmelte sie verletzt. „Hör zu, Harvey, ich brauche dein verfluchtes Mitleid nicht. Und jetzt lass mich bitte allein. Ich möchte mein Buch zu Ende lesen."

So kam er also nicht weiter, dachte er. Schulterzuckend ging er zur Tür. Er würde sie erneut fragen, sagte er sich. Nur nicht heute.

„Irgendwann musst du dich dem stellen und denen zeigen, dass du besser bist als sie. Bücher helfen dir nur die Zeit zu vertrödeln, nicht deine Probleme zu lösen."

„Verschwinde!" bellte sie.

Und er verschwand.

11

Auch wenn sie später als gedacht zu Hause ankamen, so lag die Wut wie ein Damoklesschwert über dem Ehepaar. Stan konnte ihr angeblich nicht vergeben, mit Clark getanzt zu haben. Seltsam, wo er doch anscheinend mit jeder dahergelaufenen Hure verkehren durfte. Am Ende stritten sie sich furchtbar über jenen harmlosen Tanz.

Aber verschwieg Stan seiner Ehefrau, dass seine ungehobelte Art und Weise auch daher rührte, seinem Seitensprung kurz zuvor auf der Straße begegnet zu sein.

Nachdem Betty ihn auf das turtelnde Pärchen aufmerksam machte, stürmte er auf sie zu und trennte beide grob voneinander.

„Was denkst du dir dabei?" fauchte Jordan ihn an.

„Wieso liegst du in seinen Armen?" entgegnete Stan scharf.

„Wir tanzen, Stan."

Auch Clark äußerte sich daraufhin brüskiert. „Deine Attitüde ist äußerst beschämend für uns beide, Stan. Mach bitte keine Szene. Jordan und ich tanzen lediglich."

Es folgte eine ziemlich rüde Beleidigung seitens Stans gen Clark, die Jordan dazu bewegte, ihrem Ehemann eine schallende Ohrfeige zu verpassen, um gleichauf zu verschwinden.

Er holte sie schließlich auf der Straße ein, wo sie gerade in ein Taxi steigen wollte. Grob umfasste er ihren Arm, allerdings riss sie sich augenblicklich empört los.

„Wir kamen zusammen, wir gehen zusammen", erklärte er im harschen Ton, der keinerlei Widerrede zuließ.

„Ich kam mit einem Gentleman, ging jedoch mit einem Neandertaler!" gab sie wütend zurück. „Was denkst du dir dabei, Stan? Hast du überhaupt einmal nachgedacht, bevor du mich in diese äußerst beschämende Situation brachtest?"

„Genau dasselbe könnte ich auch dich fragen."

Während des ganzen Heimweges bewarfen sie einander mit Vorwürfen. Und sobald beide durch die Haustür traten, lief Jordan augenblicklich die Treppe hoch und hatte seitdem keinen Ton mehr mit Stan gesprochen.

Stan aber grübelte momentan über ganz anderes nach.

Nachdenklich starrte dieser auf den Zettel mit Jills Telefonnummer. Sie sagte, sie würde mit einer Freundin zusammenwohnen, die allerdings bald auszöge. Sie wollte ihn wiedersehen, Zeit mit ihm verbringen.

Augenscheinlich wollte sie seine Affäre sein. Seine Geliebte, seine Mätresse!

Er wusste nicht, was er sich dachte, als er seine Jacke schnappte und aus dem Haus rannte. Er wusste nicht, wieso er zur nächsten Telefonzelle lief und dort das Telefon benutzte, nur damit alles im Geheimen bliebe. Und er wusste vor allem nicht, wieso er Jill anrief, um sich mit ihr zu treffen.

    Trotzdem tat er es.

Fortsetzung folgt...

BOOKISODE 5

Ballnacht

1

„Mike Hoffmann, darf ich vorstellen, Stan Adaire." Stan lächelte den Mann, der ihm als Mike Hoffmann vorgestellt wurde, freundlich an. „Stan Adaire. Es freut mich außerordentlich."
Mike nickte höflich, erwiderte die Floskel.
Der Mann wirkte von Grund auf sympathisch und adrett, etwas, was Stan zunächst verblüffte. Spürte man doch beim konkurrenzbehafteten Beruf des Werbemannes oft den Ehrgeiz aus allen Poren triefen, so wirkte Mike Hoffmann wie ein grundehrlicher, vielleicht sogar *zu* netter Kerl. Doch vielleicht war das auch seine Masche. Mike war groß, breitschultrig, brünett und trug eine Brille, die seinem sonst ziemlich attraktiven Wesen einen Hauch von verwirrtem Professor gab. Mit Sicherheit flogen die Frauen auf ihn.
Zusammen fanden sich Stan, sein Chef Jameson und Mike im Country Club ein. Sie saßen im hauseigenen Restaurant, in das Jameson gerne seine Gäste ausführte. Ein Country Club bedeutete Reichtum, und Jameson zeigte gerne seinen Wohlstand.
„Das ist wirklich eine schöne Gegend", meinte Mike, als alle drei an einem Tisch zusammensaßen. „Mit Sicherheit haben Sie hier keinen so harten Winter wie wir in Berlington."

Stan lachte. „Na ja, also die bekannten Blizzards, die unsere Hauptstadt heimsuchen, haben wir tatsächlich wenig. Dennoch kann es ganz schön kalt im Winter werden."

„Das macht mich eifersüchtig", murmelte Mike. „Meine Frau und ich planen tatsächlich gerade einen Umzug in die Nähe. Meine Firma bot mir einen Job in einer anderen Zweigstelle an. In der Nähe von Parisom." Parisom war eine Großstadt, nicht weit von Francisburg und Jollytown entfernt. „Allerdings habe ich so meine Zweifel, meinen Sohn dort aufzuziehen. Sie verstehen, das Fernsehen, der Film…Eine solch große und bedeutende Stadt zieht immer viel Verbrechen und moralisch fragwürdiges Verhalten an." Er räusperte sich. „Kleinstädte gefallen mir da deutlich besser. Man kennt sich untereinander, die Anonymität verringert sich."

Jameson, der eine Zigarre paffte, erwiderte: „Deshalb mögen meine Frau und ich es hier so gerne. Ich weiß, es ist eine kleine Stadt, aber wir befinden uns zentral zu allen naheliegenden Autobahnen, Flughäfen und Großstädten. Trotzdem sind die Mieten angemessen, die Verbrechensrate gering, und die Moral…nun, wie hier leben sehr moralisch. Nicht wahr, Adaire?" Jameson klopfte ihm freundschaftlich auf den Rücken.

Stan machte gute Miene zum bösen Spiel und nickte lächelnd. Gerade Jameson sollte die Moralkeule flach halten. Ach ja, und er selbst vielleicht ebenso.

„Wie sind die Schulen hier?" erkundigte Mike sich. Er lehnte eine Zigarette ab, die Stan ihm anbot. „Mein Sohn soll eine gute Ausbildung genießen. In Berlington besucht er eine hervorragende Privatschule."

Das war Stans Stichwort. „Meine Kinder gehen auf die Adams Academy. Eine der besten Schulen des Landes", teilte Stan ihm mit. „Nun ja, Erin geht auf die Adams, mein Sohn Jacob ist noch zu jung für diese Schule. Er ist auf der Clearwater. Eine ebenfalls hervorragende Wahl."

Mike nickte. „Hört sich vortrefflich an."

Jameson schmunzelte. „Noch vortrefflicher sind die ersten Entwürfe für Ihre Werbekampagne. Es wäre tatsächlich vorteilhaft, arbeiteten Sie in unserer unmittelbaren Nähe."

Mike nickte erneut. „Ja, das elende hin und her wäre endlich passé. Es bliebe mehr Zeit mit der Familie. Deshalb wurde ich hergeschickt. Sobald ich den Job in Parisom angetreten habe, bin ich Ihr direkter Ansprechpartner und verantwortlich für die gesamte Werbekampagne."

„Und nun sind Sie…?" hakte Stan nach.

„Nun bin ich sozusagen der Werbeträger, um Ihre Firma zu angeln", erwiderte Mike charmant. Stans Vermutung bestätigte sich: Der Mann gewann mit Charme ein jedes Herz.

Jameson lachte laut. Auch ihm gefiel Mikes Attitüde. „Ehrlich ist er ja."

In jenem Moment bekamen die drei Männer einen Drink von der Kellnerin serviert. Die schlanke Frau blickte nur kurz zu Jameson, doch sobald sie den Tisch verließ, räusperte er sich.

„Entschuldigen Sie mich bitte, Gentlemen", meinte er, daraufhin stand er auf.

Angewidert schüttelte Stan den Kopf. Mit Sicherheit auch eine seiner Affären, dachte er. Dann fiel ihm sogleich wieder Jill ein, mit welcher er sich heute Abend verabredete und bekam ein schlechtes Gewissen.

Als dann auch noch Jordan ins Restaurant trat, Stan erblickte und ihm zuwinkte, glaubte er an seinem schlechten Gewissen ergehen zu müssen.

„Nanu, wer ist denn diese schöne Frau, die da in unsere Richtung schreitet?" fragte Mike interessiert.

Vorsicht, Casanova, noch gehört sie mir. „Meine Frau. Ihr Name ist Jordan."

Schon trat Besagte an den Tisch. Sofort streckte sie Mike die Hand entgegen. „Jordan Adaire, sehr erfreut."

„Mike Hoffmann. Noch viel erfreuter."

Jordan lächelte geschmeichelt, was Stan so gar nicht gefiel. Dieser Mann war doch auch verheiratet, oder etwa nicht?

Auf der anderen Seite, was bedeutete das schon?

„Stan, wie reizend dich hier zu sehen. Ich wollte nur kurz Hallo sagen und euch nicht weiter stören."

„Sie stören nicht. Wir reden momentan ohnehin nicht über Geschäfte, oder Stan?"

„So sieht es aus", entgegnete Stan. „Du hast heute dein wöchentliches Treffen?"

„Ja", stimmte Jordan zu. „Ich bin etwas zu früh dran, also wollte ich noch rasch einen Drink zu mir nehmen."

Stan erwähnte ihren bereits am Morgen zu sich genommenen Drink lieber nicht. Ein wenig sorgte er sich über die neuen Trinkgewohnheiten seiner Frau.

„Nun, übertreibe es nicht", bat er.

Jordans Mimik wurde eisig. „Du auch nicht", erwiderte sie. Daraufhin räusperte sie sich. „Nun, es hat mich sehr gefreut, Mr. Hoffmann. Stan. Wir sehen uns heute Abend."

Stan nickte lediglich. Ihr jetzt zu sagen, er käme später als erwartet nach Hause, brächte nur Streit mit sich. Und Streit konnte er momentan so gar nicht gebrauchen. Nicht vor einem Geschäftspartner.

„Bis heute Abend, Liebes", erwiderte er.

2

*D*ieser elende Halunke, schimpfte Jordan heimlich, während sie sich angewidert an die Bar des Clubs niederließ. Dieser Schurke, dieser Hurensohn...

„Ich nehme einen Eistee. Einen Long Island Ice Tea", bestellte sie, sobald der Barkeeper sie bemerkte.

Die hell eingerichtete, kreisförmige Theke der Club-Bar bestand aus feinstem dunklem Wurzelholz. Die Hocker waren allesamt mit Samt überzogen. Sie stand in Mitten des großen Speiseraumes, in dessen Zentrum ein Regal mit Spirituosen, Gläsern und anderen notwendigem Cocktail-Zubehör prangte. Für Jordan ein idealer Ort zum Wohlfühlen. Besonders, wenn man gerade eine unschöne Begegnung mit einem untreuen Gatten sein Eigen nannte.

„Wenn das so ist, bin ich verpflichtet, Ihre Autoschlüssel zu konfiszieren", erklärte Joe, der Barmann, ihr peinlich berührt.

Wie jeden Tag trug Joe seinen weißen Frack, also seine Uniform. Er war ein junger Mann, gerade erst in seinen Zwanzigern und verdiente mit dieser Arbeit seinen Tageslohn, während er nebenbei an der Universität Jura studierte. Er war mittelgroß, sportlich, aber nicht gerade muskulös.

Momentan jedoch bedeutete er für Jordan allerdings lediglich Ärger.

„Meine Schlüssel?" fuhr Jordan ihn an. „Warum?"

„Nun, das sind die neuen Vorschriften, die der Clubvorstand letzte Woche beschloss. Sie wissen doch, wie hoch der prozentuale Anteil des Alkohols in diesem Cocktail ist. Seit dem Unfall von Ingrid Kremer letzten Sommer, sind wir im Restaurant angewiesen worden, solche Dinge zu kontrollieren."

Vortrefflich! „Also bloß, weil Ingrid das Auto des Clubvorstandes anfuhr, muss ich jetzt darunter leiden?"

Joe blickte ebenso zerknirscht. „Es tut mir leid, aber so sind die Regeln. Rauchen dürfen Sie aber weiterhin. Ungehindert."

Jordan seufzte. Nicht einmal betrinken durfte man sich mehr. In was für einer Welt lebte sie überhaupt? Trotzdem, ganz so falsch lag Joe nicht. Betrunken Auto zu fahren, wäre definitiv gefährlich und leichtsinnig. Leider konnte sie mit dieser Rationalität momentan schwer umgehen.

Wer wollte die Wahrheit hören, während man am Boden lag?

„Dann nehme ich einen normalen Eistee", beschloss sie resigniert.

Diesen reichte Joe ihr sofort. Und die Schlüssel durfte sie behalten.

„Alles in Ordnung bei Ihnen?" erkundigte er sich vorsichtig. „Gibt's ein Problem?"

Jordan nippte an ihrem Eistee. Ein Problem? Sie hatte Tausende. Zuerst ihren untreuen Ehemann, dazu ihre Tochter, die in der Schule gehänselt wurde...und trinken durfte sie auch nicht mehr.

Also ja, von Problemen wurde sie in letzter Zeit wahrlich überschüttet.

„Nein. Momentan ist nur etwas zu viel Stress mein Problem." Sie spielte an ihrer zweireihigen Perlenkette, ließ die kühlen Perlen durch ihre warmen Finger gleiten.

Der Barmann nickte mitfühlend. „Okay. Ihr Mann redet mit einem Unbekannten."

Ihr Problem belief sich darauf, dass ihr Mann mit einer Unbekannten schlief...

„Er ist ein Werbefuzzi aus Berlington."

„Ist er gut in seinem Job?"

Sie zuckte mit den Schultern. „Was interessiert mich das? Immerhin bringt er das Geld nach Hause, ich bin für den Haushalt zuständig. O, ich habe ja vergessen, das bin ich nicht, denn mein Ehemann hat mir eine *Hilfe* organisiert, sodass ich gar nichts mehr habe, womit ich mir die Zeit vertrödeln kann." Sie schnaubte. „Er denkt, er würde mir helfen, mir eine Freude machen..." Dabei würde die einzige Freude, die sie von ihm haben wollte, lauten, dass er verdammt noch mal treu sein sollte. Elender Schweinehund!

„In meinem Studienseminar gibt es einige Frauen. Na ja, zwei", erzählte Joe beiläufig. „Sie sind nett. Jura ist nicht mehr ausschließlich ein Männerberuf."

Jordan schmunzelte. Was wollte Joe ihr damit sagen? Etwa Jura zu studieren? Was für eine absurde Vorstellung, in ihrem Alter, in ihrer Position, über so etwas wie ein Studium überhaupt nachzudenken! Da spürte man, wie unbeholfen, ja naiv die Jugend war. „Wie lieb. Wollen Sie mir etwa das studieren schmackhaft machen?"

„Möchte Ihr Mann nicht, dass Sie arbeiten?"

Arbeiten? Sie litten doch nicht unter Geldproblemen! „Wofür? Ich bin verheiratet, mein Ehemann verdient gut. Alles andere wäre unsinnig. Welche verheiratete Frau geht nebenher studieren? Ich wäre die Lachnummer dieses Clubs!" Allein dieses Gespräch ließ sie an ihrem Verstand zweifeln. Studieren taten die jungen, ungebundenen Leute. Nicht etwa eine verheiratete Mutter zweier Kinder.

„Bloß solange Sie das akzeptieren."

„Sie reden genau wie meine Tochter."

„Dann liegt Ihre Tochter richtig." Er zögerte einen Moment, schließlich fuhr er fort: „Einige Leute tratschen, sie habe es nicht leicht. Also in der Schule."

Jordan stimmte unumwunden zu. Barkeepern dufte man alles berichten. „Ja."

„Das tut mir leid. Ich finde sie auf jeden Fall sehr nett." Er seufzte. „Mrs. Adaire, ich sollte Ihnen eventuell etwas gestehen…ich habe Erin versprochen nichts zu sagen, aber…gestern nach ihrer Reitstunde, habe ich ein paar Jungs verscheucht, die sie geärgert haben. Sie drohten ihr, sie mit Pferdemist zu bewerfen."

Augenblicklich fuhr Jordans Kopf hoch. „Wie bitte?" Ihre Augen blitzten gefährlich wachsam auf, sodass Joe instinktiv einen Schritt zurück machte.

„Ich hatte gerade Feierabend und wollte zur Uni, als…als ich es sah. Ich bin dazwischen gegangen und…"

Sofort winkte Jordan ab. „Ich weiß Ihre Hilfe zu schätzen, leider muss ich gehen. Danke."

Wutentbrannt stürzte Jordan vom Stuhl, direkt zum Ausgang. Erin wurde erneut geärgert! Jetzt reichte es endgültig. Diese kleinen Bastarde müssten endlich das bekommen, was sie verdienten.

3

In der Schule verlief alles wieder in seinen normalen Bahnen. Erin wurde weiterhin von ihren Mitschülern gehänselt und ausgegrenzt, während einzig Megan an ihrer Seite weilte.

„Na, Erin, denkst du wieder ein Junge wäre hinter dir her?" fragte ein Mädchen namens Pam. Vielleicht sah das Mädchen wie ein Modell aus, besaß allerdings die Seele eines Teufels. „Dann träum ruhig weiter, denn in der Realität sieht das anders aus."

Kichernd lief sie an Erin vorbei, hinter ihr der Trupp ihrer rückratlosen Freundinnen.

Megan, die neben ihr stand, seufzte schwer. „Du solltest dir nicht immer alles gefallen lassen. Du hättest ihr von Harvey White erzählen sollen."

„Wer sollte mir das glauben?" entgegnete Erin. „Die denken doch alle, meine Mom würde ihm Geld dafür zahlen."

„Das ist doch nicht wahr."

„Dann tut er es aus Mitleid. Schließlich kenne ich ihn ewig." Sie schnalzte mit der Zunge. „Ich bin einfach ein hässliches Entlein. Ich finde mich schon damit ab."

Megan wollte etwas erwidern, doch wusste sie auch, Erin hörte ihr ohnehin nicht zu. Erin hielt nicht viel von Make-up oder den neusten Modetrends. Wenn andere in die Milchbar gingen, um über Jungs zu reden, lief sie lieber nach Hause und las ein Buch. Klar, sie bildete sich gerne fort, doch die meisten Teenager in dieser Schule sahen sie deshalb als Streber an und hänselten sie.

Als Harvey White mit ein paar Freunden an ihnen vorbeiging, wurde Megan ganz anders zumute. Der Wasserschaden in seinem Internat schien so schwerwiegend, sodass sie auf verschiedene Schulen geschickt wurden, solange sie nicht zurück in ihre Klassenräume durften. Harvey kam daher auf ihre Schule und stieg sofort zum angesehensten Jungen der Schule auf. Megan ahnte, beim Schulwechsel musste Jordan Adaire ihre Finger im Spiel gehabt haben.

Harvey stoppte bei Erin. „Hallo Erin", sagte er mit einem breiten Lächeln. „Wie geht es dir?"

Erin lächelte, doch tat sie dies bloß aus Höflichkeit. „Gut, danke, und dir?"

Harvey nickte nur. Er wusste, dass er von Pam und ihrer Clique beobachtet wurde. Außerdem schnappte er auf, wie gemein diese Gruppe zu Erin gewesen war, weshalb er laut fragte: „Wann gibst du mir endlich die Antwort, Kleines? Wann sagst du endlich Ja?"

„Wozu?" fragte Megan für ihre Freundin, denn sie spürte bereits, wie Erin eine sarkastische Antwort geben wollte.

„Dass sie mit mir zum Ball geht. Ich möchte so gerne mit ihr tanzen."

„O, Erin sagt ja."

„Megan!" fauchte Erin erschrocken. „Er meint das doch nicht ernst."

„Und wie ernst ich das meine. Du gehst mir nicht mehr aus dem Kopf." Sachte beugte er sich zu ihr vor, flüsterte: „Seitdem ich dich in diesem wundervollen Seidennachthemd sah."

Sofort errötete sie. „Ich überlege es mir", murmelte Erin verlegen. Rasch löste sie sich von ihm und lief davon, Megan im Schlepptau.

„Willst du echt mit dieser Schreckschraube weggehen?" fragte Harveys Freund Ted, nachdem Erin außer Sichtweite weilte.

„Pass auf was du sagst!" fauchte Harvey brüsk. „Freund oder nicht, aber ich lasse nicht zu, dass du so über sie sprichst. Verstanden, Idiot?"

4

Auch Jordan war zur selben Zeit auf dem Weg zur Schule. So konnte es beim besten Willen nicht mehr weitergehen, sagte sie sich. Sie zahlten eine horrende Summe an Schulgeld, und dass der Direktor einfach so hinnahm, wie bösartig Erin von ihren Mitschülern gehänselt wurde, stellte eine große Schweinerei dar.

Auf dem Weg zum Direktorat legte sie sich bereits eine lange Beschwerderede zurück, da traf sie auf Janice Walton, der Ehefrau des Schuldirektors George Walton und Bridgepartnerin aus dem Country Club.

„O Jordan, wie schön dich zu sehen", rief sie freundlich, strich sich ihre braunen Haare glatt.

„Janice, hallo", erwiderte Jordan, wobei sie wenigstens versuchte freundlich zu klingen. „Ist dein Ehemann zufällig im Hause?"

„Natürlich", gab Janice zurück. „So ganz unter uns, er schreit gerade einen Englischlehrer an. Anscheinend zitierte er Shakespeare falsch, weshalb der Miller-Junge durch eine Klausur fiel. Jetzt gehen seine Eltern auf die Barrikaden. Sie sind Briten und fühlen sich in ihrer Ehre gekränkt. Ein britischer Junge fällt im Englischunterricht durch, du verstehst."

„Nachvollziehbar. Ein Englischlehrer der Shakespeare falsch zitiert…"

„Müsse augenblicklich erschossen werden", witzelte Janice, wurde dann allerdings ernst. „Wieso bist du hier?"

„Ich muss über Erin sprechen", erwiderte Jordan knapp.

Janice nickte verständnisvoll. „O, armes Ding, ich habe von den Vorkommnissen gehört."

Natürlich hatte sie das, dachte Jordan missgestimmt. Es gab niemanden, der dies nicht mitbekam. Umso schneller wollte sie aus Janice' Fängen entkommen.

„Ja, es ist sehr unschön gewesen", meinte Jordan schlicht.

Janice seufzte. „Kinder können grausam sein. Leider geht es noch viel schlimmer. Letzte Woche rief doch tatsächlich ein Vater eines Schülers bei meinem George an und meinte, ein anderer Schüler hätte seinem Sohn Marihuana verkauft."

Das brachte Jordan blitzartig zum Stutzen. Eine äußerst interessante Information. „Was du nicht sagst!" rief sie. „Tatsächlich!"

„Ja", stimmte die Direktorenehefrau zu. „An dieser Schule gibt es Drogen! Schrecklich, nicht wahr? Das ist mit Sicherheit dieser ganze Rock n' Roll und dieser Elvis! Jeder schwärmt für diesen schrecklichen Mann, mit diesem schamlosen Hüftkreisen. So werden die armen Seelen doch praktisch zum Drogenkonsum verleitet! Und dann wollen alle Mädchen wie diese Marilyn Monroe sein! Mit ihren knappen Kleidchen lädt sie die Männer zu sonst was ein. Langsam aber sicher geht es mit der Welt bergab."

„Furchtbar", stimmte Jordan zu und verschwieg, wie gern sie Filme mit Marilyn sah und Lieder von Elvis summte. „Einfach grauenvoll."

Trotzdem, auch Jordan missfiel es, wenn an der Schule mit Drogen gehandelt wurde.

„Von was für Drogen sprechen wir hier?" fragte sie also. „Nur Marihuana?"

Janice zuckte mit den Schultern. „Ich gehe davon aus. Aber allein das ist skandalös genug." Sie schüttelte den Kopf. „Eine furchtbare Vorstellung, diese jungen Seelen so früh mit diesem Teufelszeug zu korrumpieren."

Da stimmte Jordan unumwunden zu.

Janice fuhr fort: „Nun denn, auf jeden Fall entschied sich mein lieber Mann für eine wirklich harte Linie gegen Drogen. Jeder, der auch nur im Entferntesten mit etwas erwischt wird, fliegt von der Schule und wird der Polizei gemeldet." Sie neigte sich vor. „Er macht nicht einmal eine Ausnahme bei den besser Betuchten. George ist fuchsteufelswild gewesen. Ehrlich, Jordan, aber diese Erfahrung traf ihn bis ins Mark. Sollte so etwas öffentlich werden, kostet ihn das seinen guten Ruf."

Jeder, der mit Drogen erwischt werden würde, flöge demnach sofort von der Schule, was? Interessante Information.

Plötzlich fiel ihr etwas ein, worüber sie vorher niemals wirklich drüber nachdachte. Unwillkürlich brachte Janice sie auf eine Idee, welche viel besser klang, als ein Filibuster vor dem Rektor.

„Entschuldige mich bitte, Janice. Aber mir viel gerade ein Termin ein", meinte Jordan kurz angebunden und ließ eine verdatterte Janice einfach stehen.

5

Etwas später an diesem Tage wartete Jill freudig erregt auf Stan. Ihre scheußliche Mitbewohnerin galt so gut wie als ausgezogen und Clark hatte sie heute Morgen bei einem Telefonat sogar noch gelobt, wie gut sie sich bei ihrem kleinen Plan anstrengte. Der Ehrgeiz würde sich auszahlen, versprach er. Und er hatte Recht gehabt!

Endlich gab Stan nach und rief sie an!

Jill konnte gar nicht glücklicher sein, und doch wusste sie nicht recht, wie sie mit der neuen Situation umgehen sollte. Klar, Stan verließe seine Ehefrau nicht für sie, so wirklichkeitsfremd war sie nicht. Wahrscheinlich müsste Jordan diesen Schritt gehen, ihn verlassen, ja in die Schranken weisen, damit aus seiner Geliebten die neue Mrs. Stanley Adaire wurde.

Nichtsdestotrotz konnte sie die Zeit mit ihm erst einmal genießen.

Niemals zuvor war sie eine Affäre mit einem verheirateten Mann eingegangen, oder wenigstens einem Mann, der noch ganz offiziell mit seiner Frau zusammenlebte. Einmal ging sie mit einem in Trennung lebenden Mann aus, der allerdings so viel jammerte, dass Jill seiner Frau für die Trennung keinerlei Vorwürfe machen konnte. Auch Jill setzte das Weichei vor die Tür.

Stan aber war anders. Bereits bei ihrem ersten Zusammentreffen in der Bar spürte sie eine bislang niemals dagewesene Nähe zu dem Mann. Sie ergänzten sich hervorragend, allerdings wäre es ihr niemals im Traum eingefallen, er könne sich tatsächlich für sie interessieren. Aber das tat er. Sicher, vielleicht wäre es ein wenig voreilig, bereits über Ehe nachzudenken. Aber mal ehrlich, sie wurde nicht jünger und Stan war wohlerzogen, wohlhabend und wohl integriert in die Gesellschaft. Drei *W*s, nicht schlecht. Dazu nervte ihre Mutter sie andauernd, sie solle endlich sesshaft werden. Wie gerne würde sie diesen Vorhaltungen entkommen. Und dann auch noch mit einem Mann wie Stan…*oh lá lá*, der würde selbst ihrer strengen Mutter gefallen.

Seufzend kramte Jill ihren Lippenstift aus der Handtasche hervor und trug ihn auf ihre Lippen auf. Dann mixte sie zwei Martinis und wartete auf Stans Ankunft. Pünktlich wie ein Uhrenwerk klopfte er an.

Nachdem Jill ihm die Tür öffnete, atmete er einmal tief durch. Er war nervös, das war ihm deutlich anzusehen.

„Du hast eine schöne Wohnung", meinte er, nachdem er einen kurzen Blick drauf warf. Ganz offensichtlich genoss er eine gute Kinderstube, denn man konnte die Einzimmerwohnung nur schwerlich als hübsch bezeichnen. Es gab ein kleines Badezimmer, eine Kochnische, ein paar Bücherregale und eine Ecke, in welcher eine kleine Theke als Bar diente, die Jill im Schweiße ihres Angesichts einst selbst zusammenwerkelte. Im Wohnzimmer standen bloß ein abgewracktes kleines Sofa und ein Radio. Sie hatte nicht einmal ein Fernseher, denn das Gerät gehörte ihrer Mitbewohnerin, welche den Kasten als allererstes mit in ihre neue Bleibe schleppte.

Gieriges Miststück!

Allein bei dem Gedanken, dass Jill monatelang nicht nur mit ihr die Wohnung, sondern auch das Schlafzimmer teilte, wurde ihr ganz anders zumute. Zum Glück gehörte das Leben mit ihr nun der Vergangenheit an.

„Deine Mitbewohnerin ist nicht da?" fragte Stan.

Jill schüttelte den Kopf. „Nein."

„Es gibt nur ein Zimmer. Habt ihr euch das geteilt?"

Sie nickte. „Ja. Sie hatte ein Bett in der rechten, ich in der linken Ecke. Sie nahm ihres nicht mit, deswegen habe ich beide zusammengeschoben. Also besitze ich jetzt eine große Spielwiese."

Es gefiel ihm nicht, dass ihm allein bei diesem Gedanken schon heiß und kalt zugleich wurde.

„Tja, dieses Jahr sind Präsidentschaftswahlen", meinte er deutlich angespannt, als sie langsam auf ihn zukam. Er glaubte, mit einem Gespräch die Anspannung zu besiegen, doch da täuschte er sich wohl.

Eigentlich wollte Jill ihn mit Alkohol zu verführen, doch war sie sich nicht sicher, wie lange das dauerte.

„Ja, das stimmt. Ich wähle auf jeden Fall. Zu wählen macht mir Spaß, denn ich mag es, eine Auswahl zu haben." Sie zwinkerte ihm verführerisch zu. „Dieser Thurner ist eine echte Sahneschnitte und seine Frau eine Lady erster Klasse. Ich hoffe er wird aufgestellt. Manche behaupten ja, ich sähe Joan Kennedy, also JFKs Schwägerin ähnlich. Das schmeichelt mir wirklich sehr. Ich finde sie sogar noch hübscher als Jackie."

Stan nickte knapp. Weiterhin fühlte er eine herbe Nervosität. „Vielleicht sollten wir das hier beenden. Ich habe weitaus genug angestellt. Eventuell kann ich etwas kitten, falls ich genau hier den Schlussstich ziehe", meinte er.

Er wollte ihr den Rücken zukehren, aber Jill hielt ihn auf. „Stan, warum sträubst du dich denn so arg dagegen? Fühlst du nicht dieselbe Anziehung zwischen uns wie ich?"

Er fühlte sie. Das konnte sie in seiner Mimik erkennen. „Es geht nicht. Meine Ehefrau…"

„Wird niemals auch nur das kleinste bisschen davon erfahren, Süßer. Was ist dein Problem? Dass du es komisch findest, nach all den Jahren Ehe, doch noch etwas für eine andere Frau zu empfinden? Sexuelle Lust, meine ich?" Sie kam wieder auf ihn zu, umarmte ihn fest, sodass er sich kaum noch aus ihrem Klammergriff befreien konnte. Ihren Busen presste sie eifrig an seine Brust. Sogleich spürte sie die Erregung in ihm aufwallen. Gut, das brachte Erfolg.

„Jill, ich –" doch Stan wurde jäh unterbrochen.

„Halt einfach deinen hübschen Mund und genieß es", murmelte Jill, bevor sie ihren Mund auf seinen legte.

Stan nickte lediglich stumm, umfasste zärtlich Jills Hüften und genoss den Kuss in vollen Zügen. Auch als sie ihn langsam aus dem Jackett schälte sagte er nichts, sondern ließ es einfach geschehen.

Zu etwas anderem war er nicht mehr fähig.

Zur selben Zeit nahm Erin ihren ganzen Mut zusammen und klopfte bei Harvey an der Zimmertür. Noch ein paar Tage sollte er bei ihnen wohnen, dann waren die ersten Zimmer in seinem Internat wieder bezugsfertig. Angeblich hatte Harveys Stockwerk am wenigsten von dem Rohrbruch abgekommen, weshalb seine Jahrgangsstufe als erstes zurück durfte. Schultechnisch jedoch würde er ihr bestimmt bis zum Ende des Schuljahres, also knapp einen Monat, zur Verfügung stehen.

Kein so schlechter Gedanke.

Harvey bat sie sofort herein. Er saß an seinem Schreibtisch und machte Hausaufgaben. Sobald er sie bemerkte, blickte er auf.

Um ehrlich zu sein war sie es leid, dass ihre Angst und ihre Unsicherheit sie andauernd dazu brachte, Dinge zu verpassen, die sie eigentlich tun wollte. Vielleicht liebte sie das Lesen und Lernen, aber insgeheim wollte sie auch auf Schulbälle gehen, Erfahrungen sammeln, endlich ihr Leben leben.

Bislang schob sie so etwas immer vor sich her, weil sie glaubte, es würde ihr ohnehin nicht gefallen. Aber eine kleine Stimme in ihrem Inneren hatte sie die Dinge überdenken lassen.

Warum nicht auf Harveys Angebot eingehen? Sie ging nur Tanzen mit ihm, nicht mehr nicht weniger. Na gut, vielleicht fürchtete sie sich weiterhin ein wenig davor, der Schulball könne sie erneut zur Lachnummer machen. Aber was würde sich da zum normalen Schulalltag ändern?

„Hi, was gibt's?" fragte er mit breitem Lächeln, was ihr Herz höher hüpfen ließ.

„Ich…ich wollte fragen, ob du dein Angebot noch immer ernstmeinst. Dass du mit mir zum Ball gehst?"

„Klar. Wieso sollte ich mich anders entscheiden?" erwiderte er. „Ich halte mein Wort." Dann grinste er keck. „Wieso möchtest du denn plötzlich?

Sie seufzte. „Na…ich wollte eigentlich schon die ganze Zeit, dachte aber, du lädst mich bloß ein, weil meine Mom dir das gesagt hat."

Er zuckte mit den Schultern. „Sicher, sie hat mir von dem Ball erzählt, da muss ich dir Recht geben. Doch keiner zwang mich dich zu fragen. Erin, ich mag dich, du bist ein hübsches Mädchen und ganz sicher hast du all die Anfeindungen nicht verdient, denen du ausgesetzt bist."

Ruhig starrte sie auf den Boden. „Danke."

„Na gut, dann hole ich dich morgen um sieben Uhr ab. Also, was man als abholen bezeichnen kann, solange ich hier wohne."

Sie lächelte leicht, was Harveys Blut unfreiwillig in eine ganz bestimmte Richtung pumpte. Sie war einfach wunderschön, wenn man sich die Mühe machte, sie näher kennenzulernen. All die Hänseleien brachten sie dazu, sich in sich zurückzuziehen. Erin fühlte sich unsicher und schüchtern. Dabei war sie ein so tolles Mädchen. War sie immer schon gewesen.

„Du bist wirklich nett, Harvey. Ich bin froh dich zu kennen."

Nachdem Erin wieder aus dem Zimmer gelaufen war, klopfte es erneut an der Tür. Diesmal fand man nicht etwa Erin oder Jacob vor, sondern Jordan.

„Danke, dass du ihr Begleiter bist", meinte sie nur. „Das bedeutet ihr viel."

Harvey nickte. „Sie ist ein nettes Mädchen."

„Und deine Exfreundin?"

Verdammt, die hatte er längst vergessen. Aus irgendeinem Grund dachte er in letzter Zeit nämlich mehr und mehr an eine ganz andere Person. Eine Person wie Erin. „Ich heirate Erin nicht, ich gehe lediglich auf ein Fest mit ihr."

Jordan nickte. Seufzend griff sie in die Tasche ihrer beigen Stoffhose, holte ein paar Geldscheine heraus. „Für deine Mühen", sagte sie. „Wie abgemacht. Behandle sie gut und du bekommst noch weitere fünfzig."

Damit war sie wieder verschwunden. Stumm blickte Harvey auf die Scheine herab und fragte sich, wieso er sich plötzlich so schlecht fühlte.

Er wusste nicht, dass Jacob das letzte Gespräch mit anhörte und es ihn gar nicht freute zu sehen, wie Harvey mit den Gefühlen seiner Schwester spielte.

6

Zwei Tage später bürstete Jordan ihrer Tochter die Haare. Da heute der Schulball stattfand, half sie Erin rasch beim ankleiden und frisieren. Besagte saß dabei auf einem Stuhl, vor ihrer weißen Schminkkommode, auf der ein großer, ovaler Spiegel angebracht worden war.

„Schätzchen, diese ganzen bösartigen Schulkameraden von dir werden vor Neid erblassen, sobald sie dich in diesem wunderschönen Kleid sehen", meinte Jordan und spielte auf ihr hübsches violettes Ballkleid an, welches Erin an jenem Abend trüge.

Dank Megan sprach es sich rasch herum, mit wem Erin den Ball besuchte. Die meisten ihrer Schulkameraden glaubten bis dato daran, es handle sich dabei um einen schlechten Scherz. Ganz besonders Pam und ihre Freundinnen redeten ihr ein, Harvey würde niemals freiwillig mit ihr zum Ball gehen. Seltsamerweise interessierte es sie zum ersten Mal so gar nicht, was Pam dachte.

„Ich finde, in Petticoats wirke ich immer so dick", murmelte Erin. Gleichzeitig holte ihre Mutter eine Haarspange aus einer Schublade der Schminkkommode hervor.

„Unsinn, in dem gelben Petticoat, welches du am Tag des Golfturniers getragen hast, hast du wie eine schöne Prinzessin gewirkt." Sie begann Erins Haare zu toupieren.

Erin seufzte schwer. Das Kleid hatte ihr damals nicht gerade viel Glück gebracht. „Vielleicht sollte ich doch nicht gehen."

„Humbug! Wieso denn nicht? Erin, du solltest dir ein wenig Spaß in deiner Jugend gönnen. Sobald du auf dem College bist, einen netten Mann kennenlernst und ihn heiratest, wirst du dir solche unsinnigen, aber lustigen Abende herbeisehnen."

Heiraten, Kinderkriegen…Erin wollte gar nicht wieder darauf eingehen, dass ihre Mutter eine erfolgreiche Karriere für eine Frau erneut ausschloss.

„Alle hassen mich dort."

„Alle werden eifersüchtig sein. Vor allem wegen Harvey. Er ist ein furchtbar attraktiver Bursche." Dann lächelte sie verschwörerisch. „Und dann werden sie dich sehen. Du wirst selbstbewusst und wunderschön aussehen, Erin. Du wirst das hübscheste Mädchen der ganzen Schule sein."

Ihre Tochter nickte zwar, wirkte jedoch keinesfalls überzeugt. „Erin, glaube mir, wenn ich sage, wie wunderschön du aussiehst", fuhr Jordan fort, sie begann das Haar ihrer Tochter abzuteilen und mit der Spange hochzustecken.

„Ich habe das Gefühl, ich sehe aus wie ein Clown."

„Ich finde eher, du gleichst der wunderbaren Grace Kelly."

Zufrieden betrachtete Jordan ihre Tochter im Spiegel. Ihre blonden Haare waren toupiert und hochgesteckt. Das Make-up dezent in Erdtönen aufgetragen, doch hob es all ihre Attribute hervor. Als nächstes forderte sie Erin auf ihr Kleid zu nehmen, aus dem Morgenmantel zu schlüpfen und es anzuziehen.

Nachdem dies passierte, begutachtete sie ihre Tochter ein letztes Mal.

Lächelnd meinte sie: „Jetzt würde selbst Grace Kelly vor Neid erblassen. O Erin, du bist so wunderschön."

Etwas zurückhaltend betrachtete Erin sich im Spiegel. Ja, sie musste ebenfalls zugeben, das Kleid und Make-up standen ihr. Als ihre Mutter ihr dann auch noch ihre Perlenohrringe und die dazugehörige Kette umlegte, hatte sie zum ersten Mal in ihrem Leben das Gefühl, wirklich hübsch zu sein.

Harvey wartete bereits in der Eingangshalle auf sie. Als er Erin erblickte, staunte er nicht schlecht. Auch wenn sie stets ein wenig befangen wirkte, so schritt sie langsam die Treppe herunter, wo Harvey mit einer Ansteckblume und weit aufgerissenen Augen stand.

„Du…du siehst großartig aus", stammelte er.

„Danke", erwiderte Erin etwas zurückhaltend. „Du auch."

Kurz darauf machte Jordan ein Foto von den beiden. Sie wünschte, Stan könne hier sein und den Moment gemeinsam mit ihr erleben, aber rief er kurz zuvor an und meinte, er arbeite länger.

Jordan weigerte sich darüber nachzudenken, ob er tatsächlich arbeitete oder vielleicht sein kleines Betthäschen besuchte.

„Geh schon mal zu Harveys Auto, Liebling", bat Jordan. „Ich muss noch kurz mit ihm reden."

Erin nickte und verschwand. Schnell erklärte Jordan dem Jungen, wann Erin wieder zuhause sein musste und dass er seine Hände gefälligst bei sich lassen sollte.

„Ich passe gut auf sie auf, Jordan", versprach er. Dann holte er aus seiner Hosentasche ein paar Geldscheine heraus. „Ich denke, ich brauche das Geld nicht."

Lächelnd nahm Jordan das Geld entgegen. Er war eben doch ein lieber Junge.

7

Der Ball verlief im Grunde ziemlich erfolgreich für Erin. Jeder in der hübsch dekorierten Sporthalle, in der der Ball stattfand, betrachtete sie voller Eifersucht, sobald sie mit Harvey im Arm auftauchte. Selbst Pam und ihre Freundinnen erblassten vor Neid, nachdem sie Erin von oben bis unten abschätzig musterten.

„Wie viel Geld hat deine Mutter ihm dafür geboten, dich auszuführen?" keifte Pam, doch Erin war nicht wie sonst aus der Haut gefahren, sondern erwiderte selbstbewusst: „Im Gegensatz zu dir, sind weder Harvey noch ich käuflich."

Auch der Rest des Abends verlief ähnlich. Viele versuchten Erin zunächst zu piesacken, doch fiel es ihnen von Stunde zu Stunde schwerer. Schließlich waren glückliche Menschen schwer zu diskreditieren.

Harvey behandelte sie derweil den ganzen Abend wie eine echte Lady. Er tanzte mit ihr zu dem Drifters Lied *Save The Last Dance For Me*, brachte sie zum Lachen, machte mit ihr gemeinsame Fotos und berührte sie immerwährend leicht am Arm. Aus Mädchenmagazinen wusste Erin, er suchte so ihre Nähe, flirtete sogar mit ihr!

„Glaubst du, heute wird es passieren?" fragte Megan sie schließlich bei einer kurzen Tanzpause. Beide saßen an ihrem Tisch und quasselten aufgeregt über ihre Erfahrungen. „Deinen ersten Kuss, meine ich?"

Erin errötete. „Ich weiß nicht", erwiderte sie scheu, kicherte. „Aufhalten würde ich ihn nicht."

Schließlich brachte Harvey sie nach einem schönen Abend wieder nach Hause. Natürlich hoffte sie auf ihren ersten, richtigen Kuss. Bislang beschrieb sie sich selbst als ungeküsst. Etwas, was sie nicht mehr sein wollte, da selbst Megan bereits Erfahrung dahingehend machen durfte.

Nun standen beide leicht verlegen vor der Haustür. Ursprünglich schlug Erin Harvey vor, noch ein wenig im Auto sitzenzubleiben, doch wie es aussah, wählte sie ihre Worte nicht richtig, denn Harvey ging nicht auf ihre Annäherungsversuche ein. Im Gegenteil, er hielt ihr augenblicklich die Wagentür zum Aussteigen auf.

„Das war ein sehr schöner Abend", meinte Erin unsicher. „Ich habe mich niemals so amüsiert."

„Das freut mich", erwiderte Harvey lächelnd. Sanft nahm er ihre Hand in seine. „Ich auch nicht."

Sie grinste. „Ich denke nicht, dass sie mich nach diesem Abend weiter so behandeln wie bisher."

„Nein. Und wenn, dann kriegen sie es mit mir zu tun." Für eine kurze Zeit schwieg er, daraufhin meinte er: „Warum haben sie eigentlich damit angefangen? Also mit dem Hänseln?" fragte er.

Erin zuckte mit den Schultern. „Nun, ich bin niemals wirklich beliebt gewesen. Allerdings wurden sie ab dem Zeitpunkt gemein, nachdem ich vorschlug, einen Frauenverein zu gründen, der den Mädchen berufsvorbereitend dienen sollte. Pam und ihre Freunde interessierte es allerdings mehr zu lernen, wie man Cocktails für ihre zukünftigen Ehemänner mixt. Sie wollten Tänze mit Jungs veranstalten, um früh genug ihr passendes Gegenstück zu finden. Als ich daraufhin meinte, sie solle in eine gescheite Ausbildung investieren, weil so etwas viel klüger sei, fing sie an, ihre Freundinnen und alle anderen gegen mich aufzuhetzen."

Da war so typisch Erin. Aber genau das gefiel ihm so an ihr. Ihre konsequente Haltung, etwas aus ihrem Leben zu machen. „Aua, da hast du ihr wahrscheinlich richtig einen Kinnhaken verpasst – also sinnbildlich gesehen."

Erin grinste. „Nun, ich nehme meine Meinung nicht zurück. Eine Ausbildung oder wenigstens Grundkenntnisse in gewissen Dingen zu erlangen, ist wichtig, auch wenn du nach der Schule sofort heiraten möchtest. Was tut sie, wenn ihr Ehemann früh stirbt und sie nicht weiß, wie sie Steuern oder Rechnungen zahlen soll? Es ist doch nicht falsch einen Beruf zu erlernen. Ich meinte es nicht böse."

„Ich weiß. Ich finde die Denkweise gut. Als mein Großvater White starb, mussten Mom und Dad meiner Grandma alles zeigen. Granddad hat ihr so viel abgenommen und sie wollte nie etwas selbst lernen. Sie wusste nicht einmal über ihren Kontostand Bescheid."

„Führte sie kein Haushaltsbuch?"

„O doch, aber die Summe, die für den Haushalt bestimmt war, hatte Granddad ihr immer genannt. Sie hauswirtschaftete also mit jener Summe.

Wie viele Steuern oder andere Ausgaben anfielen…das blieb alles Granddads Aufgabe."

„Eben. Genau das meine ich." Sie schüttelte den Kopf. „Aber genug davon. Ich will den schönen Abend nicht über Gedanken an Pam vermiesen." Sie grinste.

Erneut schwieg Harvey für eine Weile. Schließlich bemerkte er ihr leichtes Frösteln. Er sagte: „Erin, ich…ich denke wir sollten reingehen, sonst wird dir noch zu kalt."

Sie nickte. Dabei war der einzige Grund, warum ihr fröstelte, Harveys kalte Schulter. Enttäuscht holte sie Luft. „Na gut."

Obwohl er ganz klar ihre Enttäuschung spürte, weil er ihr keinen Abschiedskuss anbot, versuchte Harvey sich einzureden, das richtige zu tun. Ursprünglich wollte er seine Freundin zurück und der heutige Abend sollte bloß Erin wegen geschehen.

Dennoch kam er nicht umher zu erkennen, wieder den gesamten Abend kein einziges Mal an seine Exfreundin, sondern stets an Erin gedacht zu haben. Wie umwerfend sie doch aussah, wie weich ihre Lippen sich anfühlen mussten.

Ach was, dachte er, was konnte ein kleiner, harmloser Kuss schon schaden? Schließlich war er ein freier Mann! Mutig beugte er seinen Kopf in Richtung ihrer Lippen. Sein Mund senkte sich langsam auf den Ihren und verharrte einige Sekunden dort, bis er sich wieder von ihr löste.

Leicht lächelnd meinte er: „Na wenn das kein gutes Ende eines wunderschönen Abends ist." Fragend neigte er den Kopf. Erin schwieg, allerdings wirkte sie eher verträumt als beleidigt oder enttäuscht.

„Weißt du, in Frankreich, da küsst man sich zweimal zum Abschied", begann er, senkte seine Lippen erneut auf ihre. Diesmal umschlangen seine Arme ihren Körper.

Tiefenzufrieden schmolz Erin in seiner Umarmung dahin.

Sie konnte nicht sagen, jemals einen schöneren Abend wie den heutigen erlebt zu haben. Erin schwebte auf Wolke sieben. Seit heute Abend musste sie sich nicht mehr als ungeküsst betrachten. Im Gegenteil, sie wurde auf eine Art geküsst, die ihr Herz beinahe zum Explodieren brachte! O ja, auch jetzt klopfte es noch wie ein Vorschlaghammer, obschon Harveys Lippen nicht mehr auf ihren lagen. Vielleicht trieb dies auch die Schmetterlinge in ihrem Bauch an, weiterhin zu flattern, als wären sie dabei, einen kleinen irischen Tanz zu vollziehen.

Ja, in diesem Moment schien alles perfekt.

Und genau deshalb stand das Kartenhaus kurz davor, wieder zusammenzubrechen.

Sobald Erin träumerisch ins obere Stockwerk tänzelte, sprang Jacob aus seinem Versteck heraus. Er hatte den ganzen Abend auf die Rückkehr seiner Schwester gewartet. Er war so wütend auf Harvey gewesen, dass dieser seine Scharade tatsächlich durchzog. Bis zuletzt glaubte er, Harvey wäre ein guter Kerl und würde nicht tun, was seine Mutter ihm sagte. Aber er tat es! Er ging mit Erin aus, weil er Geld dafür bekam. Und zu allem Übel küsste er sie dann auch noch! Wie abgebrüht konnte man sein?

„Harvey! Stehenbleiben!"

Harvey drehte sich um und entdeckte den Jungen, der ihn grimmig anstarrte. „Was ist los, Jacob?"

„Ich weiß genau, dass du Geld von Mom genommen hast, damit du Erin ausführst und das finde ich echt zum kotzen! Erin ist ein liebes Mädchen und hat deine ekelhaften Manieren nicht verdient. Und dann bist du so dreist und küsst sie auch noch! Wie viel war das für Mom wert, hä?"

„Jacob, das ist nicht so wie es aussieht...", versuchte Harvey zu erklären.

Jacob hingegen, ließ nicht locker. „Ach nein? Du hast also kein Geld dafür bekommen, um sie auszuführen?"

„Doch...aber...ich habe es nicht mehr. Ich habe es zurückgegeben, sowie ich sie sah und...das hört sich natürlich alles ein wenig schäbig an, aber..."

Auch wenn man eher den älteren Brüdern den Beschützerinstinkt nachsagte, Jacob stand dem in nichts nach. Wer sich mit seiner Schwester anlegte, legte sich auch mit ihm an! „Es ist schäbig. Du kannst froh sein, dass Erin dich genommen hat! Du hast sie nämlich kein bisschen verdient, du Arschloch!"

Langsam wurden die Beleidigungen Harvey zu bunt. „Jacob, jetzt hör mal..."

Beide konnten nicht ahnen, wie Erin oben an der Treppe den Streit mit Tränen in den Augen verfolgte.

Pam hatte Recht gehabt! Ihre Mutter hatte Harvey bezahlt mit ihr auszugehen. All seine Komplimente waren nichts weiter als reine Lügen gewesen. Es gab keinen einzigen Jungen auf dieser Welt, der es ernst mit ihr meinte!

Gerade noch sprühte sie vor Freude, jetzt aber fühlte es sich an, als habe man ihr einen Tritt direkt in den Magen verpasst. Harveys Kuss war nichts weiter wert, als eine dicke fette Scharade! Er wurde bezahlt mit ihr auszugehen, mit ihr zu tanzen, sie in seinen Armen zu halten und sogar zu küssen!

Ihr wurde schlecht. Ihr erster Kuss hatte ihr so viel bedeutet und nun wurde alles zunichte gemacht. Gedemütigt wischte sie sich ihre Tränen mit der Hand fort.

„Erin, du bist wieder da, wie schön. Wie war der Ball?"

O Gott, dachte Erin, ihre Mutter konnte sie jetzt am wenigsten ertragen! Die Frau, die Männer dafür bezahlen musste, Zeit mit ihrer Tochter zu verbringen.

Sie handelte in einer Art Kurzschlusshandlung.

Schluchzend sprang Erin auf, rannte die Treppe herunter, direkt heraus aus der Tür in die dunkle Nacht hinaus.

Harvey und Jacob, welche stets unten stritten, hörten abrupt mit ihrem Disput auf, und auch Jordan rannte nun die Treppe herunter, verwirrt, weil sie nicht wusste, was da gerade eigentlich geschah.

„Kann mir jemand erklären, warum deine Schwester tränenüberströmt aus dem Haus gelaufen ist?" fragte sie die Jungen barsch.

Jacob schluckte. „Sie weiß von dem kleinen Deal zwischen dir und Harvey."

Fortsetzung folgt...

BOOKISODE 6

Wo ist Erin?

1

Sie wusste nicht, wieso sie genau dorthin flüchtete. Möglicherweise hoffte sie, den netten Barkeeper Joe noch einmal anzutreffen, und mit ihm über ihre Probleme zu reden, genau wie letzte Woche. Oder aber ihren Vater vorzufinden, der eventuell aus irgendeinem Grund dort seine Zeit vertrödelte.

Nun jedoch saß Erin schluchzend im County Club ihrer Eltern, verloren und allein. Keine Menschenseele war mehr zugegen und bisher hatte niemand sie entdeckt. Einige letzte Mitarbeiter des Clubs streunten stets herum, denn der Club war vierundzwanzig Stunden besetzt, da es neben dem Restaurant selbst, auch ein kleines Hotel für Mitglieder gab. Normalerweise gingen hier die Männer hin, die von ihren Frauen rausgeworfen wurden, oder diejenigen, die einfach zu betrunken waren, um wieder nach Hause zu fahren. Manchmal wohnten aber auch Gäste einzelner Mitglieder hier. Verwandte oder Geschäftspartner, die Unterschlupf brauchten.

Jetzt hockte eine bitterlich weinende Erin in der Ecke des großen Speiseraumes.

Harvey hatte sie hintergangen, ihre Mutter hatte sie hintergangen, ja selbst ihr Bruder, indem er alles wusste und ihr nichts sagte. Mit Sicherheit steckte ihr Vater ebenfalls hinter dieser ganzen Maskerade. In diesem

Moment saßen sie wahrscheinlich alle zu Hause und lachten über sie. Über ihre Naivität zu glauben, ein Junge könne sie tatsächlich für hübsch halten. Könne sie tatsächlich küssen wollen!

„Nanu, wer bist denn du und wieso weinst du dir deine hübschen Augen aus?"

Mit geröteten Augen blickte Erin hoch und erkannte einen ihr fremden Mann. Er war groß, durchweg attraktiv – ein wenig ähnelte er George Peppard, wie sie fand – und hielt sie sicher für verrückt. Sie selbst glaubte ja, ein wenig die überreagiert zu haben.

„Gehen Sie weg!" murmelte sie. „Ich will nur meine Ruhe."

„Ich denke kaum, dass ein junges hübsches Mädchen wie du einfach allein in der Dunkelheit sitzen sollte. Wie ist dein Name?"

„Erin", erwiderte sie leise. „Erin Adaire. Und ich bin nicht hübsch! Das habe ich erst heute wieder gemerkt."

Ungefragt setzte der Mann sich zu ihr auf den Boden. „Nun, Erin, ich darf von mir behaupten, bereits eine Menge Menschen im Leben getroffen zu haben. Ich kann es durchaus beurteilen, wer eine gewisse Attraktivität vorweist und wer nicht."

Vielleicht konnte er das. „Nur mache ich nichts aus mir, ich weiß." Die alte Leier kannte sie bereits auswendig. Wahrscheinlich würde dies nun auch wieder als Erklärung dienen.

Er musterte kurz ihr Kleid. „Das sehe ich anders. Ich glaube einfach, du hast zu wenig Selbstbewusstsein, mehr nicht. Du kannst aussehen wie du möchtest, doch brauchst du das gewisse Charisma, um deinen Stil zu verteidigen. Und das schaffst du, indem du dich wohlfühlst, mit dem was du trägst."

Nun blickte sie ihn interessiert an. Aus irgendeinem Grund hörten sich seine Worte anders an, als jene vom Rest. „Meinen Sie?"

Er nickte. „Ja. Sieh dir Bette Davis an. Alle sagten ihr, sie sei unattraktiv, ihre Augen seien zu groß, und doch ist sie nun erfolgreich und wird von Männern umworben. Sie wäre nicht sooft verheiratet gewesen, würden diese Männer sie nicht begehren."

„Mögen Sie Filme? Mein Onkel Nathan liebt sie ebenfalls. Mit ihm habe ich *Alles über Eva* im Kino gesehen. Der Film ist ellenlang, aber sehr gut. Und Marilyn spielt auch mit. Ich wäre gerne so hübsch wie sie."

„Dafür besitzt sie diese wahnsinnig traurigen Augen", erwiderte der Mann nachdenklich. „Egal in welchem Film sie spielt, ihre Augen strahlen eine gewisse Tristesse aus." Er seufzte. „Ich heiße übrigens Mike. Mike Hoffmann."

„Schön Sie kennen zu lernen", schniefte Erin, dankte Mike, als dieser ihr ein Taschentuch reichte. „Und Sie denken wirklich, mir fehle es bloß an Selbstvertrauen? Viele sagen, meine Kleider seien das Problem. Ich habe nicht jeden Tag so etwas wie das an, müssen Sie wissen."

„Doch heute schon, nicht wahr? Auch heute bist du niedergeschlagen und fühlst dich nicht genug geschätzt. Ergo liegt es nicht am Kleid, sondern an deiner Attitüde."

Erin nickte. Verlegen senkte sie den Kopf. „Meine Mutter hat jemanden bezahlt, um mit mir auf einen Ball zu gehen. Ich dachte wirklich, er mag mich." Sie zuckte mit den Schultern. „Er hat mich geküsst, müssen Sie wissen. Mein erster Kuss. Und nun muss ich erfahren, auch dafür wurde er bezahlt. Wahrscheinlich war es im Gesamtpaket enthalten."

„Nun, mit meiner Lebenserfahrung – dich ich bereits hinlänglich erwähnte – kann ich sicher sagen: Dieser Junge ist ein Idiot. Würde mein Sohn so etwas machen…ich würde ihm die Ohren langziehen." Plötzlich stutzte Mike. „Bist du deshalb hier? Weil du weggelaufen bist?"

Sie nickte. „Ich habe meiner Mutter nicht mehr in die Augen sehen können. Nicht, weil ich wütend auf sie bin, sondern weil ich mich meinetwegen schäme. Sie versucht immer mir zu helfen, aber…ich habe nur Bedenken. Wissen Sie, in Kleidern fühle ich mich stets so plump. Ich bin dick und –"

„Du redest ständig bloß von den Dingen, die du nicht an dir magst, Erin", unterbrach Mike sie sofort. „Was *magst* du an dir?"

„Gar nichts."

„Ich mag deine Augen. Sie sind wie die eines wunderschönen Rehs, nur in blau. Und ich mag deine Nase. Für so eine geradlinig geschwungene Nase, würden andere ihre Großmutter verkaufen."

„Ich mag meine Lippen", erwiderte Erin, welche langsam auftaute. Dieser Mike Hoffmann machte ihr ungefragt Komplimente, was ihr sehr gefiel. Er kannte sie nicht einmal, wollte sich dadurch keinen Vorteil erhoffen. Er tat es…ihretwegen. „Außerdem…", sie errötete, „habe ich etwas abgenommen. Gut, ich könnte kein Mannequin sein, doch sehe ich…"

„Wunderschön aus", vollendete Mike den Satz. Daraufhin lächelte er. „Erin Adaire, du bist wunderschön! Und alle, die das Gegenteil behaupten, sind neidisch. Und nun komm, ich gebe dir eine Cola aus, dabei rufen wir deine Mutter an. Sie wird sich schreckliche Sorgen machen."

2

Zur selben Zeit verbrachte auch Clark seine Zeit im Country Club. Betty war zuhause und er ertrug ihr selbstgefälliges Gerede einfach nicht mehr. Andauernd warf sie ihm vor, er sei ein nichtsnutziger Bastard, verdiene sie nicht. Dass er lieber mit anderen Frauen seine Zeit verbrächte, und dass sie ihn niemals geheiratet hätte, hätte sie vorher gewusst, wie schäbig er sich ihr gegenüber verhielte. Das übliche also.

Zum Teufel, er wünschte sich, sie würde nicht nur von Scheidung reden, sondern ihn darum bitten! Er sprach sie schließlich oft genug darauf an, doch Betty wollte sich weiterhin nicht die Blöße geben und einen solchen Skandal auf sich ziehen.

Wenn er an ihr Kennenlernen zurückblickte…Sie sprühte so voller Elan und Lebenslust, was ihn ihm den Wunsch weckte, sie augenblicklich vor den Traualtar zu ziehen. Ihre liebenswürdige, ja humorvolle Art, zog ihn sofort an. Und nun? Seit ihrer Eheschließung verwandelte sie sich immer mehr in ein gefrustetes, kleines Monster. Sie war unglücklich. Ja, mit Sicherheit stellte sie sich ein Leben als Ehefrau etwas anders vor. Einst steckte sie voller Tatendrang, wollte etwas erreichen, wusste aber auch, als Ehefrau in dieser Zeit konnte sie eben nur eines sein: Ehefrau.

Nicht nur ihm würde eine Scheidung gut tun, auch Betty. Verflucht, er würde Betty sogar ein verdammtes College bezahlen, damit sie endlich die Ausbildung bekäme, von der sie ihm bereits bei ihrem ersten Rendezvous berichtete: Jura zu studieren. Bei ihrem Kennenlernen arbeitete Betty als Anwaltsgehilfin in der Kanzlei ihres Vaters. Dennoch träumte sie immer davon, eines Tages selbst Jura zu studieren.

„Ein törichter Gedanke, ich weiß", meinte sie lächelnd, nachdem sie ihm diesen Traum bei ihrem ersten Rendezvous schilderte.

Clark jedoch empfand ihren Traum keineswegs als töricht. Im Gegenteil, er mochte es, wenn Frauen wussten, was sie im Leben wollten.

Auch jetzt glaubte er weiterhin, Betty wäre mit Sicherheit eine gute Anwältin geworden. So verbissen wie sie immerwährend vorging.

Gerade als er ein weiteres Mal an seinem Bier nippte, wurde er auf Mike Hoffmann aufmerksam. Zusammen mit ihm verbrachte Clark die letzten paar Stunden allein im Restaurant, ohne dass sie einander störten. Während Clark versuchte seinen Ehefrust loszuwerden, erledigte Mike stumm seine Arbeit bei einem lecker saftigen Steak.

Natürlich gab es die obligatorische Vorstellung beieinander, doch Clark konnte keine wirkliche Beziehung zu dem Mann aufbauen. Dennoch stutzte er auf, sowie er Hoffmanns herumschäkern mit Erin Adaire bemerkte.

„Ich danke Ihnen wirklich", sagte Erin just, „nicht viele sind so freundlich zu mir."

Mike lächelte bloß und bestellte dem Mädchen eine Cola.

„Meine Mom wird froh sein, wenn ich wieder nach Hause komme."

„Wir rufen deine Mutter am besten an und bitten sie dich abzuholen. Vielleicht solltet ihr hier eure Differenzen klären. Sozusagen auf *neutralen* Gebiet."

Clark grinste verschlagen. Da war die kleine Erin also von zuhause weggelaufen. Und anscheinend starb Jordan – zu Recht – vor Sorge. Sofort witterte er eine weitere Chance, seiner Angebeteten näherzukommen.

„Ob mein Dad wohl auch zuhause ist? Ach herrje, er wird sicher richtig wütend auf mich."

Lächelnd stellte Clark zufrieden fest, seine Quellen besagten, Stan verweile zu dieser Stunde sicher nicht im heimischen Haus. Ergo bewohnte Jordan momentan allein das Anwesen. Das war seine Chance. Stan war nicht da und er konnte Jordan somit als Helfer in der Not beeindrucken.

Sofort machte Clark sich unbemerkt vom Acker. Endlich war seine Zeit gekommen. Und Jordan musste mittlerweile verrückt vor Angst sein.

3

„Wie bitte, ich soll was tun?"

Nachdem sich Clark ein Telefon im Club suchte, wählte er augenblicklich Jill an. Diese nahm den Hörer nach dem dritten Klingeln ab. Aber da Clark im Hintergrund Stan ausfindig machte, bat er sie, den Anruf irgendwo anders zu führen. Deutlich genervt belog sie Stan, es handle sich bei dem Gespräch um ihren Chef und ihre neue Schichten im Club, weshalb sie ihre Ruhe brauchte, um alles mit ihm zu klären.

Augenscheinlich murrend schleppte sie das Gerät daraufhin ins Bad und hinterließ einen Kabelsalat in der gesamten Wohnung, was sie Clark mehr oder minder murrend vorwarf.

„Außerdem hängt das Kabel in der Tür, ich kann sie nicht ganz schließen", flüsterte sie genervt.

„Das ist mir egal, ich werde ohnehin die meiste Zeit reden. Mir war nur wichtig, dass er nicht lauscht."

Jill seufzte. „Was gibt's?" fragte sie, studierte gelangweilt ihre Fingernägel. Sie sollte unbedingt mal wieder zur Maniküre, doch das Trinkgeld ließ diesen Luxus momentan nicht zu.

Blöde Geizhälse.

„Wann will er nach Hause aufbrechen?"

Jill brauchte nicht nachhaken, wen Clark mit *er* meinte. „In den nächsten paar Minuten, warum? Führst du jetzt Buch wie so ein Perverser?"

„Nein. Erin, Stans kleines Mädchen, ist abgehauen. Bislang weiß ich den Grund nicht, allerdings wird Jordan verrückt vor Sorge sein. Taucht Stan auf, werden sie gemeinsam als Familie suchen. Bleibt er allerdings weiterhin unauffindbar für sie..."

Clark ließ den Satz auslaufen. Auch Jill hatte Lunte gerochen. „Es wird sie weiter voneinander entfernen."

„Bingo! Wenn du es schaffst, ihn in etwa anderthalb Stunden lang abzulenken, habe ich genug Zeit, mir Jordan zu schnappen und Erin zu finden."

„Du weißt also, wo sie ist?"

Er schnaubte. „Sicher. Sie ist hier im Club." Plötzlich lachte er. „Ach herrje, du scheinst dir nicht unbedingt die größten Sorgen um die Kinder deines Bettgefährten zu machen, wenn du bis gerade dachtest, sie sei spurlos verschwunden."

Um ehrlich zu sein...nein. Aber zu Jills Verteidigung konnte sie hervorbringen, nicht einmal genau zu wissen, wie Stans Bälger überhaupt aussahen. „Weißt du, wie oft ich mich als Teenager rausgeschlichen habe? Ich bin mich damals für jeden verdammten Film mit James Dean aus dem Fenster geklettert, weil meine Mutter glaubte, der Mann führe die jungen Mädchen direkt ins Verderben."

„Nun, er starb nicht als alter Mann."

„Als ob er der einzige ist, der durch einen Autounfall draufgeht. Das passiert täglich und ist kein Anzeichen dafür, ein schlechtes Vorbild für Teenager zu sein."

„Ich sehe, du gehörst zur Dean-Crew."

Jill grinste. „Was hätte ich dafür gegeben, die Judy in seinen Armen zu sein. Natalie Wood hatte verdammtes Glück."

Sie spielte auf den Film: *Denn sie wissen nicht, was sie tun*, an. Einen der wenigen Filme, den sie beinahe auswendig mitsprach.

Clark schnalzte mit der Zunge. „Fein. So oder so, schaffst du es, ihn zu beschäftigen oder nicht?"

Jill sah an sich herunter. Sie trug ein seidenes Negligee unter einem billigen, doch recht ansehnlichen Morgenmantel mit Spitzenumrandung. Es bedurfte eventuell eine leichte Auffrischung, was ihr Make-up betraf, doch ansonsten gab es keinen objektiven Grund, Stan nicht aufzuhalten.

„Verlass dich auf mich. Ich habe mein Repertoire an Verzögerungsstrategien."

Diese Antwort gefiel Clark sehr. „Das ist mein Mädchen!"

Tatsächlich verging Jordan beinahe vor Angst um ihre Tochter. Nachdem Erin nach fünfzehn Minuten nicht wieder zu Hause auftauchte und Jordan erfolglos die ganze Nachbarschaft, einschließlich des leerstehenden Dechsler-Hauses, auf der Suche nach ihrer Tochter durchforstete, rief sie verzweifelt ihre Freundin Megan an.

„Zum Glück besitzt das Mädchen nur wenige Freunde, sonst säße ich morgen noch am Telefon", murmelte sie und kam sich bei diesem Gedanken gleich schäbig vor.

Auch Harvey war mit seinem Auto losgefahren und suchte zusammen mit Jacob in Diner oder in Kinos nach ihr. Bisher vergebens.

Betrübt blickte Jordan auf ihre Uhr. Es war bereits nach halb zwölf! Wo konnte das Mädchen nur sein? Und vor allem, wo trieb sich ihr lasterhafter Ehemann herum?

„Verdammt!" brüllte sie, nachdem Megan ihr versicherte, Erin das letzte Mal an diesem Abend auf dem Ball gesehen zu haben.

Voller Sorge rannte Jordan ins Wohnzimmer, um ihre Sorgen im Alkohol zu ertränken. Wo konnte das Kind bloß stecken? Es war gefährlich für sie da draußen. Gott-Weiß-Wer lauerte in den dunklen Ecken, auf der Suche nach einem hübschen, jungen Mädchen.

Vor Angst gepackt, schüttete sie den bereits vorbereiteten Martinimix in ein Glas und trank einen großen Schluck.

„Wo ist dieser elende Mistkerl hin?!" murmelte Jordan. Damit meinte sie Stan. Sie brauchte ihn jetzt. Ihre Tochter war verschwunden und sie konnte ihn nicht einmal erreichen, um ihm dies mitzuteilen. Weder im Büro noch im Club ging jemand ans Telefon.

O Gott, allein die schrecklichen Gedanken in ihrem Kopf machten sie wahnsinnig. Was Erin alles passieren konnte! Man könnte sie entführen, vergewaltigen, ermorden…und das alles nur, da Jordan sie zu diesem dämlichen Ball drängte!

Was konnte man denn anderes erwarten, als dass Erin gedemütigt abhaute, nachdem sie erfuhr, ihr Rendezvous wurde für den Abend bezahlt, bloß um mit ihr auszugehen. Gut, Harvey gab ihr das Geld zurück, dennoch hatte sie anfangs ihre Tochter praktisch an ihn verkauft!

„Du bist nicht besser als Hilary!" beschimpfte sie sich selbst. Sie spielte auf ihren schrecklichen Vormund und Stiefmutter an, welche sie über Jahre malträtierte.

Es half kein betteln und kein flehen, sie musste die Polizei informieren.

Bevor sie das tun konnte, klingelte es plötzlich an der Haustür.

Ihr Herz machte einen Satz, in der Hoffnung, ihre Tochter sei endlich wiedergekommen. Doch als Jordan die Haustür öffnete, kam ihr Clark entgegen.

„Clark", hauchte sie und wusste nicht, wie enttäuscht sie eigentlich klang. „Hör zu, dein Besuch ist wirklich nett, aber…"

Sofort wirkte er alarmiert. „Jordan, alles in Ordnung? Du wirkst so blass."

Ungefragt trat er in ihr Haus, Jordan konnte und wollte nichts darauf erwidern. Sie machte sich so furchtbare Sorgen um ihre Tochter, sodass sie gar nichts mehr anderes tun konnte, als in Tränen auszubrechen.

Sofort nahm Clark sie in den Arm, wiegte sie hin und her. „Jordan", sagte er mit besorgter Miene, „was ist los?"

„Erin! Sie ist weg! O Gott, ich rufe jetzt die Polizei."

Schluchzend versuchte sie sich aus seinem Griff zu befreien, aber er hielt sie fest an den Armen. „Jordan, was ist hier passiert? Was ist mit Erin? Wieso ist sie fort?"

„Wegen mir!" rief sie erschüttert. „Weil ich sie wieder einmal zu einem kleinen, perfekten Mädchen machen wollte und nicht gemerkt habe, wie sehr ich sie damit verletze!"

„Also ist sie weggelaufen?" hakte er nach. Sie nickte. „Nun, hast du bei all ihren Freunden angerufen?"

„Natürlich", fuhr sie ihn an. Rüde riss sie sich von ihm los. „Überall."

„Wo ist Stan?"

Für einen kurzen Moment sagte sie nichts, dann: „Ich weiß es nicht."

Clark atmete einmal tief durch. „Nun, vielleicht ist sie bei ihm. Er ist doch oft im Country Club. Eventuell ist sie dorthin gelaufen."

Blitzartig fuhr Jordan herum. „Im Club? Sie geht niemals in den Club." Und angerufen hatte sie dort ebenfalls bereits.

„Aber Stan. Womöglich brauchte sie einfach ihren Daddy. Hör zu, bevor wir die Polizei behelligen, suchen wir dort. Komm, Jordan, lass uns keine Zeit verlieren."

Jordan nickte, grapschte sich die Tasche und kam mit ihm mit. Schaden konnte es kaum.

Sie hörten nicht mehr wie das Telefon zu klingeln anfing.

4

„Deine Mutter geht nicht ans Telefon. Ist sie sicher zuhause?" fragte Mike Erin wenig später, nachdem er bereits dreimal versuchte Jordan zu erreichen.

„Ja, natürlich. Außer, sie sucht mich." Auf einmal bekam Erin ein furchtbar schlechtes Gewissen. „Mr. Hoffmann, was habe ich nur getan?"

Mitfühlend tätschelte er ihre Hand. „Dass, was man nun mal als Teenager tut: Überreagieren. Wobei, bei dieser Geschichte würde ich wohl auch überreagieren."

Er war so nett, so furchtbar nett, sagte sie sich. Warum konnte Harvey nicht genauso nett zu ihr sein? Oder ihr wenigstens ganz deutlich mitteilen, ob er sie wollte oder nicht. Warum spielte er ihr diese Scharade vor? Eine solche Scharade tat viel mehr weh, als wenn er ihr einfach sagen würde, dass es zwischen ihnen niemals zu mehr als Freundschaft käme.

„Ich danke Ihnen für alles, Mr. Hoffmann", sagte sie. „Aber ich denke, wenn meine Mom nicht ans Telefon geht, werde ich wohl lieber wieder nach Hause gehen."

„Ich werde dich fahren."

Gerade als Mike seine Jacke aufnahm, flog die große Eingangstür des Restaurants auf. Jordan brauchte nur geradeaus zu schauen, da entdeckte sie ihre Tochter. Sofort wurde ihr vor Sorge gepeinigtes Gesicht wieder weich.

„Erin!" schrie sie. Augenblicklich rannte sie zu ihr, fiel ihrer Tochter in die Arme. „Mach das nie mehr wieder, hörst du? Ich habe mir solche Sorgen um dich gemacht."

Auch wenn es ihr sichtlich schwerfiel, löste Erin sich von ihrer Mutter. „Es tut mir leid, ich war nur so…"

„Beim nächsten Mal müssen wir unbedingt miteinander sprechen. Ich habe Fehler gemacht, aber…"

„Nein, ich habe überreagiert. Ich meine, es ist doch nicht deine schuld, wenn Harvey käuflich ist."

Jordan holte einmal tief Luft. Sie musste ihre Worte nun sorgsam planen. „Schätzchen, Harvey hat kein Geld genommen. Oder besser gesagt: Er gab es mir zurück."

Erin nickte. „Trotzdem war es falsch von ihm. Es hat mich verletzt." Daraufhin sah sie zu Mike Hoffmann. „Mom, das ist Mr. Hoffmann. Er hat auf mich aufgepasst und immer wieder bei dir angerufen."

Jordan blickte nun zu Mike und lächelte freundlich. „Danke", sagte sie. „Ich hoffe, wir haben Ihnen keine zu großen Umstände gemacht."

„Nein", versicherte Mike, ohne den Blick von Jordan zu lassen. „Ich hoffe doch, Mr. Adaire macht sich keine Sorgen mehr."

„Stan?" Plötzlich spannte Jordan sich merklich an. „Nein. Jetzt nicht mehr."

Für einen Augenblick schaute Mike zu Clark, der etwas weiter von den beiden Frauen entfernt stand, dann jedoch wanderten seine Augen wieder zu Erin. „Es hat mich sehr gefreut, Erin", meinte er lächelnd. „Denk an unser Gespräch. Mrs. Adaire? Es war mir eine Freude. Grüßen Sie Ihren Mann von mir. Ich werde mich bezüglich unseres Arbeitsverhältnisses erneut bei ihm melden." Er reichte ihr die Hand, Jordan umfasste diese mit beiden Händen.

„Vielen Dank, Mr. Hoffmann. Ach, kommen Sie doch morgen zum Abendessen bei uns vorbei und –" Doch Jordan wurde von Mike unterbrochen.

„Das wäre wunderbar, aber leider bin ich morgen wieder auf dem Weg nach Berlington, um den Partnern die Ergebnisse meiner Reise mitzuteilen. Aber falls Sie eines Tages dort sind, so sind Sie herzlich bei uns eingeladen. Auf Wiedersehen."

Damit verabschiedete sich Mike von allen Beteiligten.

„Er war sehr nett, Mom", murmelte Erin, die sich wieder in die Arme ihrer Mutter schmiegte.

„Ich weiß", erwiderte Jordan. Schließlich machten sie sich wieder auf den Weg zum Auto.

„Wir sollten langsam umkehren und Jordan fragen, ob sie schon etwas von Erin gehört hat. Vielleicht ist sie mittlerweile wieder aufgetaucht."

Obwohl Harvey und Jacob seit über einer Stunde in Harveys Auto herumfuhren und nach Erin suchten, fanden sie bislang keinerlei Spur von ihr.

Jacob kochte weiterhin vor Wut über Harveys Betrug an seiner Schwester. Er allein war schuld daran, dass Erins Herz in Scherben lag. Möglicherweise tat er es des Öfteren ab, aber Jacob bemerkte ganz gut, wie sehr es Erin mitnahm, von so wenigen in der Schule gemocht zu werden. Es hatte sie glücklich gemacht, als sie glaubte, es gäbe jemanden, der sich für sie interessierte. Dass sie nun erneut auf einen solchen Schurken hereinfiel, musste ihr wirklich wehtun.

Und dass es gerade Harvey sein musste, machte die Sache nicht besser. Schließlich kannten sie einander seit Kindestagen.

„Suchen wir doch lieber eine Telefonzelle oder so", schlug Jacob vor.

„Ich will keine Zeit verlieren, nur weil wir nach Hause fahren."

Harvey seufzte. „Wir wissen doch gar nicht, wo sie hin ist, Jacob. Wir fahren nutzlos in der Gegend herum."

„Ach, und zuhause finden wir dann den magischen Schlüssel ins Wunderland und wissen genau, wo sie ist?" Jacob schnaubte. „Wärst du kein käufliches Arschloch gewesen, wäre das alles nicht passiert."

Abrupt trat Harvey auf die Bremse. Jacob fiel mit einem Ruck nach vorne, der Sicherheitsgurt schnitt sich schmerzhaft in sein Fleisch. Zum Glück benutze er den Gurt, dachte er sich, das tat nicht jeder heutzutage.

„Jetzt hör mir mal zu!" fauchte Harvey, seine Finger umklammerten das Lenkrad, doch seine Augen waren weiterhin auf die Straße gerichtet. „Ich weiß, ich habe Mist gebaut, aber es war niemals meine Absicht, Erin irgendwie zu schaden. Von Anfang an habe ich deiner Mom gesagt, ich wolle meine Freundin zurück."

„Trotzdem lässt du dich bezahlen!" Jacob klang nun weniger wütend, sondern enttäuscht. „Was ist denn so schlimm daran gewesen, Erin einfach einen netten Abend zu schenken? Sie wäre glücklich auf ihr

Zimmer getänzelt und mit fröhlichen Gedanken eingeschlafen. Wieso um alles in der Welt hast du Geld von meiner Mutter nehmen müssen? Ihr kennt euch seitdem ihr klein wart! Dieses Rendezvous hätte auch ein einfacher Freundschaftsdienst sein können. Und überhaupt, wenn du deine Freundin zurückhaben möchtest, warum küsst du dann Erin?"

Harveys Kopf fuhr zu Jacob herum. „Es ist kompliziert. Das verstehst du nicht."

„Es ist also kompliziert ein Arschloch zu sein?"

Harvey fluchte ungehalten. „Nenn mich nicht so, Jacob! Ich wollte überhaupt kein Geld, deine Mom hat es mir gegeben! Und ich gab es ihr zurück. Zugegeben, ein wenig zu spät, aber ich tat es! Und was den Kuss betraf…hast du niemals gedacht, du wolltest etwas haben, nur um dann zu merken, dass etwas anderes viel besser sein könnte? Ich mag Erin! Und vielleicht zum ersten Mal in meinem Leben habe ich sie nicht nur als eine Art Schwester gesehen, sondern wirklich als Frau!

Es tut mir unsagbar leid, was heute Abend passiert ist, denn ich wollte sie niemals verletzen. Glaubst du wirklich, ein Arschloch würde jetzt auf die Suche nach ihr gehen?"

„Nein", erwiderte Jacob kleinlaut. „Tut mir leid."

Harvey nickte. „Glaub mir, mir tut es noch viel mehr leid. Denn so oder so: Mir wird Erin niemals verzeihen. Und weißt du was? Genau das verdiene ich vielleicht auch gar nicht."

Jacob seufzte. Vielleicht hatte Harvey doch Recht, vielleicht sollten sie erst einmal nach Hause fahren und sich überlegen, wie sie weiter vorgingen. Wahrscheinlich rief seine Mutter ohnehin bereits die Polizei.

5

uhause angekommen ließ Jordan ihre Tochter schon ins Haus, sie selbst wollte noch mit Clark sprechen.

„Clark, ich danke dir vielmals dafür, dass du uns heute geholfen hast", sagte Jordan.

„Erin fand meine Anwesenheit seltsam", erwiderte er. „Das kann ich nachvollziehen, sie wollte mit Sicherheit lieber ihren Vater bei sich wissen, als einen Freund der Familie."

Jordan erwiderte nichts darauf. Sie wusste selber, was für ein großer Idiot Stan war. In der letzten Zeit fragte sie sich des Öfteren, wie ihre Zukunft erst aussähe, wenn sie ihre Ehe bereits jetzt als Belastung betrachtete.

„Du wusstest, wo sich Erin aufhielt, nicht wahr?" fragte sie leise. Die gesamte Rückfahrt bereits, grübelte Jordan über diesen Fakt nach.

Es war nicht normal, Jugendliche einfach im Country Club ihrer Eltern anzutreffen, außer sie gingen einer Freizeitbeschäftigung nach. Normalerweise gab es haufenweise andere Orte, zu denen sie liefen. Dazu kam, dass Clark niemals so spät am Abend einen Höflichkeitsbesuch abstattete. Zunächst übersah sie all diese Sachen, aufgrund der Sorge, die sie überrannte. Nun aber wurde ihr alles klar.

„Ja", gestand dieser. „Es tut mir leid, falls du dich getäuscht fühlst."

Nicht getäuschter als von Stan. „Wieso? Weshalb hast du nichts gesagt?"

Clark seufzte. Beschämt senkte er den Kopf. „Ich kann nicht oft vor einer schönen Frau als Held dastehen. Jordan, ich…es ist kein Geheimnis, wenn ich dir sage, wie gern ich dich habe."

O Gott, nein, sie ahnte, irgendwann dieses Gespräch führen zu müssen. Aber warum jetzt? Nach einem solchen Tag? „Wir beide sind verheiratet."

„Und wir beide sind unglücklich", sagte er. Er spürte, wie Jordan sich versteifte. „Ich weiß sicher, dass ich es bin. Und dir kann ich es auch ansehen. Schließlich entdecke ich Stan hier nirgendwo."

„Er arbeitet", wich Jordan aus.

„Wäre meine Tochter verschwunden, würde ich an erster Stelle meinen Ehepartner anrufen. Das wirst du getan und Stan nicht erreicht haben. Jedenfalls nicht im Büro."

„Woher willst du das wissen?!" zischte sie.

„Weil ich weiß, wie sehr er seine Kinder liebt." Und das wusste er wirklich. „Er wäre gekommen, hättest du ihn erreicht. Doch das hast du nirgendwo. Denn er hat dir nicht erzählt wo er sich wirklich aufhält."

„Er hat sich sicher bloß…"

„Such keine Entschuldigungen für ihn!" fauchte Clark, dabei fühlte sich sofort dreckig, da er so grob mit Jordan umsprang. Seufzend erklärte er: „Entschuldige. Ich meine nur, ich kann nicht mitansehen, wie sehr dir sein Verhalten ans Herz geht. Jordan, ich…ich glaube, ich habe mich in dich verliebt."

Einen Moment lang sagte keiner der beiden etwas. Schließlich räusperte Jordan sich. „Clark…selbst wenn Stan mir egal wäre, könnte ich so etwas Betty niemals antun."

„Betty weiß, ich möchte die Scheidung. Sie ist diejenige, die sich weigert. Ich sehe beim besten Willen nicht ein, wieso ich ihretwegen leiden soll. Und ich sehe den Grund nicht ein, wieso du wegen Stan gezwungen bist zu leiden."

„Weil wir sie geheiratet haben und dies zu einer Ehe gehört, deshalb!" Aufgebracht drehte Jordan sich um und wollte aus dem Auto steigen, doch Clark hielt sie zurück.

„Er tut dir jeden Tag weh, Jordan", sagte er eindringlich. „So etwas *darf* einfach kein Teil einer Ehe sein!"

„Das geht irgendwann vorbei", erwiderte sie. „In guten wie in schlechten Zeiten, Clark. Momentan sind es schlechte Zeiten."

Plötzlich spürte sie seine Lippen auf ihren liegen. Einen Moment lang wusste sie nicht was sie tun sollte. Clarks weichen Mund auf ihrem zu spüren, fühlte sich gut an, so tröstlich. Seine Hand streichelte über ihre Wange. Wie gerne wollte sie sich in seine Arme schmiegen…Für einen Moment übermannte sie das Gefühl, endlich einmal alle Sorgen fallen zu lassen.

Doch gerade in dem Augenblick, in dem sie sich gehen lassen und Clarks Kuss erwidern wollte, erinnerte sie sich wieder an ihren Ehemann.

Stan betrog sie! Und sie konnte ihm nichts nehmen, ihn nicht zerstören, betrüge sie ihn ebenfalls.

Sofort stieß sie Clark von sich.

„Es geht nicht, es tut mir leid", murmelte sie verwirrt. Augenblicklich stieg sie aus dem Auto aus.

„Jordan, warte!" rief Clark hinterher. „Jordan!"

Doch Jordan wollte nichts mehr hören.

6

Nachdem sie sich zurück in ihr Haus verkroch, stellte Jordan zufrieden fest, auch Harvey und Jacob wieder im Hause willkommen zu heißen. Rasch stattete sie ihnen einen Besuch ab, teilte ihnen mit, Erin wiedergefunden zu haben. Dann schaute sie schnell bei ebendieser vorbei, um ihr eine gute Nacht zu wünschen.

Schließlich blickte sie auf die Uhr. Es war bereits weit nach ein Uhr morgens und Stan hatte sich bisher nicht einmal gemeldet. Nicht einen Anruf war sie ihm wert gewesen.

Mit Sicherheit besuchte er seine kleine Freundin, dachte sie enttäuscht. Sie brauchte sich nicht selbst zu belügen. Allein der Gedanke an Stans Betrug ließ sie sich nach einem Martini verzehren, den sie sich auch sofort mixte. Seine Tochter war den ganzen Abend verschwunden gewesen, aber Hauptsache er vergnügte sich.

Sie hätte ihn gebraucht! Sie hätte ihn bei sich gewollt! Er hätte ihr sagen müssen, dass alles gut werden würde. Er hätte mit ihr zur Polizei fahren müssen. Stattdessen ließ er sie mit ihrem Kummer allein.

Ein Vorzeigeehemann!

Und Clark? Sie wollte nicht an Clark denken, oder wie gut seine Anwesenheit ihr an diesem schrecklichen Abend half. Sie musste diese schrecklichen, widerspenstigen Gefühle verdrängen, also schüttete sie den halben Inhalt des Glases ihren Hals hinunter. Der verdammte Alkohol wärmte nicht nur ihre Kehle, sondern ließ sie auch vergessen. Den Schmerz, die Trauer und die Wut, welche sich in letzter Zeit immer mehr in ihr aufgebaute.

Und so trank sie weiter. Weiter, bis der Schnaps ihr ebenfalls half, friedlich in den Schlaf zu finden.

A m nächsten Morgen schlüpfte Erin früh aus dem Bett. In der Nacht traf sie eine Entscheidung. Sie wollte nicht länger das karge Mauerblümchen sein, welches von allen anderen nur geärgert wurde. Sie wollte endlich zeigen, wer sie eigentlich war. Sie wollte allen beweisen, was in ihr steckte.

Die graue Maus verabschiedete sich. Erin Adaire würde sich neu erfinden.

Dass dies bedeutete, bereits früh am Morgen darüber nachzudenken, welcher Rock zu welcher Bluse passte, daran musste sie sich erst einmal gewöhnen, dennoch würde sich die Mühe lohnen.

Die Kleidung ist der Spiegel zur Seele, las sie einmal. Jetzt wollte sie testen, ob dies der Wahrheit entsprach. Hatte sie sonst versucht, nicht unbedingt aufzufallen, wollte sie nun etwas mutiger sein.

Vielleicht hatte Mike Recht. Sie sollte zu ihrem Stil stehen. Was sollte passieren? Dass ihre Schulkameraden sie hänselten? Nun, damit kannte sie sich zu genüge aus. Nach gestern Abend kannte sie wirklich jede Stufe von Demütigung.

Freudig erregt lief sie nach unten in die Küche, wo Juanita bereits das Frühstück vorbereitete. Eine ganze Weile unterhielt sie sich mit ihr und erzählte ihr von dem Ball, dazu von ihrem neuen Vorhaben, endlich mehr aus sich zu machen.

„Das freut mich für die Miss", sagte Juanita lachend.

Ebenfalls freudig erregt machte Erin sich schließlich auf den Weg ins Esszimmer, wo sie unerwartet auf Harvey traf.

„Erin!" stieß er verwundert aus. Sogleich musterte er sie von oben bis unten. „Du siehst gut aus."

„Danke. Ich habe beschlossen, mich etwas mehr herauszuputzen", erwiderte sie. Sie kam nicht umher, sich in seiner Gegenwart etwas unbeholfen zu fühlen. „Damit meine Mutter niemanden mehr bezahlen muss, mit mir auszugehen."

Harvey stöhnte unmerklich auf. „Du musst wissen, ich...ich habe dieses Geld nicht genommen, weil ich dich nicht mag", sagte er deutlich, „sondern weil deine Mutter mich als deine Begleitung wollte, obschon ich ihr sagte, meine Freundin zurückhaben zu wollen."

„Deine Argumentation wird einfach nicht besser", erwiderte Erin, gleichzeitig wurde ihr stolz bewusst, wie selbstbewusst diese Antwort klang.

„Nein. Natürlich nicht. Aber...Erin, du sahst gestern wunderschön aus. Und jetzt ebenfalls, die ganze Zeit, verstehst du?" Er seufzte. „Und geküsst habe ich dich sicher nicht, weil ich dafür bezahlt wurde, sondern weil ich es wollte."

„Willst du jetzt dein schlechtes Gewissen mit Komplimenten wiedergutmachen? Oder mir erzählen, du hättest dich jetzt Hals über Kopf in mich verliebt?" Erin holte tief Luft. „Ich gebe ja zu, ich bin unsicher gewesen, sehr sogar. Und ich bin es sicherlich auch noch. Ich fühlte mich unwohl in meiner Haut, deshalb wollte ich keine Aufmerksamkeit und versank in Selbstmitleid. Aber ich werde mich ändern. Sobald ich in einigen Wochen in den Flieger nach Frankreich steige, werde ich mir dort die Zeit zur Erneuerung nehmen und sobald ich wiederkomme, werde ich das nicht nur selbstbewusster sondern auch gestärkter. Du hingegen bleibst weiterhin der Kerl, der sich kaufen lässt. Egal was du mir jetzt sagst, Harvey White, ich möchte dich die nächste Zeit nicht mehr wiedersehen."

Erin versuchte nicht auf Harveys gekränkten Blick zu achten, als sie ihm den Rücken zukehrte und verschwand.

Erst als sie sicher wusste, dass er ihr nicht nachging, legte sie ihre zitternde Hand auf ihr wildklopfendes Herz.

Zum ersten Mal hatte sie sich wirklich gewehrt! Dieses Glücksgefühl konnte sie gar nicht beschreiben.

Ursprünglich wollte Stan auf gar keinen Fall die gesamte Nacht mit Jill verbringen, doch er war einfach nicht von ihr losgekommen. Wie eine kleine Katze schmiegte sie ihren nackten Körper eng an seinen, sodass ihm keine Chance blieb sich von ihr loszureißen.

Auch wenn es ihm ein schlechtes Gewissen bereitete, die Nacht tat ihm gut. Nachdem die letzten Wochen so angespannt zwischen Jordan und ihm verliefen, genoss er die Zeit mit Jill einfach. Jill machte ihm weder Vorwürfe noch Vorhaltungen. Sie war einfach für ihn da. Er wusste nicht, wann so etwas das letzte Mal zwischen Jordan und ihm vorkam.

Nun jedoch trat er endlich wieder durch die Haustür seines eigenen Heimes, auf der Suche nach seiner Familie.

„Jordan?" rief Stan durchs Haus. „Jordan, ich bin wieder da! Entschuldige, dass ich erst heute Morgen komme, aber ich habe im Büro noch so viel zu erledigen gehabt und bin am Schreibtisch eingeschlafen."

Da sie ihm nicht antwortete, lief Stan die Treppe in den ersten Stock hoch. Womöglich schlief sie noch.

Nur mit Mühe unterdrückte er ein freudiges Pfeifen, als plötzlich die Schlafzimmertür aufgerissen wurde und Jordan mit dem Blick einer wilden Furie aus dem Zimmer stürmte.

Sofort schubste sie ihn blindlinks von sich weg. „*Du*...dass du dich noch hier hin traust, nach allem was gestern passiert ist!"

Natürlich dachte Stan zu allererst an die Nacht mit Jill, weshalb sich in seinem Magen urplötzlich ein Eisblock bemerkbar machte.

„Jordan, ich kann alles erklären", setzte er an. Auf einmal kam ihm ein seichter Geruch von Gin in die Nase. Sie hatte wieder getrunken. Das passierte in letzter Zeit einfach zu oft.

„Hast du getrunken?" fragte er also.

Nun wurde sie noch wilder. Hatte sie gerade noch das Antlitz einer Furie, so überfiel ihn nun das Gefühl einem Höllendämon gegenüberzustehen.

„Du elender Hurensohn!" kreischte sie. „Dass du es wagst, mir so etwas vorzuwerfen, wo ich die ganze Nacht über deine Tochter gesucht habe."

O Gott, was?! „Erin ist weg?!" rief er alarmiert.

„Nein, sie ist wieder da. Aber das ist sicher nicht dein Verdienst. Ich habe auf dich gewartet, dich angerufen, überall Bescheid gesagt, du sollst dich bei mir melden. Ich war krank vor Sorge, Stan. Stunden war sie fort und du...ich hätte dich gebraucht!"

Plötzlich schien ihre ganze Wut verraucht. Auf einmal wirkte Jordan nicht mehr stark, sondern nur noch müde und zerbrechlich. Stan fühlte sich elend. Während er mit Jill schlief, war seine Frau außer sich vor Sorge um ihre gemeinsame Tochter gewesen.

„Es tut mir leid, ich bin vollkommen erschöpft am Schreibtisch eingeschlafen", log er. Er ahnte nicht, wie sie Jills Lavendelduft an seiner

Kleidung wahrnahm, ihn so augenblicklich der Lüge entlarvte. „Wieso ist Erin weggelaufen und wo hat sie sich versteckt?"

„Es hat dich gestern nicht interessiert, also wird es dich heute auch nicht kümmern."

„Ich werde mit Erin sprechen, so ein Verhalten…"

Doch Jordan lachte bloß lustlos auf. „*Ihr* Verhalten? Ich denke, du solltest dich lieber selbst fragen, was *du* getan hast, bevor du deine Tochter anschreist. Erin wird keinen Ärger bekommen, wir haben das geklärt. Übrigens, Mike Hoffmann war so gut und hat Erin gefunden und sich um sie gekümmert. Dem solltest du danken." Dann etwas leiser: „Ein Glück war Clark ebenfalls dabei. Obwohl er nicht Erins Vater ist, so hat er sich wenigstens gesorgt und stand uns bei, als wir Hilfe brauchten."

„Clark?!" hakte Stan eisig nach.

Jordan blickte ihn mit vorgerecktem Kinn an. „Ja, Clark. Und bevor du jetzt wieder furchtbar eifersüchtig auf ihn wirst…er verhielt sich wie ein echter Gentleman. Du hingegen…du kannst mir nicht einmal die Definition des Wortes Gentleman erklären."

„Es tut mir leid", wiederholte er. Dennoch konnte er seine Wut auf Clark bloß schwer verbergen. Vielleicht wollte Jordan nichts bemerken, doch Stan war sich sicher, Clark wollte ihm die Frau ausspannen.

Schnaubend lief Jordan an ihm vorbei. Unten im Wohnzimmer stolzierte sie direkt zum Spirituosenschrank, auf der Suche nach einem Glas Whisky.

„Er war wieder bei ihr", murmelte sie enttäuscht in ihr Glas. „Er war die ganze Zeit bei ihr."

8

Mike Hoffmann fuhr die Einfahrt des County Clubs in seinem geliehenen Wagen herunter, da überkam ihm die Gewissheit, in nur wenigen Stunden trudelte er wieder zuhause bei seiner Familie ein.

Bei seinem Sohn, den er zwar über alles liebte, welcher jedoch immer mehr versuchte aus der Familie auszubrechen. Na gut, der Junge war sechzehn, wuchs mehr und mehr zu einem Mann heran. Vielleicht war es normal, wenn er hin und wieder seine Grenzen austestete. Dennoch glaubte Mike, hinter seinem Verhalten steckte ein bisschen mehr.

Ein Neuanfang, eine Neuausrichtig innerhalb der Familie, täte allen sicher gut.

Mike seufzte. Er sehnte sich förmlich danach, etwas in seinem Leben zu ändern. Dass die Firma hierhin versetzte, dachte er sich nicht aus. Er selbst war der Initiator gewesen. Wohin er versetzt werden würde, war ihm eigentlich egal. Parisom gefiel ihm und er war zufrieden damit gewesen, als sein Vorgesetzter ihm den freien Platz in der Zweigstelle anbot. Zumal er einen Führungsposten erhielt und mit diesem eine Gehaltserhöhung.

Da ihm noch etwas Zeit übrig blieb, entschied er, das Stadtzentrum etwas zu erkunden. Francisburg war eine hübsche kleine Stadt, eine typische Vorstadt, doch wunderschön. Sicher, Berlington war auch wunderschön, Parisom ebenso, doch hier fühlte er sich auf Anhieb wohl und irgendwie Zuhause. Außerdem waren die Leute hier wirklich zuvorkommend.

Und doch gab es auch hier Geheimnisse. Aber wo gab es die nicht? Gerade Vorstädte waren gepflastert mit Intrigen und Heimlichkeiten. Jeder kannte jeden, also hatte auch jeder etwas über jeden zu tratschen.

Momentan klang dieses Leben hier interessanter als Berlington in den letzten paar Jahren.

Er führte diesen Gedanken weiter, vor allem wenn er an eine spezielle Person dachte. Eine Menge Leute hatte er noch nicht kennengelernt, aber die, die er bislang kannte, ließen in ihrem Leben wohl keine Langeweile aufkommen.

Jordan Adaire, dachte er, war eine interessante Person und zugegebenermaßen auch eine Augenweide. Das sah er wohl nicht als einziger, schließlich war sie verheiratet, der Mann an ihrer Seite am gestrigen Abend jedoch nicht Stan. Da Erin bei Clarks Anwesenheit keine Anstalten zur Aufregung machte, schätzte Mike, sie betrachtete seine Anwesenheit als ganz normal. Oder jedenfalls nicht als störend.

Trotzdem, dieser Clark wirkte nicht wie ihr Bruder, und die Blicke die er Jordan zuwarf waren ganz sicher nicht geschwisterlich.

Jordan hingegen schien dies gar nicht zu bemerken.

Der Kerl wollte sie flachlegen – und sie merkte es nicht einmal.

Erneut stellte er fest, er amüsierte sich hier in den letzten zwei Tagen mehr, als das ganze letzte Jahr in Berlington.

Mike wusste was das hieß. Abrupt bremste er den Wagen, stellte ihn am Straßenrand ab und lief zur nächsten Telefonzelle die ihm ins Auge fiel.

„Ich möchte Mr. Engelwood sprechen", sagte er, nachdem er eine Nummer wählte. Nach dem Geschäftsessen mit Jameson und Adaire, hatte ersterer ihm die Visitenkarte eines Freundes zugesteckt, der als Immobilienmakler arbeitete.

„Die Stadt wird Ihnen gefallen", versprach Jameson. „Wenn Sie Interesse an einem Umzug haben, rufen sie den Kerl an. Er ist jung, aber kompetent."

Genau das tat Mike. Vielleicht sollte er tatsächlich auf Haussuche gehen.

Fortsetzung folgt...

BOOKISODE 7

Oregano und andere Schwierigkeiten

1

Niemals zuvor empfand Erin eine solche Erleichterung, als an dem Tag, an dem sich Harvey verabschiedete und zurück ins Internat zog. Zwar besuchte er bis zum Ende des Schuljahrs weiterhin ihre Schule, allerdings waren die Schlafräume des Internats wieder zum Wohnen freigegeben worden. Die Sache mit Harvey beschäftigte sie weiterhin, auch wenn sie es nicht zugab. Sie mied ihn so gut wie es ging. Aber hin und wieder trafen sie dennoch aufeinander.

Nach dem doch eher missglückten Versuch, sich bei Erin zu entschuldigen, herrschte Funkstille zwischen den beiden. Jetzt erst mal war Erin froh, das Kapitel Harvey abzuschließen. Dabei lag es nicht nur an ihm, sondern auch an ihr. Sie kam sich schlicht blöd vor, nicht gemerkt zu haben, dass er sie nur benutzte. In nur wenigen Tagen begännen endlich die lang ersehnten Sommerferien, was bedeutete, die Familie Adaire machte sich nach Frankreich auf.

„Eine Woche Paris, gefolgt von zwei Monaten Côte Azur", teilte ihre Mutter ihr erfreut mit. „Mit etwas Glück erhaschen wir in Monaco einen Blick auf Grace Kelly!"

Erin konnte nur fröhlich lachen. Ihre Mutter war vielleicht der größte Grace Kelly Fan, der auf dieser Erde wandelte.

Mit dem Gedanken an Paris und Monaco im Hinterkopf, fiel es Erin gleich viel einfacher, die Schule zu bestreiten.

Dass sich Erin und Harvey nach dem Ball nicht als Paar gaben, hatte ihr zwar erneut ein paar dumme Sprüche eingebracht, aber Erin versuchte diese diesmal gekonnt zu ignorieren.

„Ich wusste doch, da stimmte etwas nicht", meinte Pam. „Alles nur ein reines Schmierentheater!"

Pams Freundin meinte daraufhin: „Oder sie hat ihn nicht rangelassen."

Pam schnaufte daraufhin nur. „Wahrscheinlich warf sie sich ihn an den Hals und er hat irgendwie versucht sie loszuwerden. Einen Fehler wie Erin Adaire macht man nicht zweimal."

Auch Glenn Mitchell machte wieder Ärger. Erst gestern fand Erin eine ganze Reihe stinkender, fauler Eier in ihrem Spint wieder. Woher sie wusste, dass es Mitchell war? Nun, er gab offen damit an.

Genau solche Begebenheiten waren es, die Erin hoffen ließen, bald endlich in die Ferien zu starten.

„Nicht mehr lange, Erin, nicht mehr lange", machte sie sich Mut, in dem Moment, in dem sie ihren Spint erreichte und auf ein Portrait von sich stieß. Das Foto, welches sie zeigte, als Mitchell und seine Freunde sie mit Eischleim überschütteten. Die Idioten hatten es an ihren Spint geklebt.

Wütend riss Erin es herunter.

Manchmal hoffte sie inständig, sich an Mitchell für all das zu rächen, was er ihr in der Vergangenheit antat. Sie wusste nicht, dass ihr Wunsch bald in Erfüllung gehen sollte, denn nur wenig später wurde sie von einem Mädchen abgefangen, welche ihr genau diesen Wunsch erfüllte.

2

Nur langsam entspannte sich die Luft zwischen den Eheleuten, nachdem Stan den Bock schoss und nirgendwo auffindbar gewesen war, als Erin einfach spurlos verschwand. Dennoch, angesichts der Tatsache, dass die Familie bald nach Frankreich aufbrach, machte Jordan gute Miene zum bösen Spiel und versuchte wenigstens so zu tun, als sei alles zwischen Stan und ihr wieder in Ordnung. Natürlich misstraute Stan dem Frieden, doch Jordan war das egal. Für sie war es jetzt erst einmal wichtig, ihre Aufgabenliste vor den Ferien abzuarbeiten. Dazu gehörte auch der Junge, der Erin mit dem Liebesbrief ärgerte.

Erin vor allen einfach so zu demütigen, machte Jordan wütend und sie hatte beschlossen, dem Knaben eine kleine Lektion zu erteilen. Anscheinend reichte es ihm nicht, Erin mit Eiern zu bewerfen, er hörte auch nach dem Ball nicht auf, sie zu ärgern. Zeit, sich darum zu kümmern.

Nachdem Janice ihr von den schuleigenen Drogenverkäufern erzählte, begab sich Jordan gleich an die Nachforschungen und fand heraus, wie genau getrocknetes Marihuana aussah.

Für Rachegedanken nahm sie sich immer Zeit.

Natürlich käme sie niemals auf die Idee, sich irgendwo Drogen zu besorgen, für sie bedeuteten Drogen weiterhin nichts als Ärger. Trotzdem, ihre Idee baute einzig und allein darauf auf, dem Mitchell-Jungen, der als Anführer der Gruppe galt, Schwierigkeiten zu bereiten. Genau aus diesem Grund zerkleinerte Jordan ein wenig Oregano und stellte so ihr eigenes Marihuana her. Zusammen mit einigen anderen Utensilien wie Filterpapier und Streichhölzern, wollte sie diese in Mitchells Spint packen und daraufhin Rektor Walton anonym kontaktieren, sie habe Glenn Mitchell Drogen konsumieren sehen.

Natürlich, schaute man genauer hin, würde man sofort erkennen, dass es sich bei besagten Drogen nicht um Marihuana handelte. Doch darum ging es Jordan auch gar nicht. Es ging ihr mehr darum, den Jungen für eine gewisse Zeit vor Angst zergehen lassen zu sehen. Vor allem nachdem er herausfände, wer für jenen Streich verantwortlich wäre, würde er als I-Tüpfelchen erfahren, dass es beim nächsten Mal nicht bei Oregano bliebe, was er in seinem Spint wiederfände, sollte er Erin weiterhin tyrannisieren.

Lächelnd stieg Jordan aus ihrem Auto aus und folgte den Weg zum Schulhof. Wie erwartet fand sie diesen, zu dieser Tageszeit, beinahe komplett leergefegt vor.

Kurz bevor sie durch den Eingang zur Schulaula trat, wurde sie auf einen Jungen aufmerksam, der seine Nase in ein paar Büchern steckte. Seinen Namen kannte sie nicht, doch schätzte sie auf den ersten Blick, der Junge besuche den Schachklub und verabscheute Sport. Er war klein, ziemlich schmal, mit zerzausten Haaren und einer dicken Hornbrille ausgestattet. Er wirkte unscheinbar, doch hatte er es faustdick hinter den Ohren. Woher sie das wusste? Eine Zigarette klemmte hinter seinem Ohr, und den gelben Fingerspitzen nach zu urteilen, war das nicht seine erste.

„Junger Mann, könntest du mir den Aufenthaltsort von Glenn Mitchells Spint nennen?"

Sofort schaute der Junge auf und staunte nicht schlecht, als er die erwachsene Frau vor ihm stehen sah. Hatte er geglaubt, eine Schülerin spräche ihn an, stand nun plötzlich die Mutter einer seiner Kolleginnen vor ihm.

„Äh...Sport oder Schule?"

„Wie bitte?"

„Na, der Spint mit den stinkenden Socken oder der mit den nie aufgeschlagenen Schulbüchern?"

Ihre Mundwinkel zuckten. „Nie aufgeschlagen, was?"

„Der Kerl ist ein kompletter Idiot. Zwingt mich manchmal, seine verdammten Hausaufgaben zu machen." Er grinste. „Ich könnte ihm locker eine Eins beschaffen, aber, na ja, warum sollte ich, wenn er auch mit einer vier durchkommt?"

Nun lachte Jordan ganz offen. „Ich verstehe." Kurz überlegte sie, welchen Spint sie nehmen sollte, kam dann auf den Entschluss, in der Sporthalle gäbe es mit Sicherheit weniger Zeugen für ihren Plan. „Ich nehme den mit den stinkenden Socken."

Der Junge grinste. „Jungsumkleide C, Spint Nummer sechs. Seine Initialen stehen vorne drauf."

„Vielen Dank."

„Warum wollen Sie überhaupt dorthin?" Erschrocken riss er seine Augen auf. „Sie sind doch nicht etwa seine Mom, oder?"

Jordan schüttelte den Kopf. „O nein. Ich bringe ihm lediglich sein Oregano."

Damit machte sie kehrt und ließ einen verdatterten Jungen zurück.

3

Die Schulglocke läutete pünktlich zur nächsten Stunde. Erin grapschte sich rasch ihre Physikbücher, denn als nächstes standen Naturwissenschaften auf ihrem Stundenplan.

Kurz bevor Erin den Klassenraum erreichte, wurde sie abgefangen. Diesmal von Jenny, einem Mädchen, mit dem sie so gut wie keinen Kontakt hatte, sie auf der anderen Seite aber auch niemals hänselte.

„Erin, warte kurz!" sagte sie, bevor Erin ihre Klasse betrat.

O Gott, sie würde es nicht ertragen, finge nun auch noch Jenny an, sich über sie lustig zu machen. Erin holte einmal tief Luft und sagte: „Ich kann jetzt nicht, Jenny, ich muss zum Unterricht."

„Eine Minute wirst du doch für mich erübrigen können, oder etwa nicht?" Beherzt fasste Jenny Erin am Arm und zog sie in das Nächstliegende, leere Klassenzimmer. Dort kramte sie in ihrer Schultasche und holte letztlich eine Mappe heraus, die sie Erin reichte. Stirnrunzelnd begutachtete diese die darin liegenden Blätter.

Ihre Augen wurden riesengroß. „Mein Gott, Jenny, wo hast du die her?" fragte Erin erstaunt. „Das sind die Lösungen für den Algebra-Test bei Mr. Wheaton!"

Jenny grinste. „Ich weiß."

„Aber…ich meine…was soll ich jetzt damit machen?" Abschreiben brauchte sie die Lösungen nicht, da Mathematik ihr bestes Fach in der Schule war. Etwas, was selbst die Lehrer überraschte, hieß es doch immer, Mädchen wären für Mathe nicht gemacht. Jedenfalls sagte ihr das einst ihr eigener Lehrer– zum Lob.

„Nun, ich weiß aus guten Quellen, unser großartiger Sportler Glenn Mitchell, ist eine komplette Null in Mathe. Und durch diese Verletzung im letzten Frühjahr, ist er bei weitem nicht mehr so gut in Form, als dass er sich eine Sportlerkarriere nach der Schule aufbauen könnte. Er braucht gute Noten."

„Und ich soll ihm deswegen damit aushelfen?"

„Nein, Dummerchen, du sollst ihm den Mist in den Spint legen. Bei der Beschaffung der Lösungen habe ich mich extra so dumm angestellt, dass Mr. Wheaton noch heute von dem Verlust der Lösungen erfahren wird. Mr. Ich-bin-der-strengste-Lehrer-der-Welt-Wheaton. *Rien ne va plus*, kann ich dazu nur sagen."

Erin staunte nicht schlecht. Dennoch blieb sie unsicher. „Du willst Mitchell von der Schule fliegen lassen?"

„O, er wird nicht fliegen, denn seine Eltern lassen eine Menge Geld hier. Allerdings…nun, es wäre nicht Mitchells erster Ausrutscher. Seine Eltern wollen ihn auf eine Militärakademie schicken, sollte er sich noch was leisten, denn langsam aber sicher geht auch ihre Reputation damit baden. Ergo, wäre das sein direktes Ticket zum Latrinenputzen und Kartoffelschälen."

Wow, Jenny hatte ja wirklich alles genau durchdacht. Trotzdem kam Erin dieser Plan nicht richtig vor. Egal, was zwischen ihr und Mitchell vorgefallen war, sie wollte sich nicht auf eine Stufe mit ihm stellen. Und genau das sagte sie auch Jenny.

„Meine Güte, Erin!" stieß diese daraufhin aus. „Willst du dir denn alles gefallen lassen? Die Gruppe, um diesen hirnlosen Idioten, sucht sich ständig neue Opfer zum triezen und kommt immer wieder damit durch. Wie lange sollen sie noch ungeschoren davon kommen? Möchtest du sie nicht einmal von ihrer eigenen Medizin kosten lassen?"

Doch, das wollte Erin. Dennoch, ihre Hemmungen blieben. Sie war einfach anders erzogen worden. Auf der anderen Seite…was hatte ihr ihr Liebkindgehabe bislang gebracht? Nur Hohn und Spott.

„Wie soll ich überhaupt wissen, dass du mich nicht reinlegst?" fragte sie. In letzter Zeit baute sie eine Menge Vertrauen zu anderen auf und wurde immer wieder enttäuscht. Eine solche Aktion konnte sie von der Schule fliegen lassen.

„Hast du mich jemals mit der Idiotenbande zusammen gesehen?" entgegnete Jenny.

Nein, im Gegenteil. Jenny wurde zwar nicht gehänselt, eine Menge an Freundschaften wies sie allerdings auch nicht auf.

„Hör zu, ich kann diesen Blödmann einfach nicht leiden. Und ich fand es gemein, was er dir angetan hat. Wir beide bekommen, was wir wollen.

Und wir beide haben unseren Teil dazu beigetragen. Wenn du es nicht machst, dann mache ich es." Sie zuckte mit den Schultern. „Ich dachte bloß, du wolltest daran beteiligt sein."

Auffordernd blickte Jenny ihr in die Augen. „Also Adaire, bist du dabei?"

4

Eine Affäre hatte nicht nur etwas verbotenes, sondern auch etwas verdammt belebendes. Stan konnte kaum sagen, wann er sich das letzte Mal so lebendig fühlte.

Natürlich bekam er jedes Mal, nachdem er Jill verließ, ein schlechtes Gewissen, doch die Zeit davor fühlte sich einfach nur wunderbar an.

Ja, er gab es ehrlich zu, es gefiel ihm, im Mittelpunkt zu stehen. Jedes Mal wenn er Jill besuchte, begrüßte sie im mit einem Martini. Taten das sonst nicht nur Ehefrauen? Nun, von Jordan verlangte er ein solches Begrüßungskommando nicht. Jordan trank nur für sich selbst. Meist hatte sie schon etwas intus, sobald er nach Hause kam.

Kein Wunder also, dass er die Zeit mit Jill genoss.

Meine Güte, wann fing es in seiner Ehe an zu kriseln? Wann fing Jordan an, so viel zu trinken?

Stan schluckte hart. Sie ahnte doch nicht etwa etwas? Nein. Er war so vorsichtig, das konnte sie gar nicht. Hoffte er wenigstens.

„Ich muss gleich wieder ins Büro", murmelte er, während er langsam Jills langen, grazilen Hals küsste. Beide lagen eng umschlungen in ihrem Bett.

Verflucht, diese Affäre fühlte sich tatsächlich so verdammt befreiend an, er kriegte wohl niemals genug von ihr.

„Wirklich?" murrte sie, Unzufriedenheit lag in ihrer Stimme. „Aber wieso denn schon so früh?"

„Nun, irgendwann muss auch ich meine Brötchen verdienen. Sonst werde ich noch obdachlos und muss bei dir einziehen."

„Ich habe nichts dagegen." Sie lächelte. „Dann haben wir noch mehr Zeit für uns."

Er lachte nur, löste sich dennoch von ihr. Jill biss frustriert auf ihre Unterlippe. Warum überkam sie nur das Gefühl, er könne nicht schnell genug aus ihren Armen verschwinden?

„Bist du dir sicher, es geht dir nur um die Arbeit, oder kaufst du deinem Frauchen ein schönes Geschenk, weil du eine Kellnerin vögelst?" fragte sie pikiert, bereute ihre harte Ausdrucksweise aber sofort. Stan würde jetzt nur innerlich dicht machen.

Und was tat er?

Tatsächlich wurde seine Miene verschlossen.

Na klasse, dachte Stan, war sie etwa beleidigt, weil er einen Ehering trug? „Du bist auch Verkäuferin in einem Drugstore", erinnerte er sie, wobei er auf ihren Zweitjob anspielte, den sie vor etwa einer Woche nach langem Suchen ergatterte.

Jill rollte genervt die Augen, als wolle sie sagen: *Ernsthaft jetzt?* „Ja, ich bin ebenfalls Verkäuferin. Bis ich eines Tages einen ganz besonderen Ring tragen werde."

Erschrocken fuhr Stan herum. „Bitte was?"

Seine herbe Reaktion ließ sie zurückweichen. So schnell wie sie das Thema anschnitt, beendete sie es wieder. Deutlich verlegen sprang sie aus dem Bett, ein Bettlaken um den Körper geschlungen, der ihr als einziger Sichtschutz diente. Wer wollte schließlich neben seinem Körper auch gleichzeitig seine Seele entblößen? Eins nach dem anderen.

„Vergiss es, ich rede wirres Zeug."

„Du…du willst mich heiraten?" stammelte Stan erschrocken. „Jill!"

Genau *das* hatte sie *nicht* gesagt. Bloß, dass sie aufhörte zu arbeiten, sobald sie verheiratet sei. Wer ihr Göttergatte dabei spielte, das stünde in den Sternen. Dennoch, sie wollte seine Reaktion einschätzen lernen. Also meinte sie: „Wir passen gut zusammen."

„Ich bin verheiratet."

„Was du anscheinend weniger ernst nimmst, sonst würdest du mich nicht treffen."

Stan fluchte leise. Was sollte er darauf erwidern? Er liebte Jordan, keine Frage, und er hatte auch nicht vor sie zu verlassen. Dennoch überkam ihn gleichermaßen das Gefühl, dass ihm die Affäre mit Jill besser tat, als seine Ehe es in der letzten Zeit überhaupt könnte. Und dies wollte er auskosten. Mochte das schlechte Gewissen ihn noch so hart quälen.

„Jill, ich mag dich sehr gerne, doch…du weißt, wir haben bloß eine Affäre, in Ordnung? Ich werde meine Frau auf keinen Fall verlassen."

„Kannst du auch dasselbe von ihr behaupten? Was wird sie wohl tun, falls sie das mit uns herausfindet?"

„Drohst du mir etwa?"

„Wenn ich drohe, sieht das anders aus." Tief seufzend meinte sie: „Hör zu, lass uns dieses Gespräch doch bitte beenden. Ich…ich wollte dich kaum unter Druck setzen, lediglich sagen, ich würde Hausfrau werden, sobald ich heirate. Damit meinte ich keinesfalls, *dich* heiraten zu müssen. Es ist nur so, ich habe einfach Probleme, die andere Frau zu sein." Ruhig blickte sie ihn an. „Weil ich glaube, ich verliebe mich langsam in dich."

Stan konnte nicht anders, er keuchte aufgeregt. „Du…du liebst mich?" Sie kannten einander nicht einmal wirklich! Wie konnte ihm das alles bloß so rasch entgleiten? Und doch…allein der Gedanke, mehr Zeit mit Jill verbringen zu können, ließ seine Sorgen gleich weniger schwer erscheinen. Er mochte Jill sehr, das war das größte Problem an allem. Er mochte sie *zu* sehr, als dass es ihm einfach fiel, diese Affäre zu beenden und diese Frau zu vergessen.

Doch sie schüttelte genervt den Kopf. „Dummerchen, hör mir doch einmal zu: Nein, ich liebe dich *nicht*. Aber ich denke, ich könnte es eines Tages. Außerdem, eine Affäre geht man doch nicht einfach ein, sofern man so glücklich in seiner Ehe ist, wie du stets behauptest."

Stan nickte. „Momentan könnte es besser laufen", stimmte er zu. „Aber Jordan und ich haben zwei Kinder, dazu unsere ganze Vergangenheit…Wahrscheinlich stecken wir zurzeit einfach in einer Krise."

„Ihr musstet heiraten", erinnerte sie ihn lieblich, doch nachdrücklich. „Weil Jordan schwanger gewesen ist. Außerdem entwickelt man sich weiter, du bleibst nicht dein ganzes Leben lang ein Teenager. Frag mich! Meine Jugendliebe Dwight war früher der heißeste Typ der ganzen Schule, bereit, der größte Sportler der Geschichte zu werden." Bis er sich am Knöchel verletzte und seine mögliche Karriere – und das damit verbundene hübsche Geld – im Abfluss herunterfloss. Jill seufzte innerlich. Diese Nachricht zerstörte damals alles. „Er schraubt jetzt an Autos in einer öligen Werkstatt. Mit sechzehn wollte ich ihn heiraten und heute möchte ich ihn nicht mal mehr mit einer Kneifzange anfassen. Eventuell haben Jordan und du euch auseinandergelebt. Das wäre keinesfalls ungewöhnlich."

„Das verstehe ich alles, Jill, doch mit Dwight hast du keine zwei Kinder. Jordan und ich sind so lange verheiratet, das schmeiße ich nicht einfach so weg."

Nicht für eine dahergelaufene Affäre, wollte er wohl sagen. Jill unterdrückte ihre aufkommende Unzufriedenheit. Sie ahnte ganz gut, zu was allein sie Stan genügte.

„Und was würde passieren, verliebtest du dich in jemand anderen?" fragte sie unschuldig. Clark wäre mit Sicherheit böse auf sie, sähe er, wie hart sie ihn bedrängte, doch sobald Stan sich in sie verliebte, wäre Clark ihr ohnehin egal. Sie benutzte Clark so wie er sie benutzte.

Stan erwiderte nichts auf ihren Einwand. Er konnte es gar nicht. Bis vorhin war Jill bloß eine kleine Affäre gewesen, nun stellte sie bereits hohe Ansprüche an ihn.

Sofort erinnerte er sich an Jordan, mit ihrem ach so klugen Satz: „Spiele niemals mit den Gefühlen einer Frau, sie werden dir sonst das Leben schwer machen." O, die Frau sprach wahre Worte.

„Ich meine ja nur, Stan, wenn du dich in deiner Ehe langweilst, tut Jordan dies eventuell auch. Vielleicht wartet sie ja auch nur auf eine Gelegenheit dir zu gestehen, wie ähnlich es ihr ergeht." Sie lächelte verschlagen. „Möglicherweise gibt es ja auch in ihrem Leben einen Mann, von dem sie hier und da mal träumt."

Leider fiel ihm da sofort jemand ein. Aber allein bei dem Gedanke an Clark Anderson, ballte er seine Fäuste zusammen.

Bevor er Jill etwas erwidern konnte, war diese längst in der Dusche verschwunden.

Derweil waren Jenny und Erin damit beschäftigt, zu warten, bis Glenn Mitchell zu seinem täglichen Training aufbrach. Jenny meinte, sie sollten noch heute ihren Plan in die Tat umsetzen, weil das Fehlen der Klausurlösungen bestimmt rasch auffiele.

Um ihren Plan durchzuführen, schwänzte Erin ihre Geschichtsstunde. Sie hoffte also, es lohne sich tatsächlich. Später würde sie Mr. Flutie einfach erzählen, ihr sei schlecht gewesen.

„Erzähl ihm doch einfach was von deiner Periode. Da hakt nie jemand nach", riet ihr Jenny.

„Ich kann doch nicht einfach sagen, ich hätte meine Periode", gab Erin zurück. Über so etwas sprach man nicht in der Öffentlichkeit. Ihre Mutter war damals bereits eine Pionierin in der Aufklärung gewesen, als sie Erin von solchen *Frauenangelegenheiten* erzählte, bevor es bei ihr so weit war. Megan, zum Beispiel, erfuhr erst am Tag ihrer ersten Periode davon. Wie also sollte sie einem Lehrer davon erzählen?

Jenny zuckte unberührt mit den Schultern. „Das Zauberwort sind Bauchkrämpfe, Erin Baby, da weiß jeder, was du meinst. Und glaube mir, wirklich *niemand* hakt da härter nach." Sie lächelte. „Frauen schauen meist mitfühlend drein, während Männer sich peinlich berührt räuspern."

So oder so, eine Ausrede bräuchte Erin sicher. Dennoch, vielleicht erzählte sie etwas von Unwohlsein oder Kopfschmerzen.

Um ehrlich zu sein, fand sie es schade, gerade den Geschichtsunterricht zu verpassen und nicht etwa Hauswirtschaft. Zwar hatte sie nichts dagegen, Nähen oder Kochen zu lernen, doch da nur Mädchen die Stunden besuchen mussten, war ihr natürlich bewusst, jener Unterricht diente lediglich dazu, alle Schülerinnen auf ihr Leben als Hausfrau und Mutter vorzubereiten. Die Jungs wurden derweil dem Werken zugeteilt. Die typische Rollenverteilung, die Erin bekanntermaßen mehr als sauer aufstieß.

„Ich habe die Schubladen aufgelassen und den Zettel mit den letzten drei Fragen absichtlich fallen lassen, damit Mr. Wheaton auch kapiert, was passiert ist. Dazu ließ ich eine Brosche unserer Schulmannschaft auf den Boden fallen. Du weißt, die Dinge, die alle kriegen, sowie sie einer Sportmannschaft beigetreten sind", holte Jenny Erin aus ihren Gedanken. Beide hockten in sicherer Entfernung hinter einer Wand und schauten abwechselnd, ob sich etwas tat. Da Mitchell auf jeden Fall in ein paar Minuten zum Sport aufbräche, hätten beide Mädchen genug Zeit, danach Schindluder an seinem Spint zu treiben. Allerdings trödelten die Sportler meistens.

„Und wie können wir sicher sein, dass er auf Mitchell kommt?" fragte Erin. Letzten Endes konnte jeder in ihrer Jahrgangsstufe die Lösungen klauen.

Aber auch da wusste Jenny Rat. „Ich habe meine Quellen und weiß, Walton ist ziemlich angepisst, weil hier jemand Marihuana unter den Schülern verteilt. Wenn jetzt auch noch Lösungen geklaut werden, die fast die Hälfte der Jahresnote ausmacht, wird er ausrasten. Meine Quelle sagte, sollte noch etwas passieren, wird Walton noch am selben Tag Spintkontrollen durchführen."

„Warum so hurtig?"

„Schnell und spontan. So wiegt er den Schuldigen in Sicherheit und der Schulverlauf wird nur wenig gestört."

„Wow, deine Quellen will ich kennen", murmelte Erin.

„Du kennst sie ganz gut. Es ist der neue Referendar. Er ist ein Freund meines Cousins, daher kenne ich ihn. Bis vor einem halben Jahr hab ich oft mit ihm rumgehangen. Ein wirklich guter Küsser, nebenbei."

Einen Moment versteifte sich Erin. Wollte Jenny ihr gerade mitteilen, sie habe den neuen Referendar geküsst? Sie kannte Jennys doch eher bedenklichen Ruf, nahm allerdings an, es seien nur Gerüchte. Dass Jenny nichts anbrennen ließ und jeden Jungen vernaschen sollte, hielt sie für ein wenig übertrieben. Gab es doch an jeder Schule solches Gerede über bestimmte Mädchen. Jungen wurden bekanntlich für ein solches Verhalten bejubelt, während Mädchen wie Jenny gleich einen Stempel aufgedrückt bekamen.

„Du hast den Referendar geküsst?!" stieß sie erschrocken aus. „Jenny, das ist verboten!"

„Jetzt mach dir nicht ins Höschen, Erin." Jenny schüttelte den Kopf. „Dieser Kuss passierte beim Flaschendrehen, von vor über einem Jahr. Damals war er noch kein Lehrer, sondern lediglich der Kumpel meines Cousins. Ein Student. Außerdem war es mehr ein Schmatzer, als ein echter Kuss." Sie grinste. „Obwohl er denkt, das könnte ihm den Job kosten. Ist wohl ähnlich gestrickt wie du."

„Hast du denn keine Angst, solch reife Jungs könnten dich ausnutzen?" fragte Erin neugierig. Vielleicht war Jenny etwas älter als sie und ging bereits auf die siebzehn zu, allerdings hörte man doch genug Geschichten, wie wild das Leben auf der Uni zugehen sollte.

„Wer sagt, er nutzt mich aus und nicht umgekehrt? Er ist verdammte einundzwanzig, Erin. Glaube mir, so viel erfahrener als ich ist er nicht." Daraufhin hob sie fragend eine Augenbraue. „Hältst du mich jetzt etwa auch für die Schul-Schlampe?"

Zu Jennys Überraschung schüttelte Erin den Kopf. „Nein", erwiderte sie. „Aber ich finde dennoch, du solltest dir mehr Gedanken über deine Handlungen machen."

Aber Jenny glaubte ihr nicht. „O bitte, nicht einmal ein wertender Gedanke von unserer Vorzeigejungfrau?"

Jennys Worte verletzten sie, allerdings glaubte Erin, ihr Verhalten hatte andere Gründe. „Ich wurde mein Leben lang von Leuten bewertet, Jenny. Die Leute hier mochten mich nie, weil ich nicht gerne auf Partys gehe, sondern lieber lese und lerne. Wenn du den Referendar küssen willst, halte ich dich nicht davon ab. Allerdings musst du am Ende auch die Konsequenzen tragen."

„Du meist Konsequenzen in Form von Babys?"

Erin errötete. So sehr wollte sie dann doch nicht ins Detail gehen. „Unter anderem."

„Glaube mir, Erin, ich bin ein Profi was Verhütung betrifft." Sie lachte. „Wow, du wirst rot wie eine Tomate. Erin Baby, deine Unschuld rührt mich. Doch zur deiner Information: Vom Küssen ist bisher noch niemand schwanger geworden."

Jenny räusperte sich. „Aber genug von meinem Liebesleben. Was ist das eigentlich zwischen dir und diesem Loverboy, nach dem Pam so wild ist?"

Erin wusste, wen sie meinte, wollte aber nichts dazu sagen. Harvey und sie waren Geschichte. „Harvey? Keine Ahnung."

„Ihr geht nicht mehr aus?"

Erin schüttelte den Kopf. „Nein."

Jenny nickte. „O, ich kenne eine solche Haltung. Kühle Erwiderungen, möchte am liebsten alles vergessen…was hat der Kerl gemacht? Wurden seine Hände zu kontaktfreudig? Hat er mehrere Weiber an einer Hand?"

„Ich will nicht darüber reden!" fauchte Erin. „Akzeptiere das bitte."

Jenny nickte. Sie schnalzte mit der Zunge, meinte knapp: „Weißt du, Erin, auch wenn du es nicht hören möchtest, aber du wärst kein echtes Mädchen, wenn du nicht mindestens einmal auf ein Arschloch reinfällst. Dass ist so was wie ein Initiationsritual. Wir alle müssen da durch. Und es ist gut, denn so eignen wir uns Erfahrungen an. Fürs nächste Mal, weißt du? Damit du die guten von den schlechten trennen kannst."

Erin sagte nichts mehr. Wie gewöhnlich, schob sie diese Gedanken wieder ganz tief in eine Box, verschloss diese und warf sie ganz weit nach hinten in ihren Erinnerungen. Lieber beobachtete sie nun aus sicherer Entfernung, wie Glenn Mitchell und seine Freunde plötzlich aus einem Klassenzimmer kamen, zu ihren Spinten liefen und daraufhin endlich Richtung Sporthalle aufbrachen.

Jenny grinste. „Na komm, Erin Baby, lassen wir die Spiele beginnen."

Gemeinsam liefen die beiden Mädchen zu Glenns Spint. Während sich Erin niemals nervöser fühlte, schien Jenny abgeklärter denn je.

„O nein!" stieß Erin aus, ihre Hände schweißnass. „Wir haben gar nicht die Kombination für seinen Spint!"

Aber auch hier wusste Jenny Rat. „Die haben wir. Mitchell ist ein ziemlicher Blödian. Seine Kombination lautet 1,2,3,4."

Okay, da hatte Jenny recht. Mitchell war ein Blödian. „Tatsächlich?" hakte Erin ungläubig nach.

Jenny machte es ihr vor. Drehte sie Kombination und schwupps, der Spint sprang auf. „Na los, leg den Zettel rein. Danach warten wir, bis Wheaton Meldung macht. Und ich werde daraufhin meinen guten Freund darauf ansetzen, eine Spintkontrolle vorzuschlagen. Ich nehme an, Mitchell wird schon morgen auf dem Weg nach Fort Latrinenputzen sein."

Obschon das schlechte Gewissen weiterhin an ihre Tür klopfte, ignorierte Erin zum ersten Mal dieses Gefühl, legte den Lösungszettel in Mitchells Spint und schloss diesen wieder.

„Jetzt heißt es warten", meinte Jenny selbstzufrieden.

6

Sowie Jordan die Sporthalle betrat, bemerkte sie ein reges Aufkommen. Wie es aussah, musste sie sich gedulden, denn eine ganze Gruppe von Jungs schwärmte in Richtung Umkleidekabine C.

Sofort machte sie einen Schritt rückwärts, wartete eine geraume Zeit, bis die Jungs endlich verschwanden und sie in die Kabine eintreten durfte. Doch anstatt, dass die Jungs fertig wurden, kam auch noch der Sportlehrer ums Eck.

„Also Männer", dröhnt er lautstark, „bevor wir anfangen, gehen wir die Fortschritte der letzten Tage noch mal durch", meinte er.

Jordan fluchte innerlich. Das konnte lange dauern.

Und da sagte man immer, Mädchen bräuchten so lange beim Umziehen.

Weil sie nicht unnötig warten wollte, machte sich Jordan deshalb in Richtung der normalen Schließfächer auf. Vielleicht fragte sie den netten Jungen von draußen erneut um Hilfe, dachte sie. Aber bevor sie es auch nur schaffte, aus der Sporthalle zu treten, dröhnte bereits eine Durchsage von Rektor Walton durch die Sprechanlage.

„An alle unsere athletischen Schüler, bitte findet euch bei euren Spinten vor. Ich wiederhole, bitte findet euch alle vor euren Spinten vor. Eure Lehrer begleiten euch nach draußen."

Sogleich runzelte Jordan die Stirn. Was konnte das bedeuten?

„Finden wir es heraus."

Die Spintkontrolle wurde fachmännisch aufgebaut und Jordan fragte sich, ob sie sich noch in einer Schule oder bereits im Gefängnis aufhielt, denn Rektor Walton überprüfte wirklich jeden Spint genauestens, beziehungsweise hauptsächlich jene Spinte, die den Sportlern und Cheerleadern gehörten.

„Unser Mathematiklehrer Mr. Wheaton, teilte mir mit, es seien Lösungsbögen aus seinem Klassenzimmer verschwunden. Lösungsbögen einer Prüfung, die in zwei Tagen stattfindet und die die Abschlussprüfung für dieses Schuljahr darstellen wird. Außerdem fand er eine Brosche auf dem Boden liegen. Jene Brosche ist bekannt, als die Brosche unserer Schulmannschaften. Ergo liegt die Vermutung nahe, einer unserer wertvollen Schulsportler könnte jene Lösungen für sich und seine Freunde zurückgelegt haben. Mr. Wheatons Referendar, Mr. Willowby, schlug daher vor, eine schnelle Spintkontrolle durchzuführen, bevor Sie alle nach Hause gehen. Und wissen Sie was? Er sprach damit meine eigenen Gedanken aus."

Die Spintkontrolle dauerte keine Stunde, denn bereits beim vierten Spint wurden die Lehrer fündig.

Jordan staunte nicht schlecht. Es war Glenn Mitchells Spint.

Jener wurde sogleich ins Büro des Rektors gebracht. Der Junge heulte Rotz und Wasser, denn er beharrte darauf, unschuldig zu sein.

„Ich nehme sogar Nachhilfe", meinte er.

„Nachhilfe im Stehlen, meinst du, was Mitchell?" erwiderte Walton kopfschüttelnd.

Tja, dachte Jordan, da hatte Mitchell sich wohl selbst ein Bein gestellt. Jordan brauchte keine Rache mehr zu nehmen, denn Mitchell befand sich gerade in genau den gewollten Zuständen.

Sie wollte bereits kehrtmachen, da fiel Jordan Erin auf, die zusammen mit einem ihr fremden Mädchens in der Ecke des Schulflurs stand und zufrieden grinste.

Plötzlich dämmerte es Jordan: Glenn Mitchell hatte die Lösungen nicht geklaut, ihre Tochter schob sie ihm unter. Zusammen mit dem anderen Mädchen.

Eigentlich sollte sie kein solches Verhalten tolerieren. Aber dann erinnerte sich Jordan wieder an die Tüte Oregano in ihrer Tasche und beschloss einfach so zu tun, als sei dieser Tag niemals passiert.

7

achdem sie vom Parkplatz der Schule fuhr, bog Jordan links in die nächste Straße ein. Normalerweise nahm sie niemals diesen Weg, doch eine Baustelle zwang sie, ihre gewohnte Route zu ändern. Sie beschleunigte kaum, damit sie die Einfahrt nicht verpasste, auf der sie wieder auf die Hauptstraße kam. Und weil sie allein auf der Straße weilte, war das gemächliche Fahren sogar möglich. Deshalb bemerkte sie zur Abwechslung auch das Mehrfamilienhaus an der Straße, welches sie sonst ignorierte, heute jedoch abrupt auf die Bremse trat, sobald sie den Mann entdeckte, der just das Haus verließ.

Stan!

Es fühlte sich an als träfe sie der Schlag! Für einen Moment wollte sie sich vor Verwunderung die Augen reiben, glaubte kaum zu sehen, was sie sah. Und doch beobachtete Jordan in der nächsten Sekunde, wie hinter ihm trat eine Frau in Erscheinung trat. Sie war jung, vielleicht Anfang zwanzig. Jordan schluckte. Das musste die andere Frau sein! Stans Affäre. Die Mätresse.

Als die Frau ihre Hände dann auch noch auf Stans Taille legte und sich dieser lächelnd zu einem Kuss zu ihr herunterbeugte, zog sich nicht nur

Jordans Herz schmerzhaft zusammen. Schlagartig überkam sie das Gefühl einer grenzenlosen Übelkeit.

Ein Glück stand sie weit genug entfernt, sodass keiner der beiden sie auf Anhieb entdeckte. Was von Vorteil war, denn sie saß wie gelähmt in ihrem Auto, unfähig einen klaren Gedanken zu fassen.

Was sollte sie tun? Sollte sie zu ihm gehen, ihm eine schallende Ohrfeige verpassen und der Wasserstoff-Blondine die Augen auskratzen? Oder sollte sie den Schmerz herunterschlucken, wie viele Ehefrauen, sobald sie von der Affäre ihres Mannes erfuhren? Bisher besaß sie stets die kleine Hoffnung in ihrem Inneren, sich die Affäre bloß eingebildet zu haben, nun jedoch wurde sie direkt damit konfrontiert.

Erin hatte sich gewehrt, dachte sie. Erin hatte die Demütigung nicht heruntergeschluckt und sich gewehrt. Und Jordan war stolz auf sie gewesen.

Wäre es demnach nicht Heuchelei, nicht genauso zu agieren?

Plötzlich wich der Schmerz dem Zorn. Wenn Stan sie unbedingt betrügen musste, dann brauchte er sich nicht zu wundern, wenn sie sich ebenfalls wehrte. O ja, dieser Mann würde sicher nicht ungeschoren davonkommen. Niemand betrog Jordan Adaire! Vor allem keiner, dem sie all die Jahre treu beiseite stand.

Wutentbrannt sprang sie aus dem Auto heraus, näherte sich dem untreuen Hurensohn eiligen Schrittes, als ihr eine andere Idee kam.

Wieso würde sie es ihm denn so einfach machen? Stan hatte sie vorsätzlich verletzt. Warum sollte sie ihm jetzt den Gefallen tun und ihn so plötzlich auf seinen Fehler aufmerksam machen?

O nein, ihre Rache sollte geplant sein. So machte es doch mehr Spaß.

Also kehrte sie um, wartete gemächlich, bis Stan in seinem Auto säße und davonführe. Jeder Kuss, den die beiden untreuen Tunichtgute bis dahin austauschten, schmerzte zutiefst, förderte doch sogleich auch Jordans Rachegelüste.

Irgendwann schien aber auch die romantischste Turtelei ein Ende zu nehmen, denn Stan setzte sich endlich in sein Auto. Jill winkte ihm hinterher. Bereits im nächsten Augenblick lief eine andere Frau aus dem Haus heraus. Kurz unterhielt sie sich Stans Affäre. Anscheinend mochten sie einander nicht, denn die Kleine wirkte auf einmal angespannt und reserviert der Dame gegenüber.

Eine brauchbare Information, wie sich herausstellte.

Das Gespräch der beiden Frauen dauerte bloß kurz. Auf einmal konnte Stans Geliebte nicht schnell genug den Rückzug angehen. Sobald die Mätresse außer Sichtweite weilte, sprang Jordan erneut aus dem Auto. Rasch wollte sie die Frau abfangen, welche just mit ihrer Widersacherin sprach.

„Entschuldigen Sie", rief Jordan. Sofort wurde ihr die Aufmerksamkeit der Frau zuteil.

„Ja, bitte?" erwiderte Besagte. Ihre längeren braunen Haare lagen streng zurückgesteckt an ihrem Kopf. Herrje, litt sie nicht unter Kopfschmerzen bei einer solchen Frisur?

„Ich muss gestehen, ich habe Sie eben mit jener Frau sprechen sehen. Wären Sie so freundlich, mir ihren Namen zu nennen?"

„Weshalb?" fragte die Brünette misstrauisch. „Was hat die Kleine wieder angestellt? Schuldet sie Ihnen etwa Geld? Tja, meinem Mann schuldet sie Geld. Mietet eine Wohnung, lässt sich aber nicht dazu herab, die auch zu bezahlen, dabei hat sie angeblich zwei Jobs."

Nun, dachte Jordan, beliebt schien die Kleine keineswegs zu sein. Dennoch spielte sie die Scharade mit. „In der Tat schuldet sie mir Geld. Sie ist mir ins Auto gefahren, weigert sich jedoch standhaft, den Blechschaden zu begleichen. Sie meinte, das Auto gehöre ihr nicht einmal. Sie stieg sofort zurück in den Wagen und beging Fahrerflucht. Jetzt sitze ich auf einem riesigen Schuldenberg. Mein Ehemann weiß nicht, wie er das alles zahlen soll." Und um den ganzen noch eins draufzusetzen, legte Jordan eine Hand auf ihren Bauch und sagte: „Und dabei ist ein Baby unterwegs."

„Eine elende Dirne", stimmte die Brünette zu, freute sich anscheinend sehr, jene *Dirne* anzuschwärzen. „Ihr Name lautet Jill Sterling. Gerne schreibe ich Ihnen ihre Telefonnummer und ihre angeblichen Arbeitsstellen auf, sofern Sie das möchten."

Jordan grinste breit. „Sie sind wirklich eine äußerst hilfsbereite Frau."

Wieder zuhause angekommen bemerkte Jordan nicht, wie das Tütchen Oregano aus ihrer Tasche direkt neben die Mülltonne fiel, die sie in der Nähe des Hintereingangs aufbewahrten. Zu sehr war sie weiterhin mit dem Gedanken, ihrem untreuen Gatten betreffend, beschäftigt.

Als Jacob nur wenige Minuten später, zusammen mit Theo und Kevin denselben Weg ins Haus bestritten, ahnte keiner von ihnen, was sie dort vorfinden würden. Jacob wusste, seine Mutter kam nur selten zu den Mülleimern, deshalb war es ein guter Ort zum Rauchen.

„Willst du auch 'ne Kippe, Theo?" fragte Jacob seinen Freund, nachdem Kevin ihm seine Zigarette anzündete.

„Nein, danke", erwiderte Theo. „Ich huste dabei immer, das hasse ich, wie die Pest."

„Daran gewöhnst du dich, wenn du es regelmäßig tust", gab Kevin zum Besten. Er wollte just sein Streichholz auf den Boden werfen, als er auf die kleine Tüte aufmerksam wurde, die neben dem Mülleimer lag. Natürlich erkannte er den Inhalt sogleich. Freudig erregt hob er ihn auf.

„O Mann!" rief er. „Jake, raucht deine Mom etwa Hasch?"

Jacob fuhr herum, seine Augen lagen nervös auf der Tüte. „Scheiße, nein! Meine Mom bringt uns um, falls sie das sieht. Wo hast du das her?"

„Das lag neben dem Mülleimer. Wow, das ist voll cool, ich wollte schon immer mal kiffen."

„Das gehört nicht meiner Mom, aber unser Gärtner ist manchmal hier in der Ecke", erklärte Jacob seinem Freund.

„Dann ist euer Gärtner einsame Spitze."

Jacob bezweifelte, dass ihr fünfundfünfzigjähriger Gärtner Hasch rauchte, sagte aber nichts, weil er sich vor Kevin nicht blamieren wollte.

„Sieh dir das Zeug an, wir kriegen eine Gratisdröhnung umsonst!" Kevin lachte. „Mann, diese Gärtner verstehen eben was vom Grünzeug, was?"

„Wenn etwas gratis ist, ist es bereits umsonst", murmelte Theo trocken. „Denkt ihr tatsächlich, es ist 'ne gute Idee, hier draußen Dope zu rauchen?"

Jacob winkte ab. „Quatsch! Meine Mutter wird denken, Kevin hat das mitgebracht."

„Ja, seine Mutter denkt ich sei Abschaum!" stimmte Kevin unumwunden zu. „Na komm, sei nicht so ein Weichei! Jake, du machst doch mit, oder? Lass uns einen Joint daraus drehen."

Zögernd blickte Jacob zu Theo. „Und?"

Aber Theo schüttelte beharrlich den Kopf. „Mir egal was ihr tut, aber ich mach so etwas nicht. Ich find rauchen ohnehin blöd, da werd' ich erst recht nicht anfangen zu kiffen. Außerdem ist es illegal. Hinterher landen wir noch alle im Zuchthaus."

„Die sperren dich deswegen nicht ein", sagte Kevin.

„Euch vielleicht nicht. Aber es würde keine Bürgerrechtsbewegung geben, würden wir alle gleich behandelt werden, oder?"

„Hältst du wenigstens den Mund?" fragte Kevin genervt.

Das konnte Theo ihnen versprechen. „Sicher. Ich bin keine Petze."

Kevin schien da weniger überzeugt, konzentrierte sich jedoch lieber auf das kleine Tütchen. Er öffnete den Beutel und zog den Geruch tief in seine Lungen. „Wow, klasse Zeug. Ist bestimmt Markenware. Hier, Jake, schnüffle mal."

Zaghaft nahm Jacob die Tüte entgegen. Auch er inhalierte den Geruch. Fragend runzelte er die Stirn. „Also das überrascht mich jetzt", meinte er. „Riecht irgendwie…bekannt." Er hielt es Theo hin.

Auch jener roch kurz an dem besagten Kraut. Er brauchte einen Moment, da hatte er das Rätsel gelöst. Schadenfroh brach er in Lachen aus. „Das riecht so bekannt, weil das Oregano ist, ihr Dummdödel! Das ist auf jeder verfluchten Pizza!"

„Oregano?!" Jacob schnüffelte erneut daran. „Er hat Recht. Oregano."

Leicht beleidigt riss Kevin Jacob die Tüte aus der Hand. „Nie und nimmer ist das Oregano!"

„Es ist Oregano. Meine Mom baut es in ihrem Kräuterbeet an", teilte Theo ihnen mit. Lachend schüttelte er den Kopf. „Also, auch wenn ich euch gern beim High werden durch Gewürzkräuter zugeschaut hätte, aber ich muss nach Hause. Vielleicht frage ich meine Mom nach einer schönen Pizza fürs Abendessen. Mit *gaaanz* viel Oregano!"

„Ach, halt die Fresse!" fauchte Kevin.

Weiterhin lachend, wischte sich Theo bereits die Tränen aus den Augen. „Ich ruf dich an, Jake." Er schüttelte den Kopf, machte sich auf den Heimweg. „Oregano, echt!"

Jacob nickte, stets leicht enttäuscht wegen ihrer kleinen Entdeckung. „Bis dann, Theo."

Jacob seufzte. Es war kein Geheimnis, er wollte schon lange einmal so etwas Verbotenes wie Dope ausprobieren. Eine solche Gelegenheit wie gerade eben hätte ihm echt in die Karten gespielt. Irgendwie enttäuschte es ihn, jetzt nur eine Tüte Oregano gefunden zu haben, denn so schnell würde er nicht mehr an echtes Dope gelangen.

Mal ganz im Ernst, wozu hatte man Freunde wie Kevin, wenn man nicht hier oder da über die Stränge schlüge? Solche Freundschaften wie jene zu Kevin, waren der Nährboden zu einer wirklich erlebnisreichen Jugend.

Klar wusste Jacob, warum seine Mutter ihn nicht mochte, denn Kevin war tatsächlich ein schlechter Umgang. Aber Jacob hatte Spaß mit ihm. Auch, weil er viele Erfahrungen mit ihm machen durfte – und Kevin immer einen Weg wusste, nicht erwischt zu werden.

„Ich hätt's echt gern mal ausprobiert", murmelte Jacob.

Kevin schnaubte. „Na, also vielleicht kenne ich einen Weg, wie wir es doch noch rauchen können."

Ernsthaft jetzt? „Du willst doch nicht etwa Oregano kiffen?" fragte Jacob ungläubig.

„Nein. Aber mein Bruder hat immer was in seinem Zimmer. Er würd's mir verkaufen, wenn wir ihm genug Geld geben. Aber ich warne dich vor, der Volldepp verlangt mehr von mir, als der Dealer von ihm. Er nimmt dich volle Kanne aus."

Jacob grübelte. Auf der einen Seite wollte er kein Geld für so was ausgeben, auf der anderen Seite...einmal ausprobieren, was schadete das schon?

„Na dann, plündere ich mal lieber mein Sparschwein, was? Und dann gehen wir zu dir und ich sag meiner Mom, wir lernen zusammen."

Das brachte schließlich Kevin zum Lachen. „Dann kannst du ihr gleich die Wahrheit sagen. Als ob die das glauben würde." Er zuckte mit den Schultern. „Sag einfach wir wollen abhängen, ist glaubwürdiger. Meine Alten sind nicht da, wir haben den ganzen Tag!"

Nickend lief Jacob ins Haus. Er konnte es gar nicht erwarten, wie es sich anfühlen würde high zu sein.

9

Ihm gefiel das Haus nicht wirklich, was Engelwood ihm zuletzt zeigte. Es war klein und wirkte kaum gemütlich. Mike konnte sich bereits jetzt Annes Beschwerden vorstellen, sobald sie herausfände, im kleinsten Haus der Straße zu wohnen. Dennoch konnte er aber genauso wenig einfach umdrehen und wieder gehen. Irgendetwas an dem Haus zog Mike an. Er konnte bloß nicht sagen was.

„Und, wie gefällt es Ihnen?" fragte Engelwood ihn letztlich.

Engelwood war ein schlaksiger Mann, der bei dieser Figur mit Sicherheit einen guten Leichtathleten abgäbe. Er schien noch keine dreißig zu sein, dennoch verhielt er sich ausgesprochen professionell.

Mike wollte ehrlich sein. „Das Haus ist ein bisschen klein."

„Es ist Platz für bis zu zwei Kinder-, und einem Elternschlafzimmer", widersprach Engelwood beharrlich. „Dazu gibt es Fläche für ein Arbeitszimmer. Und wenn die Frau des Hauses gerne näht oder einem anderen Hobby nachgeht, bleibt selbst ihr ein Hobbyraum. Womöglich lässt sich sogar ein Gästezimmer daraus gestalten."

Der Mann kannte seine Ehefrau nicht. Anne Hoffmann würde niemals freiwillig eine Nähmaschine bedienen. Mike stopfte seine Socken selber. Das lernte er damals in der Armee – was ihn froh stimmte, weil seine Frau ihn höchstens auslachte, forderte er so etwas von ihr ein. Waren Socken kaputt, wurden neue gekauft. Eine Handlungsweise, die Anne bei vielen Problemen einsetzte.

„Ich habe nur einen Sohn und wir haben nicht vor, unsere Familie zu vergrößern", sagte Mike. „Es gibt zwar viele Räume, ja, die sind aber auch eher klein."

„Nun, theoretisch lässt sich über einen Anbau reden. Oder Sie reißen eine Wand ein."

„Ich soll also noch mehr Geld in dieses Haus fließen lassen?"

Engelwood lächelte etwas unsicher. „Wissen Sie was? Ich muss noch kurz einen Anruf machen, in dieser Zeit können Sie doch noch einmal durch das Haus laufen. Ganz in Ruhe. Lassen Sie alles auf sich einwirken."

Mike nickte.

Etwas demotiviert machte er sich in den ersten Stock auf. Natürlich lief er direkt in das große Schlafzimmer, in dem Anne und er ihren Rückzugsort errichten würden, sofern sie hier einzögen. An das Schlafzimmer grenzte ein kleines Badezimmer, mit Waschbecken und Badewanne, welche sich gleichzeitig zur Dusche eignete. An sich war das Haus schön, dieser eine Raum geräumig, doch die anderen wirkten eher winzig. Anne wollte einen begehbaren Kleiderschrank, was hier beinahe unmöglich schien. Derweil wollte Mike eine Bibliothek einrichten, doch er bezweifelte, dass der Platz sich dafür eignete. Außer natürlich, er riss tatsächlich eine Wand ein...

Vielleicht sollte er sich weiter umsehen, dachte er just, als er aus dem Fenster blickte.

In das Nachbarhaus könnte man ganz gut hineinsehen, wären die Gardinen fort, war sein letzter Gedanke, bevor ein Licht im Haus zu brennen begann.

Plötzlich hatte er den besten Blick auf das hell erleuchtete Zimmer. Ein Mädchen, nur in Unterwäsche bekleidet, lief durch den Raum, legte verschiedene Kleider auf ihr Bett. Natürlich drehte Mike dem Mädchen augenblicklich den Rücken zu, nichtsdestotrotz erkannte er sie sofort.

Erin Adaire!. Das Mädchen war Erin, demnach gehörte das Haus Stan.

„Na so was", murmelte er. „Das ist also das Haus der Adaires."

Noch auf dem Nachhauseweg würde er nicht genau sagen können, was ihn eigentlich genau ritt, aber so oder so sagte ihm sein Gefühl, er solle es versuchen. Er solle versuchen, nach Francicburg, in das kleinste Haus der Straße, zu ziehen und das Schicksal entscheiden lassen, wie sein Leben sich entwickelte.

Was konnte schon schiefgehen, wenn er sich einmal über Annes Wünsche hinwegsetzte und seinem Bauchgefühl folgte?

Nachdem Mike sich wieder ins untere Stockwerk aufmachte, wurde er augenblicklich von Engelwood empfangen.

„Mr. Hoffmann, haben Sie sich alles angesehen?" fragte er hoffnungsvoll.

„Ja", erwiderte Mike fröhlich. „Ich denke, ich werde dieses Haus kaufen."

10

Trotz des kleinen Zwischenfalls mit Stan, war der Tag für Jordan noch gut verlaufen. Nachdem Erin von der Schule nach Hause kam, versuchte Jordan ihre Neugier zu zügeln und ihre Tochter nicht mit Fragen zu löchern, was es mit der Spintkontrolle von Glenn Mitchell auf sich hatte. Für ihre Geduld wurde sie belohnt, denn Erin teilte ihr glückselig mit,

Glenn Mitchell würde, ab dem nächsten Schuljahr, von seinen Eltern auf eine Militärakademie geschickt.

„Nun, angeblich hat er sich in der letzten Zeit einfach zu viel zuschulden kommen lassen. Auslöser für die Entscheidung, sollen geklaute Lösungen für die Matheabschlussprüfung gewesen sein", teilte Erin ihrer Mutter mit einem engelsgleichen Gesicht mit, welches Unschuldiger nicht sein konnte. „Rektor Walton soll seinen Eltern eine Versetzung versprochen haben, wenn sie ihm im Gegenzug auf die Militärakademie schicken. Einsame Spitze, oder?"

Jordan nickte. „Vielleicht lernt er auf dieser Schule endlich ein wenig Disziplin und die Tatsache, andere Menschen nicht zu piesacken."

„Ich hoffe es", stimmte Erin zu. „Er hat mich seit zwei Jahren nur geärgert. Er verdient es, endlich mal die Konsequenzen tragen zu müssen."

Kurz darauf bot Jordan an, zur Feier des Tages einen Ausflug in die Stadt zu machen. Ein kleiner Einkauf für die Frankreichreise, vielleicht ein Eis im Eiscafé genießen. Das schöne Wetter auskosten. Erin stimmte zu – und machte Jordan damit sehr glücklich.

Endlich durfte sie wieder Zeit mit ihrer Tochter verbringen. Erin fragte sie sogar gelegentlich nach ihrer Meinung, während sie zusammen nach Kleidern suchten. Im Grunde genoss Jordan jede Sekunde mit ihr, denn sie wusste, wie schnell Erin erwachsen wurde, und dass es nicht mehr lange dauerte, bis sie ihre Mutter nicht mehr brauchte und ganz eigenständig Entscheidungen träfe. Obwohl Stan in ihrem Kopf herumgeisterte, beschloss sie, ihn einfach eine Zeit lang zu vergessen und sich nur auf ihre Tochter zu konzentrieren.

Nach etwa drei Stunden erschöpfenden Einkaufs, erreichten die beiden Frauen wieder ihr Haus.

„Am besten legst du all deine Einkäufe aufs Bett, damit Juanita die Kleider einmal wäscht, bevor du sie anziehst. Ich werde ihr Bescheid geben", meinte Jordan schließlich.

Erin nickte und machte sich in ihr Zimmer auf. „Danke, Mom", erwiderte sie glücklich. „Das hat mir heute wirklich Spaß gemacht."

Sichtlich gerührt über diese Aussage, erwiderte Jordan: „Mir auch. Das sollten wir unbedingt öfters tun."

Damit entließ Jordan ihre Tochter, welche vollbepackt mit Einkaufsschachteln die Treppe hochlief. Rasch gab Jordan der Haushälterin Bescheid, die Kleider zu waschen, danach lief sie müde ins Wohnzimmer.

Jetzt wo sie langsam zur Ruhe kam, traten auch die Ereignisse des Aufeinandertreffens mit Stan und seiner Mätresse zurück in Jordans Kopf.

Jill Sterling hieß sie also. Jill. Kein besonders ausgefallener Name. Kein Name welcher darauf schließen ließ, dass die Trägerin zu einem ehebrecherischen Flittchen heranwuchs.

Wobei, konnte Jordan tatsächlich Jill einen Vorwurf machen? War nicht eher Stan der Schuldige an der ganzen Geschichte? Wusste Jill überhaupt von ihr? Falls nicht, dann durfte Jordan ihr ja wirklich keinen Vorwurf machen. Schließlich durchleuchtete man das Privatleben neuer Bekanntschaften ja nicht sofort. Und so wie die Sachlage aussah, betrachtete sie Stan auch nicht gerade als ehrliche Haut.

Selbst wenn Jill um seinen Ehestand wusste, so war Stan derjenige mit dem Ring am Finger. Stan hatte die Aufgabe Nein zu sagen, sofern es darum ging, seine Frau zu betrügen. Sie durfte zwar auch wütend auf Jill sein, doch letztendlich fiel alles unter Stans Verantwortung.

Möglicherweise betrog er sie auch, weil ihm von irgendeinem chauvinistischen Kerls, wie zum Beispiel Jameson, eingeredet wurde, er müsse seine Ehefrau betrügen, weil dies ein Mann in seiner Position eben tat. Womöglich hatte Jameson ihm Jill sogar vorgestellt. Aber wenn Stan tatsächlich seine Treue, nur aufgrund der Meinung seines Chefs, aufgab, dann war er nicht der Mann, für den sie ihn einst hielt. Sie kannte so viele Männer in Jamesons Position, die ihren Frauen treu waren. Demnach lag Jamesons Idiotie allein an ihm selbst.

Doch all das Denken war vergebens. Fakt war nun mal, Stan betrog sie. Und dieses Wissen schmerzte. Und auch wenn sie Jill keine Schuld geben wollte, da Stan allein die Verantwortung für seine Taten übernehmen musste, kam sie nicht umher, sie innerlich als Flittchen zu betiteln und sie zu verabscheuen. Egal, wie doppelmoralisch, unfair und gemein es klang.

Natürlich trug Stan die Hauptschuld. Doch fiel es ihr um einiges einfacher, die unbekannte Affäre ihres Ehemannes per se zu verteufeln und als gierige Ehebrecherin darzustellen, als dasselbe über den Vater ihrer beiden Kinder zu denken.

War so ein Denken unfair? Sicher. Half es? Eher weniger. Jordan schüttelte den Kopf. Sie wusste rein gar nicht mehr, was sie denken sollte.

Was war nur passiert, dass aus ihrer früher doch so intakten Ehe, plötzlich ein solches Schlachtfeld entwuchs?

Jordan ertrug es kaum, wenn er jeden Abend zu ihr kam und so tat, als sei nichts geschehen, als sei er weiterhin der liebende Ehemann und Vater. Besaß er überhaupt ein schlechtes Gewissen? Wollte er überhaupt noch mit ihr zusammen sein? Und wenn nicht, konnte sie sich einfach so von ihm scheiden lassen?

Heute hatte sie so viel Spaß mit Erin gehabt. Wie würde sich die Beziehung zu ihrer Tochter entwickeln, falls sie ihren Vater verließ? Und Jacob? Der Junge brauchte einen Vater. Er käme bald in die Pubertät, wenn er nicht schon längst drin weilte. Dazu kam seine Frühreife, bedingt durch seinen schrecklichen Freund Kevin. Er benötigte eine feste Hand. Doch war ein ehebrecherischer Mann das richtige Vorbild für einen Jungen in der Pubertät? Was sollte Jacob von ihm lernen?

Konnte sie ihr Glück über das ihrer Kinder stellen? Oder besser gesagt: Maßen ihre Kinder ihr Glück nur an einer intakten Ehe?

Jordan wusste es nicht. Ihr brachte man bei, eine Scheidung käme niemals in Frage. Aber war sie als Waise aufgewachsen, mit einem Vormund der sie schlug, wenn sie gerade die Lust dazu überkam. Ihre Eltern verstarben früh, sie besaß lediglich ihren Bruder Nathan als Stütze. Die Freunde ihrer Stiefmutter und Vormundes Hilary waren kein Vaterersatz, eher hätte sie sich gewünscht, Hilary bliebe allein, als dass sie weitere Kerle anschleppte. Dennoch schärfte ihr die Frau stets eine Sache ein: Eine Scheidung ziemte sich für eine Frau einfach nicht.

Seufzend wollte sie bereits wieder zum Alkohol greifen, als ihr ein anderer Gedanke kam. Auch wenn sie nicht wirklich wusste wieso, so griff sie zum Telefon und wählte eine Nummer. Sie hatte keine Ahnung, ob sie es bereuen würde, doch sie brauchte jemandem zum Reden. Einen, der sie verstand.

„Clark? Bist du noch im Büro?"

11

Keiner von beiden wusste wieso sie kicherten, doch nach einem Joint empfand man wohl alles irgendwie lustig.

„Scheiße, ich glaube ich kann nicht mehr nach Hause", lachte Jacob. Er konnte nicht genau sagen, weshalb ihn diese Feststellung so amüsierte, dennoch tat sie es.

„Wenn deine Mom etwas sagt, lass mich das regeln. Ich werde sie schon umstimmen", erwiderte Kevin ebenfalls kichernd. „Ich mache deine Mom echt glücklich."

„Wäre ich nicht so high, schlüge ich dir jetzt meine Faust in deine Fresse."

Kevin grunzte und drehte die Musik lauter, die im Hintergrund aus dem Radio dröhnte. Tanzte daraufhin im Takt von einem von Little Richards Liedern. „Wow, high ist wirklich alles besser", murmelte er. „Da will selbst ich die Hüften schwingen."

„Verdammt gutes Zeug. Woher hat das dein Bruder?" Jacob prustete ohne ersichtlichen Grund los. „*Bruder*, was für ein Wort. Hey, er ist ein Bruder, aber kein Mönchs *Bruder* haha. Verstehst du, was ich meine?"

Kevin erwiderte nichts darauf, starrte eher wie paralysiert an die Decke. „Mann, ich will jetzt ein Bier", verkündete er, bewegte sich jedoch nicht von seinem Platz.

Jacob nickte. „Und ich will mehr Stoff. Ein Leben wie jetzt, so kuschlig und weich…das ist der Sinn des Lebens, Mann, das ist der Sinn des Lebens. Gott hat uns dieses Zeug gegeben, damit wir genau das verstehen. Das Leben ist nicht hart, es ist…kuschlig und weich."

Kevin nickte ernst. „Du bist echt weise, Mann, echt weise." Dann fing er schallend an zu lachen. „*Weise*, was für ein Wort!"

12

Es war bereits nach acht Uhr, doch Jordan drängte darauf, sich noch am gleichen Abend auf einen Drink mit Clark zu treffen. Da sie dem Gerede entgehen wollte, wieso sie sich ausschließlich mit Clark und nicht mit Betty verabredete, trafen sich beide in einer Bar in Parisom, welche etwa zwanzig Minuten von ihrem Haus entfernt lag.

Da Juanita glaubte, sie würde eine Freundin besuchen, und sie Stan nichts von ihrem Vorhaben erzählte, fühlte sie sich beinahe selbst wie eine Ehebrecherin.

„Ich weiß einfach nicht, mit wem ich sonst darüber reden soll", erklärte Jordan Clark. Sie umklammerte einen bereits halb ausgetrunkenen Manhattan fest mit ihrer rechten Hand.

Aufgelöst saß sie ihm in der stickigen Bar an einem kleinen, runden Tisch gegenüber. Clark stimmte sofort einem Treffen zu. Natürlich ahnte sie nicht, dass er daraufhin Jill anrief, um diese zu bitten, Stan für eine Weile zu beschäftigen. Wenn er schon den Abend mit Jordan verbringen durfte, wollte er es auch genießen.

„Aber wir haben uns für heute Abend nicht verabredet", antwortete Jill gelangweilt.

„Dann seid ihr das jetzt. Ich will in Ruhe mit Jordan sprechen, ohne Angst zu haben, dass der Mann mir einen Strich durch die Rechnung macht."

„Ich wollte mir die Nägel machen", beschwerte sie sich weiter.

„Deine Nägel laufen dir nicht weg. Pass auf, geht doch einfach in irgendeine Kneipe. Nur passt auf, dass es nicht *Don's Taverne* in Parisom ist."

Murrend gab Jill seiner Forderung nach. Hoffentlich machte sie was aus dieser Chance.

Er wollte auf jeden Fall etwas aus dieser Gelegenheit herausschlagen. Genau aus diesem Grund versuchte Clark seine Freudengefühle zu unterdrücken, während er Jordan an dem kleinen Tisch gegenüber saß und gleichzeitig überlegte, wie er am besten Körperkontakt zu ihr aufbaute.

Ein Glück traf jene Chance schnell ein, denn Jordan berichtete ihm sofort von ihrer schrecklichen Entdeckung, Jill und Stan betreffend. Clark reagierte gespielt geschockt, umfasste mitfühlend ihre Hand.

„Es ist in Ordnung, wenn du mir vertraust, Jordan. Ich würde dir auch alles erzählen", redete er ihr gut zu. „Es ist befreiend, sich alles von der Seele zu reden."

„Mein erster Gedanke", erwiderte sie, „war, ihn zu verlassen. Ich habe mir selbst immer gesagt, falls mein Ehemann mich betrügen sollte, würde ich ihn sofort verlassen. Ich habe die Leute niemals verstanden, die ihre Ehe aufrechterhielten, obschon der Ehepartner den schlimmsten Betrug begeht. Fremdgehen ist unentschuldbar. Und nun…" Sie blickte Clark mitleidig an, „nun überlege ich mir selbst, ob ich es schaffe, Stan zu verlassen. Ich liebe ihn doch noch immer. Sein Betrug ist für mich weiterhin vollkommen unverständlich, doch ändern tut es an meiner Liebe nichts."

Vorsicht, ermahnte Clark sich selbst, *jetzt musst du äußerst behutsam agieren*. „Du solltest dich nicht fragen, ob du ihn genug liebst, um bei ihm zu bleiben, sondern ob er *dich* genug liebt. Es hat schließlich Gründe, weshalb er fremdgeht."

Sie schluckte hart. Beschämt entzog sie ihm die Hand. „Ich weiß, man spricht nicht so offen darüber, aber…glaubst du, er ist mit unserem…Intimleben unzufrieden?"

„Wieso denkst du, es liegt an dir? Vielleicht ist Stan einfach durchgeknallt!" hätte er beinahe wütend erwidert, doch Clark besann sich eines Besseren.

„Nein", erwiderte er ruhig. Clark glaubte zu wissen, es sei das Beste, ähnlich wie eine beste Freundin in so einem Gespräch zu handeln. Dabei durfte er allerdings nicht vergessen, für sich selbst zu werben. Was hieß: Lästere über Männer, außer über einen - *sich selbst*.

„Unmöglich. Doch sind einige Männer eben nicht für Monogamie gemacht. Ich habe Betty nie betrogen, musst du wissen, aber Männer wie Stan sehen Ehebruch als gar nicht so abwegig an, es gehört für sie dazu. Sie meinen es nicht böse, sie sind einfach so gestrickt und werden sich auch niemals ändern können. Niemals, Jordan, hörst du? Möglicherweise... aber ihr seid so lange verheiratet. Vielleicht wart ihr damals einfach zu jung um zu erkennen, dass ihr nicht zusammengehört."

Sie hätte ihn anschreien sollen, dachte Jordan. Wie konnte Clark sich so etwas nur rausnehmen? Leider musste sie zugeben, sich dasselbe gefragt zu haben. Theoretisch war ihre Eheschließung eine Mussheirat gewesen. Zwar waren sie bereits verlobt gewesen und nahm Jordan stets an, beide würden sich genug lieben. Aber letzten Endes wollte sie ursprünglich mit der Hochzeit warten. Damals hatte sie mit Stan ausgemacht, nicht vor ihrem zwanzigsten Geburtstag heiraten zu wollen. Bis sie ihre Schwangerschaft bemerkte.

Konnte diese Liebe mittlerweile erloschen sein?

Gäbe es Erin nicht...wie lange wären sie ein Paar geblieben? Hätten sie tatsächlich bis Jordans zwanzigstens Lebensjahr gewartet? Wäre es überhaupt zur Hochzeit gekommen?

„Ich liebe Stan und er liebt mich", beharrte sie.

Clark gab nicht nach. „Was ist das für eine Liebe? Liebt ihr euch bloß noch aus Gewohnheit? Oder weil ihr beiden euch auch nach all den Jahren stets in fassungslos brennender Liebe nacheinander verzehrt?"

„So etwas gibt es doch nur in Romanen", entgegnete Jordan.

Clark atmete tief ein. Er wusste, Jordan würde nach seiner Antwort vermutlich aufspringen und gehen, vorher würde sie ihm aber höchstwahrscheinlich noch eine Ohrfeige verpassen. Dennoch war ihm ebenso bewusst, nach dieser Antwort würde sie voraussichtlich die ganze Nacht über genau dieses Thema nachgrübeln.

Und das war der Plan.

„Woher willst du das wissen, Jordan? Du hattest bisher doch lediglich einen Mann oder nicht?"

Die Ohrfeige blieb sie ihm schuldig. Doch mit dem entsetzten Aufspringen lag er richtig.

Fortsetzung folgt...

BOOKISODE 8

Frankreich vor Augen

1

Es blieben im Prinzip nur noch wenige Stunden, bis die Familie Adaire nach Frankreich aufbrach. Jordan fing bereits an, die wichtigsten Dinge zusammenzupacken, doch richtig über die Reisen freuen konnte sie sich nicht mehr. Ständig dachte sie daran, mit dem Mann in den Urlaub zu fahren, der dabei wohl die ganze Zeit mit den Gedanken bei seiner Affäre weilte.

Und sie selbst? Sie selbst dachte andauernd an Clarks Worte. Vielleicht lag er ja richtig und sie besaß wirklich keine Ahnung von der Liebe.

Mit Ende sechzehn traf sie auf Stan. Als Teenager sah man die Welt vollkommen anders. Erin schien das beste Beispiel dafür zu sein. Während diese glaubte, die Schule würde niemals zu Ende gehen, bemerkte Jordan voller Schock, es blieben bloß noch zwei Jahre, bis sie die Universität besuchte.

Jordan liebte Stan. Aber tat sie dies allein aus Gewohnheit? Und erging es ihm genauso? Er hatte ein Verhältnis, so viel stand fest. Konnte ein Jemand trotzdem glücklich in seiner Ehe sein, obschon er fremdging?

Seufzend stellte sie ihren Koffer auf das Bett. Auch eine Reise nach Paris würde ihre Eheprobleme nicht aus der Welt schaffen, dennoch wollte Jordan die Reise genießen. Sie genösse diese Reise genau wie alle anderen zuvor, und nahm sich vor, ihre Probleme auf den Zeitpunkt verschieben, an dem sie die heimische Grenze erneut überflogen.

Ein paar Wochen lang wollte sie nicht an Stans Geliebte denken. In diesen Wochen würde sie versuchen zu erkennen, ob die Liebe zu ihrem Ehemann stets genauso echt war, wie am Tage ihrer Eheschließung. Oder ob sie nun einfach zu dieser Art Frauen gehören sollte, die wegsahen, wenn der Mann sie betrog, und es als gegeben hinnahmen. Womöglich sogar selbst Affären eingingen.

Meine Güte, mittlerweile fühlte sie sich wie in dem Ben Hecht Roman, *Die Leidenschaftlichen*. Nur ohne den Mord.

Dazu wollte sie keines von diesen oberflächlichen Paaren sein, denen es nur um ihr Prestige ging, weshalb sie in der Öffentlichkeit so taten, als sei alles in Ordnung und zuhause eigene Wege gingen. Sie wollte eine wahrhaftige Ehe. Eine, die aus Liebe, Treue und Respekt bestand.

„Mrs. Adaire?" Juanita weilte im Türrahmen ihres Schlafzimmers. „Mr. Anderson ist erschienen. Er wünscht mit Ihnen zu sprechen."

Unsicherheit überkam sie. Clark versuchte in ihrem Leben überpräsent zu sein und sie wusste nicht, ob ihr das gefiel. Sie vermutete, er wolle sie dazu bringen, langsam mehr und mehr für ihn zu empfinden, sich gar in ihn zu verlieben. Um ehrlich zu sein, fiel Jordan es langsam immer schwerer, Clarks Charme zu widerstehen. Er war ein lieber Kerl, ebenfalls gefangen in einer unglücklichen Ehe. Allmählich fühlte sie sich stärker zu ihm hingezogen. Mittlerweile mehr als jemals zuvor. Ja, es gab diese Momente in der Vergangenheit, in dem er hier und da ihre Gedanken beherrschte. Allerdings waren es nur Gedanken. Mittlerweile fühlte sie eine wirklich starke Hingabe für ihn. Eine gefährliche Tatsache. Denn schließlich wollte sie nicht der Gegenpart des betrügerischen Ehemannes werden: Die betrügerische Ehefrau.

O Gott, dachte sie, was war bloß aus dem Glauben der perfekten Ehe geworden, welcher sie sich bis noch vor wenigen Wochen hingab? Zerschmettert worden war er, in tausend kleine Scherben.

„Ich komme runter. Schicken Sie ihn bitte raus in den Garten."

Juanita tat wie ihr gesagt. Für einen kurzen Moment begutachtete Jordan ihre Haare und ihr Make-up im Spiegel. Eilig fuhr sie sich mit ihren Fingern ein letztes Mal durchs Haar, danach machte sie sich in den Garten auf. Warum sollte sie wie eine Vogelscheuche aussehen, wenn sie Clark begrüßte?

„Jordan!" rief Clark freudig, sobald er sie auf sich zukommen sah. „Wie geht es dir?"

„Gut", erwiderte sie knapp.

Clark nickte, auf einmal wurde seine Miene ernst. „Ich wollte mich für meine Bemerkung letztens entschuldigen. Ich habe...ich habe nicht nachgedacht, ich wollte dich nicht beleidigen."

Sie nickte ebenfalls. „Danke. Dennoch hast du es. Ich sehe nicht ein, was daran falsch sein soll, lediglich seinen Ehemann..." Sie errötete.

„Daran ist nichts falsch", stieß er sogleich aus. „Es ist sogar sehr ehrenhaft. Heutzutage denken die Jugendlichen ja...aber darüber wollte ich nicht mit dir sprechen. Ich wollte mich lediglich entschuldigen und dir sagen, dass Stan dich nicht verdient hat. Er hat eine Frau wie dich nicht verdient. Eine, die sich für ihre Familie aufopfert, ihrem Mann treu zur

Seite steht und alles andere hinten anstellt, wenn Freunde und Familie sie brauchen. Egal, ob ihr nun zwei oder zwanzig Jahre verheiratet seid, sein Verhalten dir gegenüber ist respektlos. Und genau das hast du nicht verdient."

Plötzlich kamen Tränen in ihre Augen geschossen. Diese schöne Rede erwartete sie nun wirklich nicht. „O Clark..."

„Pscht, nicht weinen", murmelte dieser, gleichzeitig legte er seine Hand auf ihre Wange. „Ich wollte dich nicht zum Weinen bringen."

„Aber du hast recht", schluchzte sie. „Ich quäle mich doch selber. Er sagt, er müsse so viel arbeiten, aber dann rieche ich dieses Parfüm..."

„Jordan", flüsterte er eindringlich, „Jordan."

Auf einmal lagen seine Lippen auf ihren. Zuerst wollte sie ihn wieder wegstoßen, doch Jordan besann sich eines Besseren und gab seinem drängenden Mund nach. Mit einem Stöhnen presste sie sich an seinem Körper, ihr Mund verschmolz mit seinem. Clarks Hände fuhren rastlos über ihren Rücken, berührten sie mit solcher Ehrfurcht, während sie ihre Hände durch seine Haare gleiten ließ.

Endlich, dachte sie, endlich fühlte sie sich wieder begehrt. Sie konnte gar nicht mehr genug von ihm bekommen, schmiegte sich immer enger an ihn, fühlte ihre Erregung deutlich in jeder Faser ihres Körpers.

Sie hätte ewig in seinen Armen liegen können, doch urplötzlich nahmen sie ein aufgeregtes Keuchen wahr.

Abrupt löste Jordan sich von Clark. Sie fuhr herum...und starrte in die vor Schreck weit aufgerissenen Augen ihrer Tochter.

„Wie konntest du nur?!" kreischte Erin aufgeregt.

Fluchend stieß Jordan Clark fort. „Erin, es ist nicht das wonach es aussieht."

„Es sieht danach aus, als ob du Clark Anderson küsst! Willst du etwa behaupten, ich habe etwas anderes gesehen?"

Natürlich wollte sie es. Dennoch erschien es nicht richtig, Erin jetzt eine Lüge aufzutischen, bloß um sich sicher aus dieser Geschichte zu ziehen.

Doch Erin wollte gar nicht die Antwort ihrer Mutter abwarten, wütend stapfte sie ins Haus zurück. Jordan direkt hinter sich wissend.

„Erin!" rief sie. „So warte doch."

„Ich habe dir nichts mehr zu sagen, Mutter!" keifte diese. Ohne stehenzubleiben, stürmte sie in ihr Zimmer.

Keine Sekunde später zuckte Jordan aufgrund des lauten Knalles der Zimmertür zusammen.

Erschöpft legte sie eine Hand an ihre Stirn. Das war ja super gelaufen. Stan konnte sie anscheinend den ganzen Tag betrügen, doch sobald Jordan sich einem kleinen Kuss hingab, wurde sie erwischt.

„Jordan."

Clarks leise Stimme riss sie aus den Gedanken. Frustriert drehte Jordan sich um, blickte ihn an. Er wirkte ebenfalls beschämt und nicht mit sich im Reinen.

„Es tut mir leid, was da eben passiert ist..." begann er, doch Jordan winkte ab.

„Es ist nicht deine Schuld. Dennoch wäre es besser, wenn du jetzt gehst."

Er nickte. „Natürlich." Es folgte ein Seufzen. „Jordan, ich...ich weiß, dieser Kuss bedeutet dir im Grunde gar nichts, doch solltest du wissen, für mich ist es anders. Ich merke jeden Tag aufs Neue, dass ich einfach nicht mehr so weitermachen kann. Ich werde Betty verlassen."

Betty! O Gott, diese hatte Jordan komplett verdrängt. Jetzt fühlte sie sich noch schlechter als zuvor.

Vollkommen vor den Kopf gestoßen erwiderte Jordan: „Aber doch nicht aufgrund dieses Kusses?"

„Natürlich nicht. Nein, das hat mir lediglich mehr verdeutlicht, endlich einen Schlussstrich unter diese Ehe zu setzen. Weder Betty noch ich sind sonderlich glücklich." Seine Augen ruhten auf ihr. „Ich weiß, bei dir ist es noch zu früh, dennoch...mach dir klar, was du dir wünschst, Jordan."

„Clark, du weißt nicht, was du da von mir verlangst. Du möchtest, dass ich einfach mir nichts dir nichts meine Ehe aufgebe. Woher soll ich wissen, ob ich nicht einen großen Fehler mache?"

„Ich möchte bloß, dass du dir überlegst was du willst, Jordan." Er seufzte. „Hör zu, du bist bald in Frankreich, aber du solltest wissen..."

Doch Jordan unterbrach ihn. „Ich will nichts hören, so etwas überfordert mich, Clark. Ich werde nicht wegen eines Kusses eine fast sechzehn Jahre alte Ehe aufgeben. Vielleicht möchtest du Betty verlassen, aber du hattest auch Monate um das zu entscheiden. Was ist denn, wenn diese Gefühle, die ich für dich entwickle, nur aufgrund meiner Frustration Stan gegenüber entstanden sind? Schließlich liegt das auf der Hand."

„Jordan, ich liebe dich."

„Nein, du bist bloß desillusioniert. Desillusioniert von deiner Ehe."

Beherzt schüttelte er den Kopf. „Nein, im Gegenteil. Aber okay, wenn du dich nicht dazu durchringen möchtest, dann beginnen wir doch einfach eine Affäre."

Nun fing sie schallend an zu lachen. „Clark, du sprichst davon, ich solle Stan betrügen, wie als würdest du darüber reden, ob wir morgen in den Park gehen oder nicht. Ich…ich weiß wie weh es tut, Clark, ich könnte weder Stan noch Betty so etwas antun. Und jetzt geh!"

Doch Clark ließ sich einfach nicht abschütteln. Er hatte einen Plan. Und dieser Plan würde endlich seinen Wunsch erfüllen: Jordan sollte ihm gehören.

„Jordan, glaube mir doch, ich will nur dich! Ohne Einschränkungen. Dich allein."

„Sagte er, während er seinen Ehering trug", spottete sie. „Ich möchte davon nichts hören, das alles war ein großer Fehler."

Sie wollte ihm bereits wieder den Rücken zukehren, aber ehe sie dies konnte, rief er ihr hinterher: „Ich werde dir meine Liebe beweisen. Wenn du am Flughafen stehst, werde ich kommen und dir sagen, ich habe Betty für dich verlassen. Und wenn ich das getan habe, gebe ich dir die Zeit in Frankreich, damit du dir über deine Gefühle bewusstwerden kannst."

„Clark…" erwiderte sie leicht frustriert, doch diesmal war es an ihm sie zu stoppen.

„Bitte, denk einfach darüber nach. Ich werde dich verabschieden und gebe dir die Zeit die du benötigst."

Auch diese Wendung missfiel ihr, dennoch wollte sie endlich aus diesem Gespräch ausbrechen. „Na gut", antwortete sie. „Aber jetzt musst du gehen."

Er nickte. Endlich, dachte er erfreut, endlich der langersehnte Fortschritt.

2

Von Rage gepackt, warf Erin ein Kissen durch ihr Zimmer. Ihre Mutter war so ein scheinheiliges Luder! Ja wohl, sie war ein Luder! War mit ihrem Vater verheiratet und küsste dennoch einen anderen Mann!

Dabei dachte sie doch, jetzt könnte endlich alles anders werden. Nachdem Erin sich zuletzt so selbstbewusst in der Schule zeigte und Glenn Mitchell nun bald Latrinen in der Militärakademie putzte, hörte ein Großteil der Hänseleien erst einmal auf. Klar, wirklich akzeptiert war sie noch nicht, aber wenigstens ärgerte sie momentan keiner mehr. Und obgleich Pam größtenteils den Mund hielt, so machte sie ihr dennoch klar, dass sie wusste, wer hinter Glenns Rauswurf steckte.

„Eines Tages, Erin, da wirst du bereuen, Glenn rausgeworfen zu haben. Glaube mir, dafür werde ich sorgen."

Bislang hielt sich Pam dahingehend allerdings zurück, was aber hauptsächlich daran lag, dass sie jede Stimme brauchte, um die Wahl zur beliebtesten Schülerin zu gewinnen.

Obwohl Erin diese Wahlen ziemlich nutzlos fand, wählte sie dennoch mit. Und stimmte gegen Pam.

Auch ihre Freundschaft mit Jenny wuchs von Tag zu Tag. Auf Pams Drohung hin meinte sie zwar lapidar, Pam würde sich ohnehin nicht trauen, irgendwas alleine in die Wege zu leiten. Dafür sei sie viel zu blöd. Erin war sich dessen weniger sicher und wartete lieber ab. Pams Zorn, einen ihrer guten Freunde verloren zu haben, könnte ihr unter Umständen gefährlich werden. Das Mädchen war nun mal äußerst rachsüchtig.

Was Megan betraf, so mochte diese Jenny weniger, dennoch lernte Erin bei Jenny wirklich viel über Frauen, Männer und Beziehungen. Jenny kannte eine Menge Studenten und andere Schwerenöter. Sie versprach Erin, ihr nach den Sommerferien einige dieser vorzustellen.

„Du glaubst Harvey sei ein Lottogewinn? Ich zeige dir echte Männer, Erin. Männer, die ganz genau wissen, wo der Hammer hängt", versprach sie.

Erin konnte vor Glück in die Luft springen, obschon ihr diese – ja, man könnte beinahe sagen, Drohung – auch leichte Angst bereitete. Hoffentlich waren unter diesen *Männern* nette Kerle dabei.

Ja, momentan gefiel ihr ihr Leben immer besser. Bis zu dem Zeitpunkt, an dem sie ihre Mutter in heißer Umarmung mit Clark Anderson auffand. Die Frau, die doch eigentlich ihr Vorbild sein sollte.

Was sollte sie denn jetzt zu ihrem Vater sagen?

In ihrer Wut versunken bekam sie zunächst gar nicht mit, wie ihre Mutter ungefragt ihr Zimmer betrat.

„Erin", sagte diese ruhig, „lass uns reden."

„Hau ab! Es gibt nichts zu reden. Du bist eine Ehebrecherin."

„Nein, das bin ich nicht", widersprach Jordan vehement. „Dein Vater..." Rasch biss sie sich auf die Unterlippe. Ihre Tochter sollte die Wahrheit über ihren Vater nicht erfahren, dies verletzte sie bloß noch mehr. „Erin, ja, ich habe Clark Anderson geküsst. Das ist alles."

„Wirklich? Dafür, dass ihr beiden nur *Freunde* seid, hält er sich mehr hier auf als Mrs. Anderson."

„Sie leiden momentan unter Eheproblemen..."

„Die mit Sicherheit verschwinden, sofern er mit dir ins Bett hüpft."

Anscheinend überschritt sie mit diesem Kommentar eine Grenze, denn auf einmal wurde die Miene ihrer Mutter hart. „Hör auf damit, Erin! Ich bin immer noch deine Mutter. Du hast kein Recht, so mit mir zu reden."

Leider wuchs dadurch Erins eigener Zorn bloß mehr. Nahm sich ihre Mutter tatsächlich das Recht heraus, ihr zu sagen, was als moralisch verwerflich galt? „Du hast wirklich Nerven, Mutter! Du betrügst meinen Vater! Aber das darf ich ihm aus Gründen der Ethik wohl auch nicht sagen, wie?"

Natürlich wollte Jordan zustimmen, dennoch wurde ihr bewusst, wie unfair ein solches Verhalten Erin gegenüber wäre. „Es steht dir natürlich frei, deinem Vater davon zu berichten, Erin", erwiderte sie. „Ich habe einen Fehler gemacht und ich werde zu diesem auch stehen."

Provozierend stemmte Erin die Hände in die Hüfte. „Du willst also sagen, du hältst mich nicht auf, falls ich zu Dad gehe und ihm alles beichte?"

Jordan schüttelte den Kopf. „Nein. Ich sehe keine Veranlassung dazu. Ich werde deinem Vater nichts sagen, du allerdings kannst es gerne tun." Vor allem, da Stan etwas viel Schlimmeres tat, als nur eine fremde Frau zu küssen. „Ich möchte nicht, dass du für mich lügst. Das wäre dir gegenüber unfair."

Einen Moment schwieg Erin. Sie wusste nicht recht, was sie nun tun sollte, zumal sie spüren konnte, wie ihr ihre Mutter eindeutig etwas verschwieg. Sie ahnte, dieses Geheimnis hatte etwas mit ihrem Vater zu tun. Wer weiß, vielleicht küsste ihre Mutter Clark ja auch bloß, da ihr Vater dasselbe mit einer anderen Frau tat. Jetzt wo sie darüber nachdachte, fiel Erin auf, ihre Mutter weinen gesehen zu haben, während sie Clark Anderson küsste. Nicht, weil sie den Kuss nicht wollte, sondern höchstwahrscheinlich aus anderen Gründen.

Eventuell wegen ihres Vaters?

„Na gut", murmelte sie stets ein wenig betrübt, „ich werde erst einmal schweigen. Doch wenn ich dich noch einmal sehe…"

„Erin, Clark und ich haben keine Affäre", erklärte Jordan energisch.

Sie nickte knapp. „Gut."

Ob sie dies auch glaubte, tat nichts zur Sache.

3

„Wir sollten eine Hanfplantage bauen", meinte Jacob zur gleichen Zeit, derweil er rücklings auf dem Boden von Kevins Keller lag. Ohne wirklich zu wissen warum, starrte er behäbig an die Decke des Raumes. Im Hintergrund spielte wie immer leise Musik. Kevin lag direkt neben ihm. Ihre Schultern berührten sich beinahe.

Sein Freund stimmte enthusiastisch zu. „Wir sollten so was von eine Hanfplantage bauen", rief er. Daraufhin reichte er Jacob den Joint zurück, nachdem er ein weiteres Mal dran zog.

Jacob prustete los. „Wir wären die Helden der Schule."

„So was von!" erwiderte Kevin.

„Ich wäre der Held von Frankreich."

Kevin schnaubte. „Wir leben nicht in Frankreich, du Idiot."

„Nein, ich fliege heute nach Frankreich!" Jacob hustete nach einem tiefen Zug. „Scheiße, so kann ich niemals ins Flugzeug steigen. Meine Mom wird mich umbringen!" Auf einmal fing er laut an zu lachen. „Scheiße, was habe ich getan?!"

Jetzt lachte auch Kevin. „Du bist eben ein vollkommener Idiot!"

So plötzlich wie Jacob anfing zu lachen, wurde er wieder ernst. „*Vollkommen*", flüsterte er ehrerfüllt. „So echt vollkommen."

In dem Moment wurde die Kellertür geöffnet. „Jacob, deine Mutter hat angerufen, du sollst deinen Arsch nach Hause schwingen", rief Kevins Bruder von der Treppe aus. „Sie sagt, wenn du nicht in einer Viertelstunde da bist, fliegen sie alleine nach Frankreich."

Jacob kicherte. „Er hat Arsch gesagt."

Kevin lachte ebenso. „Bleib noch hier, dann wird deine Mom nichts mitkriegen. Stell dir vor, die sind weg und wir beide kiffen drei Monate lang in ihrem Haus. Kiffen, saufen, rauchen…und jede Menge Schmuddelhefte."

Jacob nickte. O ja, das klang super. Leider würde das niemals passieren. Er konnte gar nicht genug kiffen, um zu glauben, seine Mutter flöge einfach ohne ihn. Würde er nicht in binnen weniger Stunden zuhause auflaufen, käme sie her…und erwischte ihn in flagranti beim Kiffen.

Das hieße Hausarrest bis zum Lebensende. Nein danke!

Langsam erhob er sich, doch anstatt sich sofort in Bewegung zu setzen, musste er sich erst einmal daran gewöhnen, dass sich jegliche Möbelstücke in diesem Raum plötzlich verdoppelten. Einige schienen sogar über dem Boden zu schweben.

Krasse Scheiße, echt krasse Scheiße.

„Ich fühle mich besoffen", murmelte er. „Meine Mutter wird mich so was von bestrafen."

Daraufhin seufzte Kevin genießerisch. „Mann, ich wünschte ich wäre du. Deine Mutter dürfte mich so hart bestrafen, wie sie es für richtig hielt."

Auch wenn Jacob vollkommen neben der Spür war. Er schaffte es dennoch, Kevin für diese Aussage eine Kopfnuss zu verpassen.

4

Derweil begutachtete Betty frustriert die kleine Boutique, in dessen Schaufenster ein hübsches grünes Kleid für aller Augen ausgestellt worden war. Vor der Schaufensterpuppe war ein Schild angebracht worden: *Für die Frau von Beruf.* Frau von Beruf. Dass sie nicht lachte. Sie wollte auch immer eine Frau von Beruf sein, doch sobald man sich für die Ehe entschloss, gab es keine Frau von Beruf mehr, sondern bloß noch die Ehefrau eines Mannes von Beruf. Aus ihr wurde nicht etwa Betty Anderson, sondern Mrs. Clark Anderson. Nicht einmal einen eigenen Namen tragend war sie der Gesellschaft mehr wert.

Seufzend drehte sie dem Schaufenster den Rücken zu.

In letzter Zeit dachte sie oft darüber nach, ob es richtig gewesen war, ihren Traum von einer Karriere aufzugeben und dafür eine Ehefrau zu werden. Nur einige Jahre vor ihrem Schulabschluss, wurde in ihrem Land das Jurastudium auch für Frauen geöffnet. Durften früher bloß Männer studieren, so war es nun auch Frauen erlaubt, den Beruf der Anwältin zu erlernen. Betty, die aus einer Familie von Anwälten stammte, träumte seitjeher in die Fußstapfen ihres geliebten Vaters zu treten. Ihr Vater ermutigte sie immer darin, ihrem Wunsch zu folgen, etwas, wofür Betty ihn unheimlich liebte. Als Mann seiner Generation war es nicht selbstverständlich, Frauen so unter die Arme zu greifen, was Gleichberechtigung anging. Allerdings gehörte ihr Vater damals auch zu den Entscheidungsträgern, die die Zulassung von Frauen zum Jurastudium durchkämpfte. Es wäre demnach eine Ehre gewesen, falls seine Tochter von dieser Möglichkeit Gebrauch gemacht hätte.

Zunächst arbeitete Betty als Anwaltsgehilfin für die Familienkanzlei, aus Angst, dem fordernden Studium nicht gewachsen zu sein. Es war ein guter Beruf, trotzdem blieb insgeheim der Wunsch bestehen, irgendwann tatsächlich Jura zu studieren. Dann aber lernte sie Clark kennen und lieben. Sie heiratete den Mann, kündigte ihre Anstellung und wurde Ehefrau. Genau, wie es in der Gesellschaft verlangt wurde.

Ihr Vater tolerierte ihre Entscheidung, aber jedes Mal, wenn sie ihn besuchte und sie anfingen, von der Kanzlei zu sprechen, spürte sie deutlich, dass Toleranz nicht gleich Akzeptanz bedeutete.

Ihr Vater gab Clark dafür die Schuld, dabei war es allein ihre Entscheidung gewesen. Damals wollte Clark nicht einmal, dass sie ihre Anstellung aufgab. Es war allein ihre Entscheidung gewesen. Eine Entscheidung, die sie aus Furcht traf – und bis heute bitter bereute.

Zunächst redete sie sich ein, ein Beruf neben der Ehe sei nicht schicklich. Aber um ehrlich zu sein, hatte sie panische Angst gehabt, ihren eigenen Wünschen und Träumen nicht gerecht zu werden. Ohne ihre Eheschließung hätte sie einen Studienplatz ergattert. Damals leitete ihr Vater alles in die Wege, alles schien bereits so sicher…bis Betty mit Clark auftauchte. Ein so guter Anwalt wie ihr Vater zu werden, als Frau in einem solchen Beruf geschätzt zu werden, das alles bereitete ihr eine solch große Panik – also torpedierte sie sich selbst.

Als ihre Ehe schließlich langsam aber sicher den Bach runterging, wurde sie von dem Gefühl der Reue praktisch überrollt. Ihr wurde das Ausmaß ihres eigenen Fehlers zum ersten Mal richtig bewusst. Aber da es viel einfacher war, anderen die Schuld zu geben, musste Clark als Opferlamm herhalten.

Anfangs wollte Clark sie dazu überreden Kinder in die Welt zu setzen, in der Hoffnung, so ihre Ehe wieder zu stabilisieren. Betty hingegen hielt nicht viel von der Idee, einem Kind die Last aufzubürden, die Ehe seiner Eltern zu retten. Also sagte sie Nein und gab ihrer Ehe so den Todesstoß.

Natürlich wollte er mittlerweile die Scheidung, was verständlich war. Nichtsdestotrotz verängstigte sie ein solcher Schritt. Was hatte sie denn anderes als ihre Ehe? Was hatte sie in ihrem Leben erreicht? Was würde mit ihr nach einer Scheidung passieren?

Es war einfacher, einfach alles so zu belassen, wie es war. Nicht, dass sie noch tiefer fiel. Sie hatte schon mal ihr Leben komplett umgekrempelt. Und bereute alles.

Obschon sie in ihrer Ehe unzufrieden war, so kontrollierte sie diese Unzufriedenheit wenigstens. Ihr Leben nach einer Scheidung...wie zum Teufel konnte wissen, dass da nicht alles nur schlimmer wurde?

Dennoch war das alles beileibe kein Grund, weshalb sich Clark nun an Jordan Adaire heranmachte.

Im Grunde mochte Betty Jordan. Teilen mochte sie jedoch keineswegs. Clark war ihr Ehemann. Und bis sich das änderte, gehörte er nur ihr. Es wäre unrichtig, würde Jordan seinen Avancen nachgeben. Nein, sogar unethisch, gegen ihre Freundschaft. Und sei jene noch so dünn, sie wäre…ja man konnte sagen, eine Schande für ihr Geschlecht.

Auf einmal entdeckte Betty eine Frau, etwas weiter von sich entfernt stehend, die sich an einen Mann heranschmiss, der sie beherzt, doch diskret zugleich von sich entfernte.

Betty staunte nicht schlecht. Dieser Mann war Stan Adaire!

Na so was!, dachte sie, streunte da Stan Adaire etwa in fremden Gefilden herum? Ehrlich gesagt traute Betty gerade Stan so ein Verhalten am allerwenigsten zu. Neugierig schlich sie sich weiter an die beiden heran. Leider schaffte sie es nicht, ihre Konversation vollständig aufzuschnappen.

Schlagartig schien es mit aller Romantik vorbei, denn die Frau schubste Stan urplötzlich von sich. Wütend zog sie von dannen. Rasch machte sich auch Betty aus dem Staub.

Interessant, dachte sie. *Wirklich interessant*. Es würde keineswegs schaden, dem Mädchen zu folgen.

Letztendlich lief die Frau in einen Drugstore hinein. Betty hinterher. Sie hörte, wie ein Verkäufer: „Hallo Jill", rief, doch Besagte war schon längst in Richtung Hinterzimmer gelaufen.

Langsam schlich sich Betty an die Tür heran. Zum Glück schlug Jill die Tür nicht ganz zu, sondern ließ einen Spalt offen.

„Clark, bist du das?!"

Betty erschrak. Anscheinend telefonierte Jill mit jemandem. Natürlich dachte sie sofort an ihren Clark, doch gab es Millionen Clarks auf der Welt.

„Entschuldigung, nein, mein Name ist…Sonja. Ich bin Sonja Leary, eine Freundin von Mrs. Anderson. Ich würde gerne mit Mr. Anderson sprechen, bezüglich einer…Überraschungsparty für seine Frau…ja, danke…ja, vielen Dank."

Einen Moment lang war Betty sprachlos. Was hatte diese Ehebrecherin mit ihrem Ehemann zu tun? Clark Anderson musste ihr Clark sein. Das war kein Zufall. Clark, Stan, Jordan, Jill…schnell versuchte Betty sich einen Reim aus dieser Sache zu machen. Was hatten diese Menschen alle miteinander zu tun? Wer hatte *was* miteinander zu tun?

Und weshalb blieb sie als einzige unwissend?

Bereits jetzt fühlte sie sich hintergangen. Doch was erwartete sie von diesem Schuft, den sie Ehemann nannte?

„Hast du gewusst, dass Stan mit seiner Frau schon heute nach Europa aufbricht?!" fauchte Jill ins Telefon und riss Betty damit aus ihren Gedanken. „Wir hatten einen Deal. Du hast gesagt, du zahlst mir eine Frankreichreise, damit ich nachkommen könnte…was soll das heißen? Zu offensichtlich?" Eine kurze Pause entstand, dann fing sie an zu schnauben. „Ja, ich habe zwei Jobs, aber du hast versprochen, ich darf mit…hör zu, bloß weil Jordan dich hat abblitzen lassen…na fein!" fauchte sie. „Aber nur weil du mich an Bord geholt hast, heißt das nicht, dass ich aufgebe, weil Jordan dich nicht will. Wir haben ausgemacht, wir bringen sie auseinander und nun willst du beide nach Frankreich schicken? Nach Paris? Ausgerechnet in die Stadt der Liebe?"

Betty hatte genug gehört. Langsam verstand sie den Plan. Clark hatte sich anscheinend mit diesem Flittchen zusammengetan, um Stan und

Jordan auseinanderzubringen. Ein Stich des Verrats schoss ihr durchs Herz.

Clark! Ihr Ehemann brachte Jordan und Stan auseinander, nur um an Jordan zu gelangen, während sie, *seine Ehefrau*, einfach links liegen gelassen wurde.

„Na warte", murmelte sie, „das hast du nicht umsonst getan, du ekelhafter Hurensohn. Man legt sich nicht mit Betty Anderson an!"

„Kann ich Ihnen helfen?"

Ein freundlich dreinblickender Mitarbeiter stand neben ihr. Doch Betty schüttelte den Kopf.

„Danke, ich habe alles. Alles, was ich wissen muss", erwiderte sie, woraufhin sie aus dem Laden stolzierte.

Clark würde sich noch wünschen, er wäre ein wenig respektvoller mit ihr umgegangen.

Etwas später an diesem Tag traf auch Stan zuhause ein. Er begrüßte Jordan und Juanita, die gerade damit beschäftigt waren das Urlaubsgepäck zusammenzustellen.

Auf dem Weg in den ersten Stock kam er auch an Jacobs Zimmer vorbei, dessen Tür sperrangelweit aufstand. Jacob selbst saß mit einem seltsam glasigen Blick auf seinem Bett, versucht, seine Socken zusammenzuknoten.

„Alles in Ordnung, Sohn?" fragte Stan besorgt.

Jacob nickte. „Ist dir schon mal aufgefallen, dass man Socken nicht falten kann? Ich meine, man könnte es, aber man tut es nicht."

Auch wenn er liebend gern wissen wollte, was genau sein Sohn für Probleme sein eigen nannte, so musste Stan vor der Reise noch einige Sachen erledigen. Vielleicht würde Jordan ihm später auf den Zahn fühlen. „Ist schon gut, Jake, mach einfach so weiter."

Im nächsten Augenblick war Stan in seinem hauseigenen Büro verschwunden. Dort packte er einige Papiere in seinen Aktenkoffer. Seine Gedanken glitten augenblicklich zu Jill.

Jill war vollkommen ausgerastet, als er ihren Vorschlag, ihm nach Frankreich zu folgen, ablehnte. Doch was erwartete sie auch von ihm? Er konnte sie unmöglich mitnehmen, wenn seine ganze Familie ihn begleitete.

Und überhaupt, langsam wurde Jill einfach viel zu fordernd. Ein paar Wochen lang gingen sie zusammen ins Bett, aber anscheinend fühlte sie mehr für ihn als er für sie.

Vielleicht sollte er einfach alles beenden…obwohl, sobald er darüber nachdachte, wusste er ehrlicherweise nicht, ob er es überhaupt schaffte, ihr Lebewohl zu sagen.

Fühlte er vielleicht doch mehr für sie und wollte es sich einfach nicht eingestehen?

Ein sachtes Klopfen an der Tür riss ihn aus seinen Gedanken.

„Dad? Kann ich kurz mit dir sprechen?" fragte Erin.

„Komm rein", bat Stan. Seine Tochter trat sofort ein und schloss die Tür hinter sich. „Was hast du auf dem Herzen?"

Erin schluckte. „Ich würde gerne...also..." Sie schien nervös, fiel ihm auf, rang ungeduldig mit den Händen. Aber wenigstens stellte Nervosität ein Gefühl dar. Jordan begrüßte ihn so gefühllos wie möglich.

„Dad, ich habe eine Frage. Was...was würdest du tun, wenn...wenn du sehen würdest, dass eine Frau einen Mann küsst, obwohl diese verheiratet ist?"

Er zuckte zusammen. Hatte Erin ihn etwa mit Jill gesehen und versuchte so ihn auszuhören?

„Ich weiß nicht, so etwas kommt immer auf die Situation an", meinte er vorsichtig. „Wieso?"

„Bedeutet es, die Frau sei unglücklich?"

„Ich weiß nicht. Vielleicht. Es gibt viele Gründe für solch ein Verhalten. Nicht immer ist man unglücklich, manchmal entwickelt sich etwas, ohne dass jemand etwas dagegen tun kann. Hin und wieder ist man auch einfach zu lange verheiratet, man beginnt sich zu langweilen..."

Erin nickte. Schockiert fielen ihm die Tränen auf, die sich in den Augen seiner Tochter sammelten. O Gott, er war so nervös gewesen, da fing er einfach an zu plappern. Dabei besprach man doch solche Themen nicht mit seiner Tochter! Was dachte er sich dabei?!

„Erin?" fragte er. „Ist alles in Ordnung?"

„Dad, ich will nicht, dass Mom und du euch trennt", schluchzte sie. „Ich will nicht, dass ich dich nur an den Wochenenden sehe, wie Sue ihren Vater."

Daher wehte der Wind also, dachte er. Wahrscheinlich ging es um ihre Freundin, deren Eltern sich trennten. Natürlich konnte er nicht wissen, wie vollkommen falsch er lag.

Sogleich nahm er sie fest in den Arm. Küsste liebevoll ihr Haupt. „Kleines, ich verspreche dir, ich werde mich nicht von deiner Mutter trennen", murmelte er in ihr Haar. „Ich liebe sie und sie liebt mich."

„Und wenn sie einen anderen Mann küsst?" fragte Erin.

Stan drückte sie fester. „Dann würde ich ihr verzeihen, so wie sie mir."

Und er hoffte, Jordan täte dies tatsächlich. Erin schien die Antwort zu gefallen, denn sie sagte daraufhin nichts mehr. Na wenigstens konnte er es heute einer Frau rechtmachen.

6

elbstzufrieden lehnte Betty sich auf ihrem gemütlichen Sessel im Queen-Anne-Stil zurück, sobald sie Clarks Ankunft vernahm.

„Du kommst früh", meinte sie zu ihm. „Musst du nicht lange arbeiten?"

„Ich muss gleich noch weg", erwiderte er kurz angebunden.

Betty grinste. Jetzt begann die Showtime. Clark würde noch sehen was es hieß, wenn er sich mit ihr anlegte. Er würde es bis aufs Blut bereuen.

„Musst du dich noch von Jordan verabschieden?" Sie genoss es zu sehen, wie er sich merklich versteifte. „Oder triffst du dich mit Jill? Ach nein, Sonja Leary hieß sie, nicht wahr? Wie auch immer, mit Sicherheit wird Jordan nicht wirklich zufrieden sein, erführe sie, dass du und Stans kleine Hure unter einer Decke stecken, damit ihre Ehe den Bach runtergeht."

Ganz langsam – beinahe bedrohlich – drehte Clark sich zu Betty um. „Woher weißt du das?" fragte er ruhig. Es hatte wohl keinen Sinn alles zu leugnen.

„Sagen wir es so, man könnte mich als eine Art Miss Marple betrachten." Breit Grinsend sprang sie aus dem Sessel, lief zu ihrem Spirituosenwagen. Selbstgerecht mixte sie sich einen Drink. „Ich kann schweigen und Jordan nichts berichten, oder aber ich laufe noch heute zu ihr hin und werde ihr alles brühwarm erzählen. Was bevorzugst du?"

„Was willst du, Betty?"

„Es ist schön, dass dich mein Empfinden wenigstens einmal kümmert, selbst wenn es mal wieder nicht ganz uneigennützig passiert, nicht wahr?"

„Ich habe meinen Wunsch nach einer Scheidung unsererseits niemals verschwiegen."

„Du hast mir die ewige Treue und Liebe geschworen. Diesen Schwur zu brechen ist unehrenhaft."

„Ich bin lieber glücklich als ehrenwert", gab er zurück. „Also, was willst du?"

„Im Grunde bloß eins, dich leiden zu sehen", erwiderte sie mit hämischem Grinsen. „Ich möchte, dass du anfängst mich zu respektieren. Als deine Ehefrau, Clark. Ich habe keine Lust mehr, von dir wie ein Weibchen zweiter Klasse behandelt zu werden. Dein kleiner *Plan* ist widerlich! Er ist respektlos, vor allem mir gegenüber, und ich werde nicht zulassen, dass du damit durchkommst."

„Was?" Einen Moment war Clark sprachlos.

Betty bleckte die Zähne. „Du hast wirklich geglaubt, damit durchzukommen, wie? Und wie ich dich kenne hast du vor, Jordan heute zu verabschieden, oder?"

Als er nichts sagte, nickte sie nur. „Hab ich es mir doch gedacht. Tja, daraus wird wohl nichts, mein Lieber."

„Das kannst du mir nicht verbieten", stieß er zwischen zusammengepressten Zähnen hervor. „Weißt du was, Betty? Du denkst, du könntest jeden Menschen einfach so herumkommandieren, aber das funktioniert nicht mehr. Nicht mit mir! Ich werde mich heute von Jordan verabschieden, damit wir, sobald sie wiederkommt, zueinander finden. Und du kannst nichts dagegen tun! Ich verlasse dich."

Natürlich schmerzte dieser Satz sehr. Dennoch, Betty sann nach Rache. Clark behandelte sie wie Dreck. Jetzt musste er spüren, wie sich das anfühlte. Sie drehte den Spieß um.

„Nein, genau das tust du nicht. Sofern du nicht möchtest, dass ich Jordan alles von deinem kleinen Plan erzähle."

Er zögerte bloß einen kurzen Moment, dann: „Sie würde dir nicht glauben."

„Ach nein?" erwiderte Betty hart. „So wie ich Jordan kenne, weiß sie bereits von der Affäre." Als er erneut nichts erwiderte, lachte sie wissend.

„Du bist so einfach lesbar wie ein Kinderbuch. Ich brauche ihr nur sagen, dass du dich mit der kleinen Jill Sterling zusammengetan hast. Bei all den Informationen die ich besitze, wird sie mir sofort glauben. Schließlich läufst du ihr nach wie ein kleiner Welpe. Am Ende wird sie dich wahrscheinlich mehr hassen, als sie Stan jemals könnte. Aus der Traum von eurer Liebschaft."

Clark wurde bewusst, zurzeit konnte er gegen Betty nicht gewinnen. Er schien machtlos gegen ihren Willen. Nichtsdestotrotz wusste er ebenfalls, was es für seine Beziehung zu Jordan bedeutete, wenn er sie heute versetzte. Sein ganzer Plan zerbräche, und er müsste alles von vorn beginnen.

„Du hast die Wahl. Du gehst zu ihr und ich werde ihr die ganze Wahrheit schön auf dem Silbertablett servieren, oder du bleibst, und dein kleines, schmutziges Geheimnis ist bei mir sicher."

Betty bluffte nicht. Sie würde ihn sofort ausliefern und es sogar noch genießen.

Lange Zeit blickte er sie einfach nur an. Bis er sich fluchend umdrehte und in sein Arbeitszimmer ging.

Heute konnte er nicht gewinnen.

7

Im Grunde war es töricht zu glauben, Clark würde tatsächlich zu einer Verabschiedung am Flughafen erscheinen, dennoch blickte Jordan schon die ganze Zeit ein wenig verstohlen in die Hallen des Flughafens hinein, in der Hoffnung, Clark tauche in der nächsten Ecke auf.

„Schätzchen, hast du gehört? Wir sollten jetzt unser Gepäck aufgeben."

Stans Aussage holte sie gedanklich auf die Erde zurück.

Was erwartete sie auch? Glaubte sie ernsthaft, sie brächte den Mut auf, Stan in aller Öffentlichkeit – vor den Augen seiner Kinder – zu verlassen?

Obwohl es gar nicht darum ging. Der eigentliche Kern der Sache war lediglich Clarks Erscheinen. So wollte er ihr zeigen, wie viel sie ihm bedeute. So wäre sie vielleicht in der Lage, ihre Gefühle für Clark besser einzuschätzen. Lagen sie bloß einer Verwirrung zugrunde oder gab es da mehr zwischen ihnen? Auf keinen Fall sollten die beiden Männer aufeinandertreffen, Jordan wollte mit ihn in einer ruhigen Ecke, ganz für sich allein, sprechen. Einzig wollte Clark ihr mit seinem Versprechen, sich von ihr zu verabschieden, beweisen, dass er sie – ja, was – begehrte? Liebte?

So oder so, er tauchte nicht auf, wodurch sich Jordan wie eine Närrin vorkam.

„Jordan, hast du mich gehört?"

Erneut bemerkte sie ihr Abdriften in andere Sphären. Sie durfte sich nicht mehr auf Clark konzentrieren. Er verdiente ihre Aufmerksamkeit doch gar nicht.

„Ja, ich habe mich bloß gerade gefragt, ob ich Juanita bat, den Gärtner zu bezahlen. Bringen wir unser Gepäck weg."

Während Stan und Jordan das Gepäck aufgaben, stand Jacob vor dem großen Fenster, hinter welchem der Flugplatz lag. Wie gebannt starrte er auf die Maschine auf dem Rollfeld, die sie nach Frankreich befördern würde. Als Erin zu ihm trat, meinte er: „Kannst du das fassen, dieses schwere Ding wird uns gleich in die Luft transportieren?"

„Nein", erwiderte sie. „Aber ich könnte mir durchaus vorstellen, eines Tages in dem Beruf zu arbeiten."

„Als Stewardess?"

„Weißt du, Jake, ich würde es eher wie Amelia Erhardt als Pilotin versuchen." Sie grinste. „Oder als Ballonfahrerin wie Wilhelmine Reichard."

Jacob rollte genervt mit den Augen. „Ballonfahrer? Wer tut so was, wenn man so eine tolle Maschine fliegen kann? Ist das wieder so ein Feminismusding? Was ist falsch am Stewardesssein?"

„Gar nichts. Aber es ist unfair zu behaupten, Mädchen können bloß Stewardess werden und Männer nur Pilot. Außerdem setzen die Fluggesellschaften Stewardessen als reine Lustobjekte ein. Das finde ich schrecklich, denn diese Frauen arbeiten hart. Es ist würdelos, sie bloß auf ihr Aussehen zu reduzieren. Schließlich werden sie nur mit einem bestimmten Aussehen, Gewicht und Größe eingestellt. Und wusstest du, dass sie entlassen werden, sobald sie an Gewicht zunehmen oder älter als fünfunddreißig sind? Manche müssen sogar wesentlich früher gehen. Als ob Frauen über dreißig nicht mehr hübsch seien! Was für ein Blödsinn! Außerdem werden sie gefeuert, sobald sie heiraten, kannst du dir das vorstellen?"

Jacob zuckte nur mit den Schultern. Mit seiner Schwester zu diskutieren, machte ihn stets nervös, also wechselte er das Thema. „Pilot wäre schon ein super Beruf." Die Frauen würden buchstäblich auf ihn fliegen.

„Jake, würdest du eher eine schlaue oder schöne Frau heiraten?" fragte Erin ihren Bruder.

Vielleicht war Jacob jung, aber keinesfalls dumm. Das war eine typische weibliche Falle. „Ich finde, du bist schlau und hübsch, Erin", erwiderte er.

Erin seufzte schwer. Gerade als sie etwas erwidern wollte, trat ihre Mutter auf sie zu.

„Macht euch fertig", sagte sie, „gleich müssen wir bereit sein."

Jacob nickte und lief zu seinem Vater, während Erin bemerkte, wie Jordans Blick kurz durch die Halle schweifte.

„Wartest du auf deinen Geliebten?" spottete sie.

„Pass auf was du sagst, junges Fräulein", erwiderte Jordan harscher als gedacht. „Akzeptiere endlich, zwischen Clark und mir gibt es nichts. Wir haben uns geküsst, ja, aber du hast keine Ahnung von der Ehe, Erin, du weißt nicht, was dein Vater mir antut..." Abrupt presste sie ihre Lippen aufeinander.

Zum ersten Mal seit langem erkannte Erin Schmerz in den Augen ihrer Mutter und sofort fühlte sie sich schlecht. Vielleicht ging sie zu hart mit ihr ins Gericht. Sie wusste schließlich wirklich nicht, wie die Ehe ihrer

Eltern hinter verschlossenen Türen verlief. Klar, beide taten als sei alles in Ordnung. Aber sie war nicht dumm. Sie wusste, ihr Vater kam sooft spät nach Hause. Oftmals hörte sie in erst mitten in der Nacht durch die Haustür schreiten. Dazu holte nicht er Erin ab, als diese nach ihrem Schulball abhaute. Derweil roch ihre Mutter des Öfteren nach Alkohol und nun küsste sie weinend Clark Anderson. Irgendetwas lief da aus dem Ruder.

„Ich hoffe, in Europa finden wir alle wieder zueinander", erwiderte Erin leise.

Der Blick ihrer Mutter wurde weicher. „Das hoffe ich auch."

Zur selben Zeit blickte Clark auf seine Armbanduhr. Genau jetzt stiege Jordan in den Flieger – ohne seine Anwesenheit. Seufzend schaute er in die Augen seiner Begleitung. Auch Jill schien keinesfalls erfreut, ihren Plan ebenfalls nicht aufgehen gesehen zu haben.

„Du musst vorsichtiger sein", bellte Clark sie an, während sie in einer kleinen Spelunke auf ihre Drinks warteten. „Wenn Betty dich erwischt, ist Jordan nicht mehr weit."

Jill schnaubte. „Ich dachte, Jordan würde bereits von mir wissen?"

„Das heißt nicht, dass sie von unserem Plan erfahren soll." Er schwieg einen Moment. „Stan wird auch nicht erpicht darauf sein, sobald er erfährt, lediglich als Spielfigur zu agieren."

„Für mich ist er mehr", erwiderte Jill hart. „Und wenn ich es ihm sage, würde er es verstehen." Sie blickte ihn aus eisernen Augen an. „Ich will diese elende Scharade nicht mehr spielen. Ich will ihn nur für mich. Und ich denke, ich könnte es schaffen. Ich könnte es alleine schaffen. Eher als mit dir. Stan wird sich in mich verlieben. Und wenn ich nicht immer auf dich Rücksicht nehmen müsste, wäre es um einiges einfacher."

Die Kleine wollte flügge werden? Wenn sie sich da mal nicht täuschte. „Ach ja? Glaubst du nicht, dein Verlobter zuhause sähe das ein bisschen anders, erführe er von deiner Liaison mit dem lieben Familienvater?"

Augenblicklich erstarrte Jill zu Eis. „Woher weißt du von Dwight?"

Clark grinste wie ein Löwe, kurz bevor er eine Gazelle riss. „Ich erkundige mich vorher über meine Geschäftspartner, Jill. Vielleicht solltest du das auch tun, sonst wird aus dir nie etwas Gescheites."

Damit stand er auf, warf ein paar Geldscheine auf den Tisch und verschwand. Kurz bevor er an ihr vorbeiging, beugte er sich noch einmal vor. Fast lautlos flüsterte er: „Entweder sind wir Partner oder Gegner. Verarscht du mich, bereust du es, Jilly."

Fortsetzung folgt...

Über das Buch

Wie gewöhnlich auch hier die Mitteilung, dass die Geschichte, sowie alle Charaktere frei erfunden sind. Mögliche Übereinstimmungen mit lebenden Personen sind nicht beabsichtigt und wären somit ganz zufällig.

Die erste Staffel der Adaire Chroniken wurde ursprünglich in Form einer Bücherreihe verfasst und wartete seit knapp zehn Jahren darauf, endlich veröffentlicht zu werden. Da der erste Teil durch die hohe Seitenzahl ohnehin hätte gesplittet werden müssen, beschloss ich, das Buch nun in Form von Bookisodes herauszubringen.

Die Adaire Chroniken sind hauptsächlich darauf angelegt, einen leichten Seifenoper-Touch ihr Eigen zu nennen, weshalb die Geschichten hier und da nicht immer ganz so ernst zu nehmen sind.

Am Ende sind die Geschichten eben nur eines: Geschichten. Nicht mehr, nicht weniger. Leichte Literatur, die einen unterhalten und nicht als moralische Anleitung dienen soll.

Genau deshalb hoffe ich auch, dass es Ihnen als meine Leser genauso gefallen hat, diese Geschichte zu lesen, wie es mir gefiel, sie zu schreiben.

Ihre Pola

Über die Autorin

Die Adaire Chroniken sind nunmehr das zweite Projekt, nach Converted – Die Konvertierten, was unter dem Titel *Pola Swanson's Bookisodes* steht.

Neben jenen Kurzepisoden sind folgende historische Romane erschienen:

Die letzte Wahrheit;
Die Ära der schweigenden Muse;
Doppelgänger – Das Gesicht der Anderen;

Die Converted-Reihe:

Converted – Der Anfang;
Converted – Entscheidungen;
Converted – Überwindungen;
Converted – Verrat;
Converted – Der Dämon bricht los;
Converted – Neue Feinde, alte Feinde (bald erhältlich);

Dies ist der erste Teil der ersten Staffel meiner neuen Bookisodes-Reihe **Die Adaire Chroniken**. Weitere Teile werden bald im Handel erhältlich sein.

Neugierig geworden?

Besuche www.pola-swanson.com sowie meine Facebook-Seite www.facebook.com/PolaSwanson und erfahre mehr über mich und meine Bücher.